孤女當自強

上

風文創 1010

盧小酒 著

目錄

序文

盧小酒

這本書的寫作時間始於二〇二〇年七月，當時我正面臨著人生中最重要的一個階段——準備研究所考試。

備試的日子非常艱苦，每天都早起晚睡，復習到後期時，經常感到焦慮、孤獨，懷疑自己的努力能不能得到回報，也不知道向誰訴說內心的苦悶情緒。

在我看來，研究所考試真的是我學習路上最苦的一段日子，而我們每一個人生活在這個世界上，或多或少都會遇到類似的困難，有一段黑暗的經歷。同時，隨著年紀的增長，可能會偶爾回想過去，一路走來留下的那些遺憾，渴望人生能夠重來，改變現狀。

女主角雲裳，前世過得不如意，重生以後在她面前的依舊是一條布滿荊棘的道路，父母雙亡，大伯父等族人欺負她年幼，想要奪走族長之位，她孤立無援。

但慶幸的是，她有關愛自己的嬤嬤，還有忠心耿耿的婢女玉奴，一直在她身邊支持和保護她。不僅如此，她擁有前世的記憶，有機會選擇不一樣的嶄新道路，這是她最大的優勢。

為了改變前世悲慘的命運，她挑中了才高八斗、品行端正的男主角顧闓。

然而，即便如此，她的日子也不是一帆風順，因為顧闓一家參與朝堂爭鬥被貶，是戴罪之身，雲裳為了幫助顧闓走上仕途之路，出人頭地，經歷了重重磨難。

回顧這本書的寫作過程，和女主角的經歷一樣坎坷。寫了幾萬字的時候，距離研究所考試只剩一個多月的時間，為了全心投入學習，我停止小說的更新。好在努力終究有所收穫，順利錄取研究所。研一期間因為課程多，又要準備論文，整整一年時間都沒有恢復更新。直到研一下學期準備放暑假的時候，我閒下來了，想著筆下的故事應該擁有一個圓滿的結局，於是重新動筆，花了將近一個月的時間將故事寫完。

女主角的經歷大概就是我備考和研究學習心路歷程的寫照，女主角內心非常堅強，明知道前路困難重重，還是堅定不移的走下去，最終收穫了幸福，而我雖然經歷了一段煎熬的時光，最終還是成功上岸了。我想透過這本書，告訴自己以及所有看到它的讀者：一生中難免都會遇到挫折，但只要不放棄，總有一天會達成所願。世界很美好，無論生活中遇到多大的困難，都要勇敢的去克服，擁抱和熱愛生活。

這本書完結的第二個月，我接到了出版的通知，得知這個消息時，我既驚訝又感動。在這裡，我要感謝出版過程中給予我幫助的每一個編輯，謝謝你們！對於我來說，出版不僅是對我和這本書的肯定，也讓我的寫作之路開啟了一段新的征途。

今後的路還很長，我會一直保持對寫作的興趣，努力把更好的故事呈現給每一位讀者。

第一章

雲裳作了一個很長的夢。

在夢裡，她嫁給了一個被放逐的小官，那官人對她百般愛護。夫妻倆齊心，終是助那官人重返朝堂，可他們的夫妻感情卻開始變質。

成親的第三年，腹中胎兒落地。

孩子出生後，體力不濟的她睡了一個時辰，才終於醒了過來。

生產幾乎折騰掉了她半條命，她虛弱無力，目光渙散，看見貼身丫鬟玉奴在一旁，高興得合不攏嘴。

「夫人，您生了一個公子。老爺十分高興，說要好好嘉獎夫人。」

聽到嘉獎二字，雲裳面無波瀾。

玉奴還在笑。「小公子長得十分可人，和夫人像極了。」

再次聽到公子兩字，雲裳平淡的面容總算有了點波動，她側頭看了眼，卻發現床上並沒有孩子。她靠著床頭，吃力的吐出一句話。「孩子呢？」

「孩子？」玉奴終於從高興中緩過神。「穩婆說夫人得休息，孩子放在夫人身邊不妥，剛剛被老爺抱走了。」

就在這時，門突然被人撞開。一股冷風灌進來，雲裳吸了口涼氣，感覺身子更冷了。她身子一向很好，自從懷孕後，不知為何，一日不如一日，生產更是去了她半條命。

她縮了縮脖子，但目光清明。

門口有一個巨大的黑影，她抬眼望過去，虎背熊腰的男子正色迷迷地望著自己，只差嘴邊沒流著哈喇子。

這人叫陳大力，面相猥瑣，臉上長了好幾顆紅豆般大的痣，以前是個木匠，因為手腳不乾淨，被他的師父掃地出門，又因為好吃懶做，做了乞丐。

雲裳認得他，是因為陳大力以前冒犯過她，被身邊的家丁暴打了幾次。加上他長得醜，讓人過目難忘。

雲裳皺了眉頭，張了張嘴，想把人喝走，渾身卻沒有一點兒力氣。

玉奴擋在她面前，神色警惕，高喝出聲。「大膽，夫人的閨房你也敢擅自闖入？來人，把這無禮的登徒子拉出去。」

屋外一片寂靜，無人回應。

玉奴這才驚覺不對勁，高喊。「來人？人呢，都去哪兒了？」

「人？」陳大力扭頭把門關上，猥瑣的笑了笑。「夫人，是老爺特意派我來伺候您的，就算您喊破了喉嚨，也不會有人來的。」

玉奴瞪著他。「你胡說什麼？」

陳大力直言道：「我沒有胡說，夫人可是千金之軀，如果沒有穆老爺的同意，我一個卑賤之人，又如何進得來呢？」

玉奴聽罷，臉色慘白。

穆司逸是天蘭縣知府，府中戒備森嚴，平常人是進不來的。一想到穆司逸在雲裳生產之日做出這等事情，玉奴還是不敢置信。

她大聲呵斥道：「你休要胡言亂語，老爺待夫人愛護有加，怎麼會做出這等事情！」

陳大力沒有應話，眼睛直勾勾的望著雲裳，期待的搓了搓手，垂涎三尺。天蘭縣第一美人，可真是名不虛傳啊。「夫人，今晚就得罪了。」

玉奴看出陳大力的意圖，氣得面色發青，怒目圓睜。「大膽！今天你若是敢動夫人一根寒毛，我影石族所有族人，必定讓你五馬分屍。」

府中上上下下都被打點好了，陳大力怎麼可能會怕這番言語威脅。

他口出狂言。「我陳大力這輩子受人冷眼，能與影石族第一美人共度良宵，做天蘭縣最快活的男人，就算是死了也值得。何況天蘭縣是穆大人說了算，夫人也不是影石族的族長，真當以為，影石族會為了一個棄子，得罪穆大人嗎？」

雲裳面色清冷，即便如今處於劣勢，也沒有一絲改變。

她冷冷問道：「真是穆司逸讓你來的？」

雲裳雖然長得嬌美，可是容貌清冷，尤其是那一雙眼睛，常年如寒冰，就算現在沒有一點反抗之力，凜然的神色讓人不敢輕視一分一毫。

李大力不知怎的，生了怯意。他停住腳步，頓了好一會兒，點頭笑道：「確是如此，怎麼，夫人不相信嗎？」

可惜了，白長了一副這麼美的皮囊，卻不懂得伺候人，得罪了穆知府。

雲裳勾唇冷笑。

怎會不信，穆司逸表面溫和，與她相敬如賓，人人都說，穆司逸愛她，他們兩個是天作之合。只有她知道，穆司逸從頭到尾喜歡的，不過是她影石族少族長的地位。

七年前，他到影石城任職，二人初見不過半個月，他就下聘求親。起初，雲裳拒絕了這門親事，沒想到穆司逸沒有放棄，一堅持，就是五年。

她起初瞧不上穆司逸，不過最終還是被他的癡情陪伴感動，加上影石族發生了變故，便同意了這樁婚事。

沒想到成親之後，在她幫助下穆司逸升了官，他就變了個人，表面一套，背地一套。

這幾年來，她聽得最多的一句，便是：「雲裳，妳自認出生高貴，瞧不起我，對我不理不睬。總有一天，我要把妳踩在腳底下，讓妳看看，我穆司逸到底是怎樣的男人。」

以前她聽了，雖然錯愕，卻並不把這些話放在心上。沒想到穆司逸如此狠辣，在她生產之日，奪走了孩子，派了個乞丐來羞辱她。

不過這不就是穆司逸嗎？為達目的，不擇手段。娶她是為了收服影石城，平步青雲。如今目的達到，就迫不及待的要糟蹋她了。

這般想著，雲裳內心一陣翻江倒海，沒有撐住，吐了口血。鮮豔的血跡在床上慢慢散開，紅得刺眼。

玉奴驚呼一聲。「夫人！」

雲裳感覺到雙腿間斷斷續續有熱流湧出，她抓著玉奴的手，良久，才艱難地說出話來。「玉奴，爹娘去後，妳是我身邊最親近之人，我待妳如姊姊。若是我去了，妳切莫管我，務必要護自己周全。」

玉奴從小和雲裳一起長大，主僕倆很有默契，聽完這番話，便知道雲裳在想什麼了。她握著雲裳的手直搖頭。「夫人，這登徒子胡言亂語，老爺他不是那種人，您莫要想不開。」

說著，玉奴的餘光瞥到了血，定睛一看，半張床單都染紅了。

她面色大變，牙床直顫。「夫、夫人……怎麼會……怎麼會這樣？」

一個半時辰前大夫已經來過了，控制住了夫人的出血，現在怎麼會……

雲裳的眼皮越來越沈重，玉奴的臉龐在她眼中變得越來越模糊，她終是沒有撐過去，倒了下去。

屋外不遠處的假山後，吳兼豎耳聽屋裡的動靜，聽到沒什麼聲音了，扭過頭，小心翼翼的望了面前的人一眼，欲言又止。「老爺，您真的……」

穆司逸面無表情的望了望懷中尚未睜眼，皺巴巴的孩子一眼，輕笑了聲。「影石族有個傳言，女人產子之日逝去，可保夫婿和孩子平步青雲，享盡榮華富貴。」

吳兼聽著這話，面露驚恐之色，卻很快恢復如常，彎腰陪笑了聲。「老爺說得是。」他一邊應著，一邊抹額頭上的冷汗。「老爺，公子剛出生，受不了這外面的風寒，我把他帶去奶娘那兒吧。」

這兒，實在是不吉利。

就在此時，屋裡再次傳來了動靜，是玉奴的尖叫聲。緊接著，是一陣悲愴的哭聲。

吳兼聽著心裡一震，抬頭望向穆司逸，穆司逸卻仍是面無表情。

此時，襁褓中的嬰兒突然放聲大哭，穆司逸皺眉，把孩子遞給吳兼。「把他帶到奶娘那兒吧。」

吳兼接過孩子，側頭往房中的方向看去。「那夫人……」

穆司逸沈默片刻，道：「半炷香後，再差人過去收拾吧。」落下這話，便頭也不回的走了。

哭喊聲此起彼伏，吳兼聽得心裡一顫一顫的。他晃了晃懷裡的娃娃，焦急的安撫道：「我的小祖宗，別哭了，別哭了……」

這是造了什麼孽啊？

正值夏日，天氣悶熱。

「小姐往日不嗜睡，今日都晌午了，怎麼還沒醒？是不是出事了？玉奴，妳趕緊去找個大夫來看看。」

玉奴輕聲應道：「嬤嬤不必擔心，小姐昨晚念及族長和夫人，傷神過度，寅時才歇下，這才睡晚了。」

嬤嬤默聲，良久，嘆了口氣。「也是苦了小姐了。既然如此，就讓小姐多睡些。這天氣著實悶得緊，我去廚房看看羹食做好了沒有，等小姐醒了便能吃了。」

雲裳聽著寢屋外斷斷續續的談話聲，醒了過來。可腦袋昏昏沈沈的，眼睛睜不開，一時沒注意，撞了床頭，她忍不住痛叫出聲。

玉奴尋聲跑進屋。「小姐，您醒了？」

聲音帶著點兒奶氣。

雲裳瞬間就醒了，猛然睜眼。

玉奴被嚇了一大跳。「小……小姐，您怎麼了？」

雲裳目光漸漸聚焦，看清了面前的人兒，不過才十二、三歲，臉蛋圓嘟嘟的，一雙眼睛格外明亮。

她有點茫然。「玉奴？」

玉奴到一旁倒茶。「小姐，您可算醒了，再不醒，嬤嬤都要急壞了。」

雲裳低頭望了望，宛若剛出鍋的饅頭般白白嫩嫩的雙手，以及短小的雙腿，就長在她的身上。她摸了摸自己的臉，不過才巴掌大。

「玉奴，我這是……我怎麼會在這兒？」

她不是死了嗎？在陳大力欲行不軌的時候，咬舌自盡了。

玉奴把茶遞給她。「小姐，您是不是又睡糊塗了？這是您的閨房啊。」

雲裳用力捏了一把手臂，疼得她齜牙咧嘴，細皮嫩肉的手臂瞬間就紅了。

玉奴嚇得把茶放下，拉住她的手。「小姐，您這是做什麼啊？」

雲裳抬頭，環視著屋裡的擺設，一切，都還是記憶裡熟悉的模樣，剛剛痛意也是真的，難不成那些經歷只是她在作夢？可是夢裡的一切，為何如此真實？

「小姐，小姐？」

雲裳緩過神來，迅速穿好鞋子往外走。

玉奴跟在後面焦灼的叫喊。「小姐，您去哪兒？」

雲裳急匆匆的跑了一會兒，最後在廚房的小院裡停下，茫然的望著周邊的景物。她也不知道要去哪兒，只是想知道，夢裡的一切是真是假，或是現在才是夢？

「小姐，您走慢點，要是摔著了，徐嬤嬤定又罰我。」玉奴終於跟了上來，氣喘吁吁。

雲裳回頭，看著玉奴，不確定的叫了聲。「玉奴，真的是妳？」

玉奴愣住。「小姐，您到底是怎麼了？」怎麼睡了一覺，小姐就像傻了一樣。

雲裳焦灼道：「妳差人備頂轎子，我要出去一趟。」

正值酷夏晌午，街道上的百姓寥寥無幾。

雲裳下了轎子，站在一座府邸門前，神色恍惚。

這座宅院儼然許久未有人住，寫著吳家宅院的那塊牌匾上頭結滿了蜘蛛網。

玉奴擔憂道：「小姐，您這是怎麼了？」

「這兒……」雲裳晃了晃神，低頭喃喃道：「怎麼會這樣？」

「小姐……」

雲裳回頭。「玉奴，妳去查查，這座府邸以前是何人居住。」

從小廝那兒聽說了雲裳行蹤的徐嬤嬤匆匆趕來，回道：「小姐，這是吳兼、吳大夫的府邸。」

雲裳聽得心頭一震，忙問道：「那吳大夫現在身在何處？」

徐嬤嬤見雲裳舉止怪異，以為她是痛失雙親，近日憂思成疾，方做出這等無頭緒之事，倒也沒往別處想，應道：「聽說到皇城探親去了，走了好些年，這府邸也就荒廢了。」

雲裳當下身子就軟了。

玉奴眼疾手快，上前扶住她。「小姐……」

徐嬤嬤亦是一臉擔憂。「外面天熱，小姐還是快些回府吧，莫要在外頭逗留了。玉奴，妳去找大夫。」

雲裳擺擺手。「不必了，我無妨。嬤嬤，妳可知吳大夫什麼時候離開影石城的？」

她記得吳大夫醫術高超，在影石城很有聲望。雲裳的父母親尚在人世時，尤其看重吳大夫，家中但凡有人生了病，都是請他前來醫治。

徐嬤嬤仔細回想了一番。「吳大夫離開約莫兩年，老奴前些日子見到了吳大夫的姪子，聽他提起，吳大夫下個月就要回來了。小姐若是有疾，可找城東的許大夫。」

雲裳驀然抬頭。「下個月就要回來了？」

徐嬤嬤一愣，有些不明所以。「是啊，小姐怎麼了？」

吳大夫走了兩年，如果下個月回到影石城……雲裳在心裡推算了下日子。若那不是夢，那她記憶中吳兼回到影石城後不久，穆司逸也跟著來了。如果一切是真的，距離穆司逸來到這裡，僅剩三個月的時間。

若真是如此，她斷然不能讓往事重演。

雲裳靜了靜心，道：「嬤嬤，玉奴，我們回府。」

回到府中，雲裳做了兩件事，一是差玉奴去查探吳大夫的家底，二則細細捋了一遍前因後果。

據徐嬤嬤所說，快一年前，她爹娘，即影石族上一任的族長和族長夫人遵循祖令，跳火祭天身亡後，她悲痛欲絕，渾渾噩噩。半個月前，她和堂姊雲韻在湖邊散心時，不小心落入湖中，生了一場大病，三天兩頭昏睡。尤其是近幾日，病情加重，經常說胡話。

雲裳聽了之後坐立不安，這些事情和她夢中的經歷一模一樣，而她如今要做的，便是找個法子證實，之後的事情會不會成真。

大抵是醒前那場惡夢太過於慘烈，雲裳寢食難安。兩日後，她精神才轉佳，有精力與徐嬤嬤閒聊。

徐嬤嬤說著，便談到了城中近日鬧得沸沸揚揚的一件怪事。

「小姐，還真的有這麼一件事，城西的李木匠前天夜裡死了。要說死了個人，倒也不是什麼稀奇事，怪就怪在李木匠的死法十分詭異。」

徐嬤嬤話音剛落，雲裳嘴裡的話便脫口而出。「是不是他的屍首被分成了十八塊，塊塊大小相同，頭顱消失，大腿上還刻了幾個字？」

徐嬤嬤聽得瞠目結舌。怪了，小姐這兩天沒出過門啊，怎麼會知道這事？是哪個嘴雜的在背後亂嚼舌根？

「小姐怎麼會知道得如此清楚？屍首被分成十八塊確有此事，大腿上有沒有刻字，老奴就不知道了。」

聞言，雲裳默聲。

徐嬤嬤以為把人嚇著了，忙道：「小姐從小就怕這些事情，以後莫要再聽了。」

雲裳輕聲嘆了口氣。

若李木匠的死因與她知道的分毫不差，那死因，想必和夢中的也沒有區別。

他們影石族原本是一個小部落，影石族的男人大都長得高大威猛，驍勇善戰。然而因為寡不敵眾，六十年前，在戰亂中降服於蒼梧國。

由於民風剽悍，受到皇帝忌憚，朝廷下令讓他們定居影石城，世代不能輕易離開，此後影石一族便定居下來，以伐木鑿石和養家禽為生，向蒼梧國繳稅。

影石族崇尚巫蠱之術，以火葬為榮。對於他們來說，其他死法都是侮辱，尤其是千刀萬剮而死。遷居影石城幾十年來，李木匠是第一個被人分屍的，這件事轟動了一段時間。

而找出凶手的人，是一個叫顧闓的少年。

蒼梧國皇族定居在北冥城，犯了事的官員大多被貶到影石城，視情況重新重用或者減輕刑罰。

顧闓一家也是被貶到這兒的，她與穆司逸成親後偶然聽說，穆家和顧家是表親，顧闓的親姊姊原本是皇妃，因為在後宮得罪了人，顧氏一家全部受到牽連，被貶到此處。

她第一次見到顧闓時，他已為當朝宰相。十七歲高中狀元，二十出頭成為當朝宰相，這個天賦異稟、位高權重的青年在蒼梧國名聲十分響亮。

吳兼的家底很快便查到了，雲家的暗探頗有些手腕，連吳兼在北冥城的事情也都查出來了，與雲裳所瞭解的分毫不差。

知道了底細，雲裳把徐嬤嬤叫入房中。

徐嬤嬤一聽雲裳要商議她自個兒的婚事，大吃一驚。「小姐怎麼就想定下婚事了？」

雲裳語氣平靜。「父母親獻祭前，再三囑咐讓我不要接任族長之位。若是在一年喪期之內沒有定下婚事，就只能按族例接任族長之位了。」

徐嬤嬤聽罷，皺眉深思。「可是，小姐若想成親，便只能找外族人了。」

雲裳淡淡一笑。「外族人也沒什麼，雖說身上戴罪，可在蒼梧國，是有一定地位的，也不定是他們自己犯了事，有些平白受到牽連。將來還是有可能洗刷冤屈的。」

徐嬤嬤默然不語，臉色不怎麼好看。

雲裳見了，上前拉住她的手，軟聲軟語道：「嬤嬤，您是看著我長大的，也不忍心看著我受苦吧？族長之位，就算我有心想坐，也不定能坐穩，畢竟還有一大堆人盯著呢。」

徐嬤嬤神情微動，半晌後，無奈嘆了口氣。「也罷，我答應過老爺和夫人，要護小姐一世周全。既然小姐有此意，那老奴也不能多說什麼，不過選的人一定要是個身家清白的。」

雲裳道：「這些事情，就煩勞嬤嬤幫我去張羅了。」

她就知道，嬤嬤不會拒絕的，上一世便是如此，嬤嬤事事都依著她，可惜她最終因為自私，害得嬤嬤屍骨無存。

念及往事，雲裳心裡仍在隱隱作疼。除了阿爹、阿娘，最疼她的就是徐嬤嬤了。

「小姐記著注意身子，莫要傷神過度。」徐嬤嬤在心裡默默嘆了口氣。這族長之位，不要也罷。

當年夫人嫁給老爺時，是何等的風光，這城中所有婦人和未出閣的小姐都十分稱羨，可到頭來，還不是被那些死板的族令害得丟了性命。這影石族族長，不過是人前一時風光，與其去爭取這短暫的榮華，還不如安穩平淡度過一生。

望著眼前稚氣未退的雲裳，徐嬤嬤突然就釋懷了，道：「族長我們不當了。至於婚事，我定會為小姐找到一個如意郎君的。」

雲裳點頭，鬆了口氣，心裡有著自己的盤算。

第二日一早天剛矇矇亮，雲裳便拉著玉奴去了街上，喚了個小廝帶路，很快便找到了顧闓的肉鋪。

顧闓已經在攤位旁了，正揮刀切肉。身姿消瘦，力氣卻大得很。

雲裳遠遠的看著，都能聽到砰砰砰的切肉聲，瞧著瞧著，就不禁入了神。

她第一次見到顧闓的時候，他已為當朝宰相，而她已是穆司逸之妻，尊卑有別，只遠遠的看了一眼。

那時是他的生辰，他不像現在這般瘦弱，身材高眺，容貌俊朗，面容清冷，渾身散發著一股貴氣。他周旋於各個賓客之間，面對別人的阿諛奉承，眉眼雖帶笑，卻沒有一點高興的意思。

玉奴瞧了半天，才看出一點端倪，奇道：「小姐，您一大早的拉著奴婢出來，不會是為了看人家賣豬肉吧？」

雲裳伸手指了指顧闓。「玉奴，妳覺得那個少年如何？」

玉奴粗略瞥了眼，嫌棄道：「看起來呆頭呆腦，難怪只能在這兒賣豬肉。」

雲裳不置可否。「看著呆沒什麼關係，腦袋靈光就行。」

何止腦袋靈光，顧闓可是蒼梧國第一個二十出頭就當上宰相的人。

她記得上一世知道父親留下的那紙訂親婚約後，偷偷到肉鋪看了顧闓兩次，當時覺得這人木訥了過頭，被人欺負了也不知道還手。加上徐嬤嬤大力反對，顧家也沒表現出結親的意願，此事便作罷了。

顧家被貶多年，力單勢薄，顧闓卻能憑藉一己之力當上宰相，可見是個才高八斗之人。並且沒有任何風流韻事，寵愛妻子，品行之高不言而喻。

放眼整個蒼梧國，沒有哪個男子能和顧闓相提並論。她的夫婿，就應該是這種才德兼備的人，而不是穆司逸那種虛有其表的偽君子。

而且，再過幾年，皇帝覺得影石族成為威脅，欲除之而後快。如果她能夠嫁給顧闓，他到時候是宰相，能夠幫忙從旁諫言，興許就能免了影石族的禍端，保住族人的性命。

想到這兒，雲裳不由得嘆了口氣。

上一世她為何偏偏就選了穆司逸呢？明明阿爹阿娘幫她選的人，是顧闓啊。

「一個賣豬肉的，小姐還能看出來腦袋靈不靈光。」

「玉奴，妳不懂。」

顧閆把早上進貨的豬肉全都分解好，擺在攤位上，依稀聽到後面有交談聲，他的耳力極好，這一會兒豬肉鋪上只有他一個人，聽到對方似乎在談論他，手便漸漸慢下來。

雲裳接著道：「這個人以後，是人中龍鳳。幾年之後，大富大貴。」

「他？」玉奴道：「就一個賣豬肉的？」

顧閆尋著聲音回頭，四目交接，雲裳突然就愣住了。片刻後，終於回過神來，拉著玉奴的手，飛快跑開。

顧閆望著那遠去的粉色小背影，目光微沈。

第二章

雲裳一路小跑回家，回到府裡時氣喘吁吁。

正歇著氣呢，有個小廝過來傳話。「小姐，您去哪兒了？徐嬤嬤在找您呢。」

「嬤嬤在哪兒？」

小廝答道：「在前院，還帶了幾個外族人。」

「外族人？」雲裳呢喃一聲，隨後恍然大悟。

這兩日徐嬤嬤忙裡忙外，為了她的婚事操碎心，那幾個外族人，想必就是徐嬤嬤從影石城中精挑細選出來的優秀男兒了。

雲裳抵達前院時，遠遠瞧見十幾個少年整整齊齊的在院子裡站著，個頭就比她高點兒，年紀看起來相仿。她繞了地方，直達裡屋。

徐嬤嬤一見到人，迎上來問：「小姐一大早去哪兒了？」

雲裳隨口答道：「出門逛了逛。」

徐嬤嬤眼神示意身邊的婢女，那婢女意會，很快便帶著兩人端了早膳進屋。雲裳簡單吃了幾口，便讓她們把東西撤了。

徐嬤嬤拿出一卷紙，在雲裳面前舒展開，道：「小姐，這上面的十二個少年，是老奴為您挑的郎君人選，請您過目一下。如今人都在府裡候著，您從中挑幾個順眼的，等會兒見一見。」

雲裳對這份名單上的人還有點印象，興味索然，不過到底是徐嬤嬤花了心思做出來的，就算走個過場，也不能寒了徐嬤嬤的心，便接過那份名單，隨意瀏覽了眼。

那名單上赫然列著的兩個人名令她呆了呆。「季堯，前任禮部侍郎獨子。唐明演，宛城太守幼子。」

徐嬤嬤接道：「小姐好眼光，這兩個人無論家世樣貌都是佼佼者，老奴最中意的，便是他們兩個了。」

雲裳把名單合上。「那便見一見他們兩個吧。」

若她沒有記錯，季堯後來飛黃騰達了，還在影石族落難的時候幫忙說了幾句好話。至於唐明演，也不是泛泛之輩，可惜這人心眼跟針一樣小，睚眥必報。

她至今記得，當年穆司逸剛被召回北冥城時，唐明演已為翰林院侍讀。在一次詩會上，狠狠羞辱了她和穆司逸一把。

「穆夫人向來自視過高，沒想到最後嫁的，竟是這等庸俗之輩。哎，真是可惜了……聽說穆家最近捉襟見肘，這地上的十兩銀子，現在就是穆夫人的了。怎麼著，也能解穆家一時的燃眉之急。就當作是當年在雲府時，穆夫人折辱唐某那番話的酬謝。若不是雲姑娘，唐某如今也不會有這等風光。」

當初她不明白，為何唐明演在政途上與穆司逸處處針鋒相對，見到她時亦是冷嘲熱諷。如今想想，他們年少時唯一一次見面，就是這次了。她身為影石族族長獨女，雖說沒有瞧不起外族人，但年少無知，言語中得罪人是常有的事情。她與唐明演的恩怨，便是從今天開始的。

回憶往事，雲裳有些感慨。上一世，她並未與任何人交惡，只是性情淡漠，不想虛情假意的維持人際關係，沒想到在外人眼中就成了高傲勢利，她的一言一行都影響著後來的人生軌跡，不知不覺間結下了不少仇怨。

沈思間，徐嬷嬷把人帶進來了，低頭在她身邊耳語。「小姐，簾外現在站著的，便是季堯。」

雲裳回過神，緩緩抬眼，簾帳外季堯的身影若隱若現，穿著一身粗布青衣，身子筆挺，望著地面，目不斜視。

季堯性子溫和，待人彬彬有禮，後來年紀輕輕被任命為一州太守，少年有為，也是像如今這般，不卑不亢，謙和有禮。

雲裳緩緩開口，聲音悅耳清脆。「聽說季公子小小年紀便博覽群書，如今我有一難題，想向季公子討教，不知季公子能否回答一二？」

季堯聞聲眉眼微抬，緩緩道：「季堯才疏學淺，但願聞其詳。」

雲裳道：「雲裳生來即是這影石城中的貴女，將來不甘屈於他人之下。可惜影石城只是個小地方，沒什麼達官顯貴，季公子覺得，我下嫁城中的哪個男兒，將來才能成為北冥城屈指可數的貴婦人？」

季堯聽得一愣，目光不自覺往上抬了一點。

雲裳從內室緩緩走出，對季堯盈盈一笑。「季公子猶豫，莫不是覺得雲裳沒有這福分，還是說，覺得這城中男子沒有一個真正有才學又有際遇的人？」

眼前的少女笑靨如花，話語間似在打趣，卻又不像是假話。

季堯呆了呆，心下不由得一驚。這姑娘不過也就八、九歲的年紀，竟有如此野心。

默聲片刻後，他垂眸，淡淡回道：「雲姑娘貴為族長之女，福分自然是有的。姑娘見多識廣，看人的眼光想必甚好，能不能成為貴婦人，全看姑娘的抉擇。季堯……不敢妄言。」

「那季公子覺得，自己能成為那個男人嗎？」

季堯又是一愣，待反應過來後，冷汗涔涔。

聽聞影石族的女子大多年幼就定下婚事，今日雲府的人不由分說把他們帶過來，竟然是在幫雲姑娘擇婿。

「我……季堯才識淺薄，也沒什麼遠大的志向，怕是……有愧姑娘所託。」

雲裳聞言，面色淡然。「既如此，今日就打攪季公子了。」

說罷，雲裳朝玉奴使了個眼色，玉奴把早就準備好的銀子遞上。

「季公子不辭辛勞到我府中回答問題，這點心意還請季公子笑納。徐嬤嬤，送客吧。」

說完，雲裳扭頭回屋。

季堯的回拒，早在她預料之中。

不久，徐嬤嬤送走季堯後，把唐明演帶進來。

雲裳問了同樣的話，唐明演口出狂言。「雲姑娘所說的人，除了我，自然沒有別人了。不過麼，我尚且年幼，還沒有成親的打算，對影石族女子也沒有半點好感，是絕對不會娶妳的，你們影石族不過區區一個小部落，對我未來的仕途沒有任何幫助。」

一旁的徐嬤嬤頓時臉色一變，憤然截口。「我們影石族再小，也比唐家戴罪之身好。沒有雲家的同意，唐公子未來想進入仕途，難如登天，更別說做什麼大官了。」

唐明演面色有些難堪，氣勢上卻沒有敗下來。「我們唐家世代忠良，不過是遭人陷害才被貶到這兒來，重獲皇上寵信是早晚的問題。」

徐嬤嬤回以輕蔑一笑。「唐公子倒是自信。」

唐明演不傻，知道徐嬤嬤什麼意思，氣哼哼道：「妳們這些婦道人家，豈能知道仕途之事，跟妳們說，浪費口舌。」

徐嬤嬤最不喜這般狂妄自大之人，沒有交談的興致，對玉奴使眼色，要她送客。

雲裳心裡想著以前的事，這唐明演雖然家世敗落，但在家中最受寵愛，有些自負。到底年幼，什麼話都敢說。

雲裳見唐明演氣鼓鼓的模樣，笑著截斷徐嬤嬤。「唐公子家世好，有才華又有自信，進士及第是早晚的問題。雲裳先在這兒祝唐公子心想事成，馬到成功。」

唐明演聽了臉色略微轉好，輕輕哼了一聲。

雲裳又說了幾句客套話，才讓玉奴把人送走。

徐嬤嬤收回目光，失望搖頭。「小姐，這些外族男子狂妄自大，除了季公子稍微好些，沒有一個配得上小姐。但季公子也沒有那個意思，依老奴看，還是別找外族男子了。」

唐明演的一舉一動，把徐嬤嬤對外族人的好感都敗光了。

雲裳不以為然。「並不是所有外族男子都如同唐明演這般驕傲自負，我想再看看。」

「就這唐明演，一家戴罪，身處困境，不知道收斂鋒芒，還如此狂妄，未來絕不可能在仕途上大有作為。」

唐明演的脾性雲裳見過，心裡並不惱，不過也總算知道兩人少年時結怨的原因了，若沒有前世的記憶，方才在唐明演開口後，她估摸著就要把人貶得一文不值了。

她淡笑道：「嬤嬤，其實我心中，已有了中意的人選。」

徐嬤嬤訝然。「這是什麼時候的事？」

「只是見過一面，心存好感，還需要嬤嬤為我物色一番。」

就在此時，玉奴回到屋中。

雲裳道：「說起來，玉奴也見過那少年。」

玉奴聽得心頭一震，抬眼不可置信道：「小……小姐，您該不會看上那個屠夫了吧？」

徐嬤嬤臉色驟然一變。「屠夫？」

午時，雲裳帶著徐嬤嬤走到那個肉鋪附近，指出顧闓。「嬤嬤，我說的人，就是他。」

這個時候趕集的人早就回家了，人寥寥無幾，顧闓沒有生意，正在收攤。

徐嬤嬤遠遠的，只瞧見一個瘦弱的背影，忍不住皺眉道：「小姐，這人長得，未免太瘦了些。」

雲裳笑道：「我覺得這城中最優秀的男子，非他莫屬了。」

徐嬤嬤是雲裳的貼身奶娘，從小看著她長大，看她語氣認真而又堅定，便知道她對這屠夫是真的上了心了。

她凝眉仔細瞧著，恰好，顧闓回頭，徐嬤嬤看見他的臉，想了想，把人認出來了。「這不是顧公子嗎？」

「嬤嬤認識他？」

「自是認得，老爺還在世時，十分欣賞顧老爺的為人和才華，沒少幫襯顧家。顧老爺小姐也是見過的，就是這顧公子，不喜走動，我也就見過兩面。」

雲裳點頭。「這麼說來，我們與顧家倒是有些淵源，既如此，這門親事就好辦多了。」

徐嬤嬤卻搖頭。「雖然顧家是被人所害，家世清白，這些年在影石城也是安分守己，頗有大家風範。可他們到底是被貶到這兒的，還不知道何年何月才能被赦免，回到北冥城。再說了，顧老爺在書院裡當夫子，說出去這名頭還行，可顧公子未能子承父業，不讀書習字，跑來當個碌碌無為的屠夫，實在是配不上小姐。小姐，還是另尋良人吧。」

徐嬤嬤話沒說完，一抬頭，就發現雲裳人不見了。

雲裳徑直走到顧閆面前，道：「你好，我叫雲裳。」

聞聲，顧閆抬頭。眼前的女孩穿著一身粉色花裙，笑靨如花，目光毫不避諱，直勾勾的望著他，顧閆有一瞬間恍神，很快神色如常，淡然道：「豬肉已經賣光了，明日再來吧。」

話落，轉頭繼續收拾東西。

雲裳目光追隨著他，直言道：「我不是來買豬肉的，我是來看你的。影石城女子十歲便可定下婚事，我的年紀也快到了，正在城中挑選夫婿。其他人我都瞧不上，偏偏看中了你。你說，這可如何是好？」

這話回響在顧閆頭上，聽得他腦袋嗡嗡嗡的響。

都說影石族女子潑辣豪爽，沒想到連害臊和廉恥之心都沒有。

顧閆故作若無其事道：「所以姑娘的意思是？」

「我想嫁給你。」

哐噹！

顧閆失神片刻，手裡的菜刀毫無預兆落地，他的注意力才被清脆的金屬聲音拉了回來。強自鎮靜的把刀撿起來，扭頭看向雲裳。想了想，才慢慢道：「顧閆一介莽夫，配不上姑娘。姑娘還是另尋他人吧。」
「我就喜歡莽夫。」
顧閆手裡的菜刀差點又掉了，看著眼神堅定的雲裳，頓時無言。
徐嬤嬤追過來，嚇出一身冷汗，小聲道：「小姐，此事從長計議。我們先回府。」
說罷，抬頭同顧閆道：「顧公子，實在不好意思，小姐從小就頑皮，剛剛那些話，是同顧公子開玩笑的，顧公子切莫放在心上。」
說著，緊張的望向周遭，心跳如擂鼓。
這都什麼事跟什麼事啊，小姐待字閨中，光天化日之下向一個外族男子示愛，說出去，雲家的臉面何存？若是這門親事不成，小姐以後想找佳婿，那些人家也會仔細掂量一番。
顧閆回頭，看向雲裳，斂了斂眸。
自己雖為屠夫，可因為生得俊俏，城中不少姑娘偷偷對他表達過愛慕之情，吸引一個小姑娘倒也不奇怪。可這姑娘昨日方來過，今日又出現在此，明顯不是鬧著玩的。
顧閆臉上沒什麼神色。「無妨。」
徐嬤嬤生怕雲裳再說出什麼驚世駭俗的話，沒讓雲裳有再開口的機會，把人拉走了。
回到府中，徐嬤嬤神色一正，眉頭一皺。「小姐到底是女兒家，以後可不要再做這種糊塗事了，傳出去，有損您的名聲。」
影石族女子性子豪爽，頗有男人風範，但禮數也是不能輕易壞了的。

徐嬤嬤雖板著臉，卻沒有苛責的意思，言語中只透露著無奈。

雲裳也知道自己唐突了，道：「嬤嬤，我知道錯了，今日是我唐突，以後會注意的。」

想著方才的話，雲裳也有些不敢置信，那是從自己嘴裡出來的。

大概是經歷了前世種種不痛快，這一生，她想肆意活一次。

上一世，因為父母親去世，而她年幼便知道背後真相，厭惡世間虛偽的嘴臉，也不敢輕易相信任何人，就算心裡有想法，也不會向外人透露隻字片語。

若是問她，她活得快樂嗎？

她可以肯定的說，她不快樂。那樣壓抑的生活，她不想再體會第二次了。既然上天給了她重來一次的機會，她就不能重蹈覆轍。有些東西，只要有一絲機會爭取，她就要牢牢把握在自己手中。

「可是嬤嬤，這城中男子，我只認顧公子一人。其他的，我不願嫁。」

徐嬤嬤瞠目，呆了半晌，不解道：「小姐不過才見過顧公子兩面，怎麼就認準他了？」

小姐從小就被保護得很好，性子天真爛漫，別說成親了，恐怕連男女之情都不明白。怎麼自從失足後，就像變了個人似的。雲裳的變化太快，也過於蹊蹺，徐嬤嬤看出了端倪，震驚之餘，更多的是費解。

「嬤嬤等我一會兒。」

雲裳沒有多言，回房把東西翻出來，拿給徐嬤嬤瞧。

徐嬤嬤滿腹狐疑的接過那封信，通讀後，她怔怔望著手裡的遺書，喉間一陣苦澀。「原來老爺和夫人早就做了這樣的打算。」

當她抬眸，看到雲裳無辜的雙目，如鯁在喉，終是無言。

老爺是影石族的第六代族長，老爺、夫人在世時，把小姐視為掌上明珠，百般疼愛。臨走前，竟連小姐的後路都幫她鋪好了。而小姐向來孝順，從小到大，就沒有忤逆過老爺和夫人。只是這樣，到頭來苦的還是小姐。

雲裳大抵知道徐嬤嬤的擔憂和顧慮，道：「嬤嬤，與顧家結親是母親的遺願。父親在世時十分看重顧家，為我安排了這門親事，想來也是深思熟慮之後才下的決定。我相信父親和母親的眼光。我也相信，顧家念著舊情，不會讓我受委屈的。」

徐嬤嬤頓住，半晌後，終是點了頭。

聽說雲家有人來訪，還是雲夫人生前的貼身婢女時，顧翰有些詫異。

他與雲族長是知己，深交幾年，雲族長還在世時，兩人頻繁走動。但自從故人逝去後，他便沒有再去雲家走動了，自然雲家也沒人來過顧家。不過好奇歸好奇，客人來了，總要見一見的。

顧翰吩咐下人好生招待客人，換了身衣服，這才出去。

來的，只有徐嬤嬤和兩個下人，客套了幾句，徐嬤嬤就直接道明來意。

顧翰聞言詫異，擰眉稍微沈思，這才緩慢開口。「這是雲兄的遺書？」

徐嬤嬤點頭。「老爺膝下只有小姐一個女兒，十分寵愛，去前最放不下的就是小姐。老爺生前將夫子視為知己好友，是個值得信任之人，老爺這才放心把小姐託付給顧家。」

顧翰默聲，看向自家夫人，顧夫人亦在震驚。接到顧翰的目光，這才回過神，淡笑道：「此事事關重大，可否容我和老爺商議一番。」

顧翰接道：「我和夫人並不是不想答應這門婚事，只是往日教導闓兒時，我們夫婦倆就說過，無論什麼事情都尊重他的意願，不能食言。婚姻大事是重中之重，雲小姐若是願意嫁入顧家，我們自然是歡喜的，就怕兩個孩子沒有那意思，到時候痛苦的還是他們兩個。」

徐嬤嬤截住話口。「小姐屬意顧公子，願意嫁入顧家。」

顧翰止了聲，眉眼微擰，略顯為難。

他初來影石城之時，窮困潦倒，父親病重，走投無路，是雲兄幫他度過難關。別說雲兄有這個請求，就算沒有，只要雲小姐有難，他都會鼎力相助。

但若是旁的事情也就罷了，結親可不同，闓兒是他唯一的兒子，也是他的驕傲，他向來尊重孩子的選擇，不能強迫闓兒娶一個他不喜歡的人。

可是快一年過去，雲家突然拿出這封想結親的遺書，想必也是近日遇到了難處，才不得不出此下策，他若是不答應，就愧對故人。

屋裡有片刻的沈默。

最終還是顧夫人打破沈默。「此事，我和老爺需要先問過闓兒的意思，若是闓兒有意，自是再好不過；若是孩子沒有那個意思，作為母親的也不能強求。但是雲家儘管放心，雲老爺如此信任我們，我們就不會不管不顧。如果兩個孩子無緣，我們依然會把雲小姐接到顧家，養育成人，並視如己出。」

顧翰也允諾。「內人說得沒錯，我顧翰不是忘恩負義之人，之前顧家多受雲家照顧，如今雲兒不在，雲小姐就是我們的孩子，我們夫婦倆願意撫養她長大。」

顧翰的人品徐嬤嬤是信得過的，兩人沒有拒絕，還說了一番肺腑之言，讓她有些動容。老爺、夫人這次是看對眼了，這顧家和顧公子，確實值得小姐託付終身。

起初她知道這個消息時，一時半會兒也沒能緩過神來。婚姻大事不是兒戲，顧家的顧慮不無道理，說到底，兩家非親非故，憑藉的不過是老爺生前和顧夫子的一點交情，人家若是不願意，也不能勉強。

念此，徐嬤嬤沒有再多言為難，只道：「那我就先替小姐謝過夫子和夫人了。若是有了結果，煩勞夫子差人到雲家說一聲。」

顧夫人笑答。「這是自然的。」

正事辦完，徐嬤嬤也不多逗留，道：「時辰也不早了，小姐一個人在府裡待得悶，我得先回府了。」

顧翰和顧夫人親自把人送出府。

把人送走後，顧夫人蹙眉道：「老爺，這事你怎麼想？」

顧翰沈吟了下。「雲家突然派人過來，想必是雲小姐真的遇到了難處。她一個孤女，我們不能放任不管，只是結親一事，還得闓兒點頭才行。」

顧夫人想了想，擔憂道：「雲老爺、雲夫人雖然不在了，可還有族人呢。他們沒有將雲小姐託付給雲家人，反而託付給顧家，我們顧家何德何能，能讓雲族長如此信任。只是我聽說，這影石族繼承人若是與外族人結親，就失去繼任資格。這事雲族長應該是知道的，可還是要跟顧家結親，我有點擔心……」

影石族雖然有許多死規矩，可族長這位置，多少人眼巴巴在盯著。這位置是世襲的，按理說，應該還是由雲小姐擔任，可雲族長卻把這位置推了出去。這其中深意，實在不得不令人多想。

顧翰沒有多想。「夫人，既然雲兄把女兒交給我們，我們就要好好照顧她，不枉費雲兄對我的信任。族長位置雖好，可是雲兄的下場妳也看到了，他又怎麼忍心把孩子往火坑裡推呢？」

雲兄生前對他重情重義，推心置腹，如今把女兒託付給顧家，是相信他的為人。他顧翰這輩子就只有這麼一個真正的知己好友，不能讓好友在九泉之下不能瞑目。

顧夫人也是個母親，聽顧翰一言，便也能明白了。「做父母的，都希望孩子能好。既然老爺心裡已經有了主意，闓兒那邊，就由老爺親自去說一聲。這事能不能成，還得看闓兒是怎麼想的。」

話落，顧夫人同婢女雀兒道：「公子回來了嗎？」

雀兒和阿福在顧家還沒被放逐時，就是忠心耿耿的下人。顧家出事後，顧夫人提前知曉消息，念雀兒他們忠心，親自出銀子到官府為他們恢復良籍。

雀兒等人感恩顧家，又伺候他們慣了，在顧家出事後不但沒走，還跟到了影石城，繼續跟在身邊伺候。剛來的時候，顧家沒有銀子，雀兒等人還出去找活計做。

後來雲碩見顧家處境可憐，心有不忍，親自買下這座宅子送給顧翰，並一直幫襯顧家，讓顧翰到書院教書，顧家在雲碩的幫助下，日子漸漸好轉，沒有那麼清苦了。

原本顧閆已經不需要出去賣豬肉賺銀子了，但市場人多口雜，消息靈通，屠夫看起來又沒有什麼作為，威脅不到北冥那些與顧家敵對的人，可以打消他們的疑慮，便每天還去賣豬肉。

雀兒道：「未曾，往常這個時辰也該回來了，奴婢出去看看。」

說話間，顧閆和侍從阿福回來了。

進了門，發現父母親都在，顧閆恭順的行禮道：「父親，母親。」

顧翰笑著點頭。「用過膳了嗎？」

「剛剛在外面吃了碗麵，還不餓。」

顧翰正色。「既如此，先跟我去書房一趟吧。」

顧閆抬眼望向顧夫人，得到顧夫人的眼神示意，應了聲是。

兩人進了書房，顧翰叫他把門關上。

顧閆立著，也不說話，靜待顧翰出聲。只是等了許久，顧翰也沒有說話，他抬頭見顧翰面色猶豫，問道：「父親可是有難言之隱？」

顧翰皺眉，聲音壓得很低。「閆兒，中秋過後，你便十六歲了吧。可有成親的打算？」

顧閆聰敏，方才從顧夫人的神色中便能猜出一二，知道有要事，沒想到是關於自己的婚事，而且看自家父親這模樣，這婚事還有些棘手。

他沒有應話，低眉想了想。「父親心中可是有人選了，是哪家的姑娘？」

顧翰頓了頓，沒有隱瞞。「你雲伯伯的獨女，雲裳。方才雲家來過人了，帶著你雲伯伯的遺言，他想讓雲裳跟你成親。」

顧閆訝然抬頭。「雲裳？」

喚著這人名的時候，他腦海裡不由自主的浮現出那抹粉色衣裳主人的模樣。那姑娘說話時，神情堅定又認真，但他只當成玩笑聽了去，沒想到對方是說真的。

「你應該見過她幾面，不過那時候她還小，現在模樣變了，不一定記得了。」

顧翰說到這兒，突然頓住，視線定在顧閆身上，半晌才開口。「你可願與雲裳成親？」

顧閆幾乎是不假思索就冒出答案。

我不願意！

可顧翰卻沒讓他有開口的機會。「你雲伯伯對顧家恩重如山，這是他的遺願，顧家，應當把這人情還了。」

顧翰沒有直言，意思卻顯而易見了。

他希望顧閆能娶雲裳。

不為別的，就因為顧閆是他親自教導長大的，無論品行還是才學，都是同輩人中的佼佼者。若是娶妻，就算將來在仕途上大有作為，也不會貪圖權貴，拋妻棄子。

就算他認雲裳為義女，培養成一個琴棋書畫樣樣精通的優秀女子，也不能保證她未來挑選的夫婿是好的。只有嫁入顧家，才不會受委屈。

顧閆沈默。

他明白父親的意思，也知道如果沒有雲家，他們顧氏一脈早就沒了，雲家的恩情，父親不能忘、不敢忘，他顧閆也不能忘。

可是真的娶了雲裳，那他這一生的仕途很可能就會發生變化。原本他只需要按著上一世的路，一步步走下去，很快就能帶著家人重返北冥城，而他再過幾年，就是蒼梧國最年輕的宰相。

從今以後，沒人敢再輕視顧家，這偌大的蒼梧國，亦是他一人說了算。

他的妻子，本來也應該就是那個人。

若是提前娶妻，那個人還會不顧一切的嫁給他，幫他坐上宰相之位嗎？

沒有哪個女人願意同別人分享丈夫，那個人的眼裡更是容不得沙子，沒有她的幫助，他未來又能否憑藉一己之力當上宰相？

第三章

徐嬤嬤把顧翰的意思傳達給雲裳的時候，雲裳並不意外，反倒安心了許多。

她不懂朝局，卻也見過父親處理族中事務。族裡的事沒比朝廷的好，到處是爾虞我詐。

顧家和穆家是表親，都說一人得道雞犬升天，這關係雖然不算親近，好歹也是沾了點光的，顧家還提攜過穆司逸一把。

她和穆司逸比顧家晚兩年回北冥城，顧家在官場上風光，穆司逸的心理有點不是滋味。既想得到顧家的幫助，又見不得顧家好，經常讓人打探顧家的消息。因著這層關係，她多多少少也聽說了顧家的一點事情。

顧闓確實少年得意，可他的仕途也不是一帆風順，成為宰相之前，多次入獄。當他一人之下萬人之上的時候，顧家門楣，就只剩他一人了。

當年顧闓被眾人追捧，視為神一樣的人物，或許多少帶著點美化的成分。要坐上那個位置，他做了多少犧牲，外人是無法知道的。

再說顧翰這人，上一世她見過幾面，沒說上幾句話。如若記憶沒有出現差錯，顧翰回到北冥城不久，就因病去世了。

可她記得聽阿爹說過，顧翰學富五車，品行端正，為人儒雅，是不可多得的良才。父親生前稱讚的人屈指可數，想來顧翰就如同父親所說的那般，是個能人志士，儒雅仗義。

不過重情義固然好，若是過了頭，未嘗是好事。若是這人為了報答父親的恩情，輕易允諾兒子的婚事，未來也有可能會為了別的緣由，讓顧闆休了她。他尊重顧闆的意願，這樣才更好，以後她如果真能進顧家，在顧府才能有自己的一席之地。

雲裳神色平靜道：「既然顧大人都這麼說了，便等等吧。」

她直覺顧家會應了這門親事，不過，就算不答應，她也有法子讓他們點頭。

徐嬤嬤忽然嘆息道：「這事雖是老爺和夫人的意思，但老奴希望，小姐能隨心而為。倘若只是為了老爺的遺願，也不必拿自己的一生做賭注。」

雲裳笑道：「嬤嬤。我想嫁入顧家，不全是父母親的意思。顧闆此人，一看將來就是大有作為的，我嫁給他，不虧。」

她有著前世的記憶，便比別人多了優勢，若是不加以利用，著實可惜。

未來的顧家，是不會看上她這麼一個部族孤女的。

他們現在身處影石城，尚為戴罪之身，處處受限，加上顧夫子與父親又是故交，無論如何，也會答應下來。

至於將來的事情，誰又能說得準呢？

看著雲裳如此堅定，徐嬤嬤一時半會兒也不知道該說什麼。小姐以前天真爛漫，藏不住心事，自從突生變故後，心思就不再向外人告知了。

無論小姐是因為何種原因堅決要嫁入顧家，她做下人的只能在一旁給建議，作不了主。

這時，玉奴從外頭悄聲走進，道：「小姐，大長老來了。」

雲裳眸子突然一暗，微擰起眉，問道：「除了大長老，還有別人嗎？」

「雲韻小姐也在。」

雲裳眉頭皺得越發緊了。

自打父母親去世後，大伯父就不再裝腔作勢，惺惺作態。僅有的幾次來訪，都是衝著族長之位才來的。這次過來，想必又是為了這事。

至於雲韻，她失足落水，就是這個堂姊的手筆。以前她愚蠢，等看清他們醜陋嘴臉的時候，為時已晚。

她還沒找這兩人算帳，他們就自己主動上門來了。

徐嬤嬤見狀，道：「小姐若是不想見，老奴就出去把人打發了。」

「不能讓大伯父白跑一趟，還是見一見吧。我先進屋換身衣裳，嬤嬤先出去替我招待他們。」

徐嬤嬤擰眉，想了想，還是忍不住提醒。「小姐，不是老奴多嘴。大長老和雲韻小姐，絕非善類，小姐還是不要與他們過分親近的好。」

雲裳面無波瀾，只是淡淡一笑。「嬤嬤放心，怎麼說我現在也是一家之主，有些事，心裡有數的，斷不會讓自己委屈了。」

該來的，想擋也擋不住。

徐嬤嬤憂心忡忡。「小姐不想接任族長的事情，暫時還是不要向大長老透露的好。我怕他們會對小姐做出什麼不利的事情來。」

雲裳道：「我心裡有數的。」

雲盛和雲韻等了半炷香，也沒見到人，雲韻開始有些坐不住了。

「阿爹，下人不是去傳話了嗎？雲裳怎麼還沒來？」

等了這麼久，雲盛的耐心也被消磨得差不多了。不過他善於隱藏，沒有雲韻這麼焦慮和急躁，面上依舊是一副雲淡風輕的模樣。「阿裳前段時間落水，身子骨不好，來遲些也正常。別急，再等一會兒，阿裳就來了。」

徐嬤嬤聽了，道：「小姐的身子剛好，這幾日正在追查落水的事情呢，忙得焦頭爛額，難免來遲些。」

雲韻的臉色，頓時又白又紅的，彷彿家裡開了染坊。

饒是雲盛素來不喜形於色，不怒於形，這個時候也免不得心虛。

他面色僵了下，才假笑道：「阿裳不是失足掉下去的嗎，怎麼還追查起來了？我記得那日，阿韻跟阿裳在一起，兩個孩子，吵吵鬧鬧的，折騰多了，就容易出事。回去後，我還懲罰了阿韻，怪她沒有看好妹妹。」

三言兩語，將雲韻撇得乾乾淨淨。

徐嬤嬤不動聲色的看著他們倆的神態變化，視線落在雲韻身上，聲音透著一股涼意。「小姐自幼習武，身子強健，區區一個荷花池，怎麼可能傷得了小姐？這事，老奴也好奇呢，為何那日小姐在水中撲騰許久，都沒有上來，等人趕到時，半條命差點就沒了。」

徐嬤嬤目光灼灼，雲韻心虛得越發厲害，眉頭低垂，手指緊攥，捏出一把汗。

雲盛見了，不慌不忙的倒了一杯茶，遞給雲韻。

「阿韻，妳是不是又怕了？都怪阿爹不好，沒有派人好好陪著妳們倆，讓妳親眼看見妹妹落水，嚇得生了後遺症。若是妳能求得阿裳原諒，不怪妳當日因為驚慌過度，沒有及時救她，阿爹就不罰妳了。」

雲韻身子突然顫了一下，緩緩抬頭，膽怯道：「阿爹……」

她害怕。

雲盛拉起她的手，把茶杯放入她手中，輕聲道：「這不是有阿爹在嗎？」

這話宛若一劑定心丸，雲韻抬眉，看到雲盛的眼神，頓時又有了底氣。

不過話說回來，這事還是他們理虧，當日雲韻又在場，逃不了嫌疑。

雲盛想了想，蹙下眉頭。「那這事有結果了嗎？我也派人查過了，那池塘裡並沒有什麼怪異的地方，思來想去，應該是阿裳突然落水，太過驚慌，這才溺水。」

那事做得滴水不漏，雲盛當然不會相信雲裳一個乳臭未乾的孩子能看出蹊蹺，並懷疑到他們頭上，更別說追查了。

但是雲家，不只有雲裳一人。

她懵懂無知，可不表示雲府的人就會這麼想。真的懷疑了什麼，能查到蛛絲馬跡也說不定。

徐嬤嬤在心裡冷笑。不過懷疑歸懷疑，沒什麼證據也拿人沒辦法，反而會打草驚蛇，於是不鹹不淡的回了一句。「自從失足落水後，小姐便有些精神恍惚，許多事情都記不住了。老奴想了想，小姐那日也許真的是意外，這事，不必再查下去了。」

雲盛忽然鬆了口氣，語氣變得熱絡了些。「前幾日，有好友送了我一些荔枝，我記得阿裳喜歡吃，等會兒讓人送一些過來。」

話音剛落，餘光瞥到不遠處長廊姍姍來遲的雲裳，便陡然拔高音量。

「阿裳啊，我是從小看著長大的，當成親生女兒一樣看待。收到的那些荔枝，個頭又大又甜，阿裳一定喜歡。」

「伯父在說什麼？」

雲盛回頭，就看見雲裳來了，正笑盈盈地看著他。

他站起來，定睛看了雲裳兩眼，氣色不錯，看起來身子養得差不多了，笑道：「大伯偶得好友相贈荔枝，正準備差人給妳送過來一些呢。」

雲裳眼睛頓時一亮。「是嗎？我最喜歡吃甜的了，大伯可要分給我多些。」

語氣還是一如既往的熱絡，沒什麼異常。

雲盛眉梢浮上笑意，儼然一個慈祥和藹的長輩。「大伯父就知道妳喜歡吃，特意讓人留了不少呢。」

又客套了幾句，雲裳的目光這才越過他，看向雲韻。「堂姊今天怎麼不說話？」

雲盛大聲道：「阿韻，愣著幹麼？剛才不是鬧著要來看阿裳嗎，怎麼見了人，就變啞巴了？」

雲韻怯生生地低著頭。「阿爹，我……」

雲韻這番扭捏的模樣，讓雲盛心裡不由得生出一股惱意，礙著雲裳在場，不好發作，扭頭瞪了雲韻一眼，笑著解釋。「阿韻還在為那天沒有看好妳的事情愧疚著呢，妳也別怪她。她雖然比妳大，可也是孩子，那天著實也被嚇壞了。」

到底是因為愧疚，還是做了壞事心虛就不得而知了。

若是以前，雲裳不會懷疑什麼，看見他們還會覺得親切，只是前世兩人的所作所為讓她噁心，這一會兒並沒有心思跟他們上演一場家族情深的戲碼。

她坐下來，直入主題。「大伯父突然過來，可是還有別的事情？」

雲盛跟著坐下，抬頭瞥了眼正上方雲裳坐的位置，眸色一深。

那是影石族歷代族長的位置，以前每次來雲家商議要事，雲碩都是坐在那位置上，不過今天的人換成了雲裳。

雲碩走了，雲裳作為少族長，坐著那位置也沒什麼，只是這位置一向代表尊卑，他作為長輩，只能屈於一個小孩之下，個中滋味，難以言喻。
而雲裳，也在這時望了過來，眸中透著疑惑。
雲盛斂眸，道：「先族長一年喪期將過，按照族例，這繼任一事該提上議程了。阿裳心裡可有想法？」
雲裳沒有應聲，側頭端起桌子上的茶杯，握在手中，只是看著，沒有入口。
茶還是熱的，茶煙裊裊，覆蓋了她的所有情緒，讓人看得不真切。
果然，大伯父是衝著族長一事而來的。父親和母親在九泉之下還未安息，他就開始惦記族長的位置了。
想到上一世雲盛後來的作派，雲裳倒也不覺得奇怪，只是一想到雲盛欺騙她，在事情暴露後，又對她趕盡殺絕，心裡仍有些憤慨和意難平。
雲盛以為雲裳不說話是思念爹娘了，出聲安撫。「阿裳，妳爹娘走了，伯父也很傷心。只是人死了不能重來，何況妳爹娘走得體面，活著的人，應該向前看。」
雲裳握緊手中的茶杯，深深吸了口氣，半晌後猛地鬆開，再抬頭時，神色已如常。「大伯父說得是。不過這族長之位，我怕是不會繼任了。」
雲盛錯愕。「為什麼？」
雲裳故作嘆息道：「大伯父，您也知道，我年紀還小，難以服眾，且族中事務繁雜，我瞭解甚少，難以處理。因此這族長之位，我認為應當由威望高又有才能的人來擔任。」

頓了頓，她又道：「大伯父心裡可有擔任族長的想法？」

雲盛沒想到她這麼有自知之明，眼含笑容，假裝謙虛的擺了擺手，故作推辭道：「我一大把年紀了，這族長之位也難以勝任。」

話雖如此，他聽到雲裳不想做族長，心裡是十分高興的，不過面上沒有表現出來。

雲裳知道他心裡在想什麼，懶得戳破，更不想與他繼續虛情假意的說著違心的話，打了個哈欠，道：「大伯父，我有點累了，想回屋歇息一會兒，順便和堂姊說幾句體己話。」

雲盛點點頭，然後起身。「既然如此，伯父就不打擾妳了，讓阿韻留下來陪妳一會兒。好好歇息，等過兩天妳身子好些了，伯父再來看妳。」

說完，雲盛便不再逗留，打道回府。

送走雲盛，雲裳回過頭，終於正眼瞧向雲韻。

雲韻如芒在背，下意識往後縮了一點。

這番舉止，越發令人懷疑。

也就是這一剎那，徐嬤嬤堅定了心中的猜測，小姐失足一事，絕對和雲韻脫不了干係。

那日雲韻到府中遊玩，到了晌午，突然說要和小姐玩捉迷藏，屏退跟隨的婢女。

還是玉奴去找人，才發現出事了的。當時雲韻就站在池邊，不喊不叫。正常的孩子，遇到這種事情，早就慌亂得不知所措了，就算不知如何應對，也會叫出聲來。

但是雲韻沒有，從頭到尾，她都只是站在池邊看熱鬧。

因為兩人從前姊妹情深，無人懷疑是雲韻下的毒手。

可徐嬤嬤事後越想越覺得蹊蹺，尤其是雲韻一直躲著不敢來府裡找雲裳，如今來了也是畏畏縮縮的，似乎很害怕，更讓她堅定，雲裳落水一事必和雲韻有關。

徐嬤嬤不知雲裳為何要把雲韻留下來，看見雲韻，她心裡就堵著一口氣，話中透著一絲不喜。「往日大小姐與小姐最為親近，小姐失足後，怎麼反倒疏離起來了？」

雲裳笑著接話。「堂姊跟著我一同長大，往日來到府中，就像這兒的主人一般，今日如此拘謹，反倒讓我不自在了。」

雲韻暗暗捏了一下手指，終於沈下心來，抬頭看向雲裳，扯出一抹笑。「阿裳，妳好些了嗎？」

雲裳突然覺得有些好笑。

她這位堂姊膽子一向不大，即便後來長大了，對她下手，也因為心中惶恐難安，落了病根，加上家門不幸，沒幾年就去了。

可是呢，即便如此，雲韻依然沒對她心軟，該做的壞事，一件也沒落下。

雲裳沒有同她熱絡的心思，淡淡道：「今日午膳，堂姊留下來同我一起用吧。」

雲韻頓了下，點頭說了聲好。

自從雲裳病後，食慾不振，廚房每日做的菜都很寡淡，今日雲裳讓他們添了份紅燒肉和清蒸魚。

雲裳落坐後，雲韻也跟著要坐下來，被徐嬤嬤攔住。「大小姐，小姐是少族長，尊卑有別，沒有小姐同意，私自落坐便是踰矩。」

雲韻身子一僵，有些手足無措的看向雲裳。

沒想到雲裳視若無睹，目光只停留在菜品上面。

雲韻心裡發慌，出入雲家這麼多年，她從未遇到這種情況。即便她和雲裳不是堂姊妹，依著她大長老長女的身分，也是有資格同雲裳一起入座的。

她不明白徐嬤嬤的意思，目光瞥向雲裳。「阿裳……」

雲裳偏頭，看見她站著，笑了下。「我最近在學習族長的禮數，怕是要委屈堂姊了。」聲音很輕很柔，卻含著莫名的涼意。

雲韻當下一愣。

實話說，不是沒人教過她尊卑有別，即便是親人，在雲裳面前，她一直都低了一等的。

只是從記事起，她便同雲裳一起玩，雲裳也一直告訴她，不必在意族中的規矩。

雲裳從小就不是安分的主兒，從來不在意那些規矩，今天卻忽然對她端起了架子。

想起落水那日，雲韻惴惴不安，小心翼翼的問：「那阿裳妳，可是學好了？」

雲裳喝了一口徐嬤嬤剛盛好的雞湯，不緊不慢道：「還沒。」

徐嬤嬤挾了一塊紅燒肉，放入雲裳碗裡。

雲韻的視線不自覺望了過去，忍不住吞了下口水。她最喜歡的菜也是紅燒肉，出門前就喝了半碗粥，這一會兒早就餓了。

徐嬤嬤順著她的視線望過來，雲韻一怔，隨後別開眼，眼神閃躲。

這雲家她最怕的人，就是徐嬤嬤了。

徐嬤嬤不動聲色的收回目光，笑道：「這禮數著實繁瑣，委屈大小姐了。玉奴，還不快給大小姐賜座。」

玉奴聞言，給雲韻挪了把椅子。

賜座……

雲韻下意識皺眉，瞥向雲裳，雲裳迎著她的打量，不解道：「堂姊怎麼不坐？再不吃菜就涼了。」

雲裳話說得客客氣氣的，眸中含笑，笑意卻不達眼底。

雲韻忽然間有種錯覺，雲裳不是個孩子，而是族長了。

這種想法讓她心裡不由得一驚，很快又否定了。阿裳不過九歲，能懂什麼，今日循規蹈矩的，想必都是徐嬤嬤的意思。

她收住那些奇奇怪怪的心思，遲疑了一下，方緩緩坐下。

雲裳挑了幾塊肉放入她碗裡。「堂姊，妳不是最愛吃紅燒肉嗎？這些都給妳吃。」

熱情又乖巧，依舊是從前那個什麼好的都讓給她的堂妹。

雲韻沒有動筷，她看著雲裳，猶豫出聲。「阿裳，落水那日的事情，妳還記得嗎？」

雲裳頓了頓，須臾後若無其事道：「發了一場高燒後，什麼都不記得了，幸好沒把以前的事也忘了。」

雲韻鬆了口氣，眉眼漸漸舒展，道：「我這幾日，都快擔心死了。妳不知道，那日的事也把我嚇壞了，幸好阿裳妳沒事。」

說著，手便朝雲裳伸了過去。

雲裳眼疾手快，察覺到雲韻的意圖，在她的手差點要碰到自己的時候，身子往旁邊偏了偏，躲過了觸碰，並在雲韻沒有反應過來前，道：「堂姊，我不耐熱，手心太多汗了。」

雲韻的手僵了僵，她總覺得雲裳沒有以前親近她了。雲裳這一抽手，令她越發不自在，不過心裡還記得雲盛的叮囑，在心裡斟酌了下，問道：「阿裳，阿爹跟我說，還有兩個月，妳就要繼任族長之位了。到那時候，妳是不是就沒時間陪我玩了？」

雲裳嚼了一口紅燒肉，含糊不清的嗯了聲。

沒有得到確切的答案，雲韻繼續道：「可是妳還年幼，能處理好族中事務嗎？妳有沒有想過，找個人協助妳打理族內事務？」

這才是雲韻來的真正目的。

雲裳把碗筷放下，思索了下，道：「堂姊，我剛剛沒跟大伯父開玩笑，我並不想繼任族長之位。」

雲韻詫異道：「為什麼？」

剛才雲裳說出不想繼承族長這句話後，雲韻一直以為那是雲裳隨口一說。

雲裳略一沈吟，同她道：「這是我阿爹的遺願。」

雲韻愣了愣。「若是妳不當，族長之位讓誰來當？」

「不是還有大伯父在嗎？三個長老中，只有大伯父是雲家一脈，又最為年長，下一任族長，自然是大伯父無疑了。」說著，雲裳抬頭，視線在雲韻臉上停留，笑道：「到那時候，堂姊妳就是少族長了。」

雲韻愣住。

少族長？這是她作夢都不敢想的事情。

正說著話呢，有一婢女走進。「小姐，大長老派人送了一筐荔枝過來。」

「端進來吧。」

荔枝的外皮已經有些暗淡了，成色不算好，好在個頭大。

雲裳記得這個品種，最為好吃，但是難得，屬於貢品。以前父親在世時，她每年都是第一個吃到的，今年沒了。

她給徐嬤嬤和玉奴分了些，剝開一個放入口中。

很甜。

雲裳看見雲韻愣著，往她手裡塞了幾個。「堂姊，這荔枝很甜，妳也嚐嚐。」

雲韻回過神，隨意剝開一個放入嘴裡，卻沒有想像中的甜。

徐嬤嬤千叮嚀萬囑咐讓雲裳別把不想繼承族長的事情說出來，沒想到雲盛父女一來，就什麼都沒瞞住。她手裡抓著一大串荔枝，卻一個也沒動，臉上心事重重。

雲裳知道她在想什麼，道：「嬤嬤，我挑選夫婿的事情，是瞞不過大伯父的。這些日子他一直想探我的口風，與其讓他三番五次上門套話，不如把事情明說了，省事。」

徐嬤嬤憂心忡忡。「小姐放棄了，這族長之位八成就是大長老的了。夫人生前就常與奴說，大長老心眼不正，老奴怕他當了族長，不會善待小姐。」

「族長之位，是斷然不能落入外人手中的。善不善待，不是什麼要緊事，只要我在族中還有說話的分量便可。」縱使心中有千般不願，她也不能把族長之位推入外人手中。

「若是我主動把位置讓出去，賣大伯父一個人情。以後等我嫁入顧家，有需要他幫忙的地方，他就不會袖手旁觀。到底是一脈，一榮俱榮一損俱損，大伯父好面子，不會放任不理的。」

讓對方相求，與主動把人情賣出去，這其中的區別可大了。

何況只有族長才需要在族中出大事的時候跳火祭天，拯救族人，如果大伯父不坐上那個位置，她將來又如何報仇？

雲裳起身，拉起徐嬤嬤的手，笑道：「嬤嬤從小就疼我，一直把我當成什麼都不懂的孩子。可是如今父母親不在，我總得學會獨當一面。」

頓了頓，雲裳繼續道：「其實我都明白的，大伯父一肚子壞水，堂姊表面上對我好，可是背地裡使壞，把我推入池中。甚至連父母親的事情，都跟大伯父有關係。可是我手裡沒有把柄，暫時拿他們沒辦法。何況他們目前對我還有用，對付他們的事情，得緩一緩。」

徐嬤嬤原以為雲裳什麼都不懂，卻沒想到她心裡跟個明鏡似的，這心思，實在不像一個孩子該有的。

她驚訝之餘，只覺得鼻頭一酸，不到一年的時間，小姐就長大了。

良久，她嘆了口氣，道：「小姐長大了，以後的事情，便由小姐自個兒作主吧。」

小姐才是這雲家的主人，她做奴婢的，也插不上什麼嘴。只要沒做什麼出格的事情，她依令照辦便是了。

第四章

雲韻回到家時，在門外停留了好一會兒，還是守門的家丁叫了一聲，才回過神來。

她深吸一口氣，問那家丁。「阿爹現在在哪兒？」

「回小姐，老爺正在後院陪二小姐玩呢。」

雲韻眸子頓時暗了下來，藏在袖中的手情不自禁握緊。半晌後才緩緩鬆開，臉上掛著淡淡的笑容。

她徑直去了後院，雲盛果真在陪雲娥玩鬧，雲娥玩得非常歡快。

雲韻沒走近便停下腳步，遠遠的看著，眸中不自覺閃過一絲恨意。

她狠狠吸了一口氣，這才若無其事的走過去，淡淡一笑。「阿爹。」

聽到聲音，雲盛停下手中的動作，把風箏遞給雲娥身邊的奴婢，回過頭時，笑容寡淡不少。「回來了。」

雲韻點了下頭。「阿裳留我吃午膳，耽擱了點時間。」

目光雖然是看向雲盛，卻若有若無的掠到雲娥身上。仔細瞧著，眼底還藏著一絲不易察覺的厭惡之色。

「阿裳可有跟妳說些什麼？」

雲韻斂下思緒，回道：「說了關於繼任族長的事情。」

雲盛瞇了瞇眼睛，回頭摸了摸雲娥的腦袋，笑道：「阿爹有點事跟姊姊說，妳先在後院自己玩一會兒，阿爹很快就回來。」

兩人去了書房，雲盛坐在桌前，面色肅穆。「雲裳都說了什麼？」

「阿裳說她不想當族長，她想……」話到此處，雲韻突然頓住。

雲盛抬起頭，面露疑惑。

迎著雲盛的目光，雲韻低低道：「雲裳說想讓阿爹當族長。」

雲韻隱瞞了一些話，比如雲裳說雲盛當上族長之後，她便是少族長了。

雲盛詫異道：「雲裳真是這麼說的？」

影石族族長雖然多為世襲，但素來是能者居之，如果得不到族人認可，即便是嫡親，也不能擔任。

在他這一輩中，其他兩個長老都頗有威望，如果雲裳真的放棄了族長之位，他的勝算是有，但不是很大。

雲韻肯定的點了點頭。「阿裳從小視我為親姊姊，不會騙我的。」

雲盛頓了下，眉眼頓時浮上笑意。「妳和阿裳情同親姊妹，我記得，她有什麼心事，都會跟妳說。」

他的心裡突然暢快起來，只要有雲裳的支持，便等同於得到了雲府和一半族人的支持。

加上他這些年積聚的人脈，這族長之位，非他莫屬。

雲韻不說話，只是乖巧的點頭。

雲盛心裡高興，對雲韻便也和顏悅色。「府裡新進了一批綢緞，等會兒阿爹讓人送到妳房裡，讓妳先挑。」

雲韻笑著道謝，心裡卻一點都高興不起來。

雲盛得到了想要的答案，便開始在心裡籌劃，讓雲韻回去，叫了管家進屋。

雲韻退出書房，回閨房途中，經過後院，見雲娥還在放風箏，一群婢女在旁邊伺候。

雲韻停了一下，看著雲娥臉上天真無邪的笑容，嘴邊勾起一抹冷笑。雲裳說她是下一任少族長，可她們都忘記了，她還有一個同父異母的妹妹，更重要的是，這妹妹比她更受寵。

雲娥親生母親還在，而她的母親早就因病去世了。如果阿爹真的當了族長，心裡會更屬意於雲娥，而不是她。

不知道是無意還是察覺到附近有人，雲娥身邊的嬤嬤看了過來。看見雲韻盯著雲娥，眉頭一蹙。雲韻看到後，呆了下，迅速別開眼，往自己閨房的方向走。

天氣炎熱，雲裳夜裡睡得不安穩，醒了好幾次，早上便嗜睡了些，辰時才醒過來。醒來的時候，外間就多了幾疋新綢緞和兩筐新鮮的荔枝。

玉奴伺候她梳妝，道：「嬤嬤知道小姐愛吃荔枝，特意讓人從宜城買過來的。」

宜城盛產荔枝，可離影石城有四天的路程，這其中的珍貴和用心，不言而喻。阿爹阿娘雖然不在，可她在吃穿用度上，和以前還是一樣，該有的，一個沒少。

雲裳梳好妝，從中精挑細選出一些，讓人送到顧府。她又從那些留下的荔枝裡，挑揀出一些比較好的，讓玉奴分給下人。其餘的，讓玉奴給雲韻送過去。

玉奴撇了撇嘴。「小姐昏迷不醒的時候，雲韻小姐一次也沒來看過您，可小姐還是同以前一般，什麼好的都惦記著她。」

雲裳只是笑笑。「我沒有及笄前，與堂姊交好總是沒有壞處。等會兒妳順便挑兩疋好的布，給堂姊和阿娥送過去。」

她不能跟阿韻鬧掰，至少不是現在。

按照族例，若是族裡繼承人年幼，族中突然出現無妄之災，並且找不到辦法解決，族長夫婦就要跳火，祈求上天保佑，庇護族人。

她的阿爹阿娘就是這樣沒了的。

阿韻現在十二歲，按理等大伯父繼位，阿韻就是少族長了。可是阿韻的年紀太大了，就沒辦法讓大伯父同阿爹、阿娘一樣，跳火表決心。

阿娥雖得寵，可是才五歲，若是族中又有災厄，大伯父可是要跳火祭天的。為了族長之位順利，大伯父十有八九不會把少族長之位給她。

而且如果是阿娥當少族長，阿韻心裡怎麼會甘心？她一定會想方設法對付阿娥。

阿韻是她對付大伯父的一枚重要棋子，她必須留著。

玉奴心裡雖不太高興，但也不好說什麼。她低頭撥弄了一下雲裳的髮簪，突然頓住。

雲裳不解道：「怎麼了？」

玉奴嘆息道：「小姐長得真好看，如果真的去了顧家，真是便宜那顧閆了。」

他們家小姐，就應該嫁給這城中最優秀的男兒，和一個屠夫在一起，太委屈了。

雲裳抬頭看向鏡子裡的自己，鏡子裡的姑娘皮膚嫩得都可以滴出水來，臉色紅撲撲的。

雲裳有瞬間恍然。

母親是南方人，逃難的時候，機緣巧合跟隨外祖母到影石城居住。雲裳的身形像父親，雖然瘦，但比同齡人高出一個頭。長相像母親，有著南方美人特有的溫婉和秀氣。

她從小就養得好，白白嫩嫩的，又習武，身子強健。上一世直到結識了穆司逸後，吃了不少苦頭，身子骨越來越差，成天面色蒼白，沒點血色。更沒想到在生產關頭，連一般婦女都不如，最後為了自保，自行了斷。

穆司逸可真是狠心。

雲裳搖了搖頭，回過神來，不以為然道：「麻雀都有飛上枝頭變鳳凰的夢想，顧閆本來就是人中龍鳳，又怎麼甘於居屈這一城之地？未來，他會是蒼梧國最為閃耀的男人。現在等的，就是一個機遇。」

顧閆有勇有謀，她相信他。

玉奴撇撇嘴，她怎麼想，都不相信一個屠夫未來能變得矜貴。「也虧得小姐相信他。」

雲裳笑笑不語。

上一世的事情，只有她一人知曉，玉奴是不會明白的。

可說起顧闓，雲裳就有點兒擔憂，喃喃道：「也不知道顧家現在考慮得怎麼樣了。」

顧闓上輩子與她只有幾面之緣，沒什麼交集。

她記得，顧闓娶了當朝太傅謝昌的孫女，謝鶯。雲裳曾有幸遠遠見過一次，那是名動整個蒼梧的才女，頗負盛名的大家閨秀。

聽說謝鶯是顧闓一生摯愛，兩人情投意合，郎才女貌，是一對神仙眷侶。可惜謝鶯染上重病去世，顧闓消沈了好長一段時間。以至於後來坊間有傳言，謝鶯的死是大公主一手造成的，因為大公主也看上了顧闓。

是真是假，就不得而知了。

比起這兩個女子，她的家世是不占優勢的，也不知道未來的顧闓會不會遇上她們，又是否會愛上謝鶯。

雲裳在想著顧闓的事時，顧闓也在思考她的事。

他的心情不比雲裳好。

阿福看見他半天不說話，手中攥著一塊半年前雕刻的木雕香佩發呆，臉色比茅坑還臭，猶豫了下，還是沒忍住問：「公子，您還在想著跟雲家的婚事啊？」

顧闓神情微動，臉色比剛才更差了。

阿福從小跟在顧闓身邊，能猜出點他的心思，想了想，安慰道：「其實雲姑娘也沒什麼不好的。長得漂亮，還是影石族少族長，未來的族長，身分尊貴，配得上公子。」

顧闓沒說話，但是阿福明顯看見他的臉色比剛才好了點，大著膽子繼續道：「公子若是不喜歡外族女子，等他日回了北冥城，再娶一個心儀的就好了。現在還被困在影石城，這城中是雲家說了算，想要順利回去，免不了要找雲姑娘幫忙。公子若是娶了她，這仕途之路不就順了許多嗎？」

顧闓微擰眉頭。他何嘗不知道這個道理。

就算沒有這門親事，他未來也會是蒼梧國的宰相，只是這其中辛酸，只有他一人知道。光是回到北冥城，就幾乎把整個顧家都賠上了。

娶了雲裳，雲家一定不遺餘力幫助他，他的仕途之路會順暢許多。

可是娶了雲裳之後，又會發生什麼呢？上一世他的計劃裡，並沒有雲裳這個人，他的人生突然無端被一門親事和一個女子擾亂，未來的軌跡就有可能會隨之改變。

沈默良久，顧闓問：「雲家那邊還有什麼消息嗎？」

阿福搖搖頭。「沒打聽到什麼。」

知道顧闓把話聽進去了，阿福又道：「公子若是拿不定主意，不如去問問老太爺？老太爺見多識廣，總能給公子些意見。」

聽到祖父，顧閆的眉頭終於舒展了些。「我也幾日沒見過祖父了。」

阿福知道他這是同意了，笑了笑。「小的這就去準備。」

說完，便急匆匆的去了。

顧閆低頭，摸著手中那塊木佩，眸色一深。

收到玉奴送來的荔枝和布疋後，顧夫人面上帶笑，連連道謝。可等人走了，臉色頓時就沈了下去。

貼身婢女雀兒問：「夫人怎麼了？」

顧夫人差人把東西拿下去，嘆了口氣。「昨夜老爺和我說，閆兒並不同意這門婚事。雲家這會兒送東西過來，就表明了他們對這門親事的態度，閆兒這回只怕是進退兩難啊。」

閆兒是她一手照顧大的，想些什麼，她這個母親心如明鏡似的。

閆兒從小就心高氣傲，最不喜歡被人左右，強加這門婚事他心裡不痛快，可老爺又是個重情義的，為了報恩，是決意要答應了。他們要是真的逼迫閆兒娶了顧家小姐，若是將來害了閆兒，那她這個做母親的要後悔一輩子。

「公子從小就孝順，應該不會忤逆老爺的意思的。」

顧夫人道：「就是因為知道他孝順，我才更擔心。自從來到影石城，閆兒就越發沈默寡言了，什麼事都放在心裡。」

顧夫人本姓喻，名婉。出身於江南一個富庶的商人之家，是家中長女，從小就被捧在手心養著。

喻婉不知怎的被太守家的紈袴公子相中，喻老爺真心疼愛女兒，知道太守家公子妻妾成群，堅決不同意這門婚事，因此惹惱了太守。所謂民不與官鬥，喻家便帶著一家老小般到北冥城。

所幸顧夫人的弟弟是個爭氣的，以醫術見長，加上有貴人相助，當上了太醫院院使，正五品官員。

因為這層關係，喻家在北冥也算有些聲望的，顧夫人也有幸結識了當時尚為翰林院修撰的顧翰。

雖然兩人成婚的過程並不順利，但好歹是真心相愛，婚後生活幸福。顧家出事後，也是一路互相扶持，顧夫人從未後悔當初的決定。

從前與太守家那件事，還有女兒入宮後發生的種種，讓顧夫人更加希望自己的孩子能夠自個兒主張自己的婚事，娶一個心儀的女子。

可是到底天不隨人願，上天擺了一個難題在他們面前。

雀兒跟了自家主子這麼多年，自然是明白的，無言半晌，才緩緩道：「不如夫人想個折衷的法子？」

顧夫人抬頭。「妳可是想到什麼了？」

「影石族民風開放，聽聞這兒的女子都是自個兒挑選夫婿。與顧家結親雖然是雲族長的遺願，可並不代表雲裳小姐心裡真的喜歡公子，同意這門婚事。

「奴婢覺得，夫人不如親自到雲府走一趟，探一下雲小姐的口風。若是雲小姐無意，那便再好不過。若是雲小姐有意，夫人可以她未及笄為由，把婚事往後拖一拖。

「這雲小姐離及笄還有好些年呢，中間難免突生變故。先讓她與公子相處幾年，要是生了感情，便讓他們成親；沒有感情，那雲族長的遺願也是束縛不了他們兩個的，到時候夫人老爺不說，他們自個兒都不會同意。」

顧夫人聽著，眸子一亮。「雀兒妳說得有道理。」

可轉念一想，眉眼間又浮上一絲憂慮。「老爺他能答應嗎？」

「老爺雖與雲族長交好，可心裡是最疼公子的，也捨不得公子受苦。」

顧夫人想了想，突然就豁達了。「雀兒妳準備些回禮，傍晚我親自到雲府走一趟。」

雀兒點頭稱是，當下便去了。

顧夫人想了下，把人叫住。「闖兒若是回來了，妳叫他來見我。」

雀兒點頭。

顧闖的祖父顧興，在顧家來影石城一年後，就從府裡搬出去了，帶了僕人，到城外五里處的竹林居住，顧闓每個月都會過去看望。

顧闓到的時候，顧興並不在。僕人阿衛道：「老太爺今日一早就帶著阿津出門釣魚了，公子稍等一會兒，小的去河邊看看。」

阿衛去了半盞茶的功夫，顧興就回來了。

看見顧闓，他非常高興，把手裡剛釣到的兩條魚交給阿津，讓他去廚房生火。他從井裡提了半桶水，悠閒的澆著院子裡的花。

顧闓跟在他後面，幫忙提桶。

「今日怎麼有空來看我？」顧興語氣和平常沒什麼兩樣，但聽得出來帶著詢問的意味。顧闓通常五天來一次，前兩天剛走了一遭，這會兒又來，自是不尋常。

顧興年過半百的人了，久經人情世故，沒什麼能瞞得過他。

顧闓沒有拐彎抹角，直言道：「祖父，雲族長去世前留了信，想讓雲姑娘嫁給我。」

顧興轉頭看向他，神色沒什麼變化。「你不想娶雲家小姐。」

顧闓不語。

顧興明白了，他把木勺遞給阿福，背手而立。「見過雲家那姑娘了嗎？」

「見過了。」

「如何？」

顧闓頓了下，蹙眉道：「樣貌可人，性直。」

簡單的六個字，就表達了顧閆的全部意思。
雲裳樣貌不差，和所有影石族的女子一樣豪爽，可是卻不是他喜歡的類型。他對雲姑娘無意。
顧興沒有接話，轉頭伸手撥弄面前那盆扶桑花。弄了幾下，突然皺眉，伸手招呼顧閆。「過來幫我看看，花裡面是不是長蟲了？」
顧閆上前，低頭看了下，一朵扶桑花上果然有條蟲子在蠕動。他隨手從旁邊折了一根樹枝，把蟲子挑出來。
顧興道：「我老了，眼睛不好使了，差點就把這朵花弄壞了。」說完，心疼的摸了一下那朵花。
顧閆在一旁靜靜候著。
顧興檢查了一遍花盆裡的其他花朵，確認沒有蟲子，這才停下。
他看向顧閆，忽然嘆氣道：「扶桑花美，可開花不過就是這段時間。若是中途遇到了變故，可能連開花的機會都沒有。」
一邊說著，一邊把剛才那朵花折下，遞給顧閆。「你看看這朵，還沒完全展開，就被蟲子咬了，徹底沒了觀賞的價值。」
顧閆默默聽著，眸色越來越深。
顧興一邊觀察他的神色，一邊又折了別的花，笑道：「你再看這朵，開得多好多豔。這盆花雖然折損了其中一朵，可是不影響我去觀賞它。這朵壞了，再摘一朵好的就是了。這院裡，還沒開花的多的是呢，只要培育得好，到時候隨便折。這扶桑花能不能開，最重要的不是那條蟲子，而是養分。你手中那朵，雖然被咬了，但還是開花了。」

顧闖低頭，望著手中那朵殘花出神。

顧興沒再說話，只是安靜的看著他。

半晌後，顧闖抬頭，眉梢終於浮上笑。「祖父說得是，闖兒明白了。」

顧興笑著點了點頭。「我最近得了不少好東西，帶你進屋看看。」

之後顧興留顧闖下來吃午膳。

阿津以前是顧府廚藝最好的廚子，菜燒得非常美味。顧興自從來到這地方後，就事事親力親為，以前從不進廚房的，現在居然跟阿津學起燒飯菜。

魚是顧興親自燒的，味道極好，顧闖難得比平時多添了一碗飯。

「祖父的廚藝越來越好了。」

顧興聽著這誇讚，眉開眼笑。「你小子可是第一個吃到我做的飯菜的人，就算你父親來了，也沒有這福氣。」

顧闖突然停筷，抬眸看向顧興，眼神複雜。

看得顧興有點兒摸不著頭腦。「怎麼了？」

說著，突然話鋒一轉。「雖然這是我親自燒的，你小子也不用覺得不自在。我啊，就你這麼一個孫子，老了還指望著你呢。」

顧閆不言，只是心下不由得一酸。祖父從小就疼他，這魚固然美味，可是再過半個月，他就沒有機會再品嚐了。

祖父縱橫官場多年，門生遍布，對蒼梧國鞠躬盡瘁，辭官前多次受到重用，本來可以安心在家享清福，誰知道受了牽連。到了這兒，過著閒雲野鶴的生活，說來也是祖父之前所求的。但誰能想到，半個月後……

顧興看出了顧閆的不尋常，擔憂道：「閆兒，你怎麼了？」

顧閆回過神來，搖搖頭。「沒什麼，只是一想到不知道何時才能再吃到祖父燒的飯菜，心裡就有點難過。」

顧興還以為是什麼大事呢，把筷子一擱，忽然就笑了。「你小子要是想來，我這兒什麼時候不歡迎你了，就怕你嫌棄老頭子這竹屋簡陋。」

顧閆斂了斂思緒，隱下眼角的濕潤，抬眸時面色已如常。「我聽說這山間附近時有野獸出沒，傷了好幾個村民，祖父這幾日，不要隨便出門了。」

雲裳一年沒有練刀了，想到前世自己因為疏忽武藝，加上操勞，身子越來越差，以至於後來在生產當天血崩，被穆司逸羞辱後自盡，心裡仍在懊惱。

傍晚的時候，她在院子裡練武。

她消沈了快一年，終於再次拿刀，把徐嬤嬤和玉奴高興壞了，陪著她練了一個半時辰。

天色漸暗，還沒停下，徐嬤嬤怕她弄壞了身子，連忙勸停。「小姐，您都練了一個多時辰了，今日先到這兒吧。」

雲裳出了一身汗，暢快淋漓，哪裡捨得放下，笑道：「不急，再練會兒。」

她最喜歡的就是武藝，這一世，不能再荒廢，練好了，既能保護自己，也可以護身邊的人周全。

徐嬤嬤勸說無用，在一旁乾著急。「小姐身子剛好，這練多了，有損身子。」

雲裳沒有應，晃了晃手中的大刀，準備再練一遍。

一婢女匆匆走了過來，道：「小姐，顧夫人來了。」

雲裳停下，一時沒想明白這顧夫人是誰，問道：「可是顧夫子家的那位顧夫人？」

婢女點頭，如實回答。「還帶了不少禮物。」

雲裳和徐嬤嬤對望一眼，眸中皆是疑惑。

顧夫人怎麼來了？

第五章

雲裳回閨房換了一身衣服。

她是第一次見到顧夫人，簡單打了聲招呼後，她坐下來，差人倒茶水，暗中打量了顧夫人一眼，有瞬間失神。

顧夫人年過四十，樣貌端莊，舉止大氣。雲裳暗暗想道，顧闓長得清秀俊俏，原來是遺傳了顧夫人。

與此同時，顧夫人也在偷偷觀察雲裳。

顧翰與雲族長交好，並不代表雲、顧兩家親近，雲族長夫婦去世的時候，顧翰來參加喪禮了，顧夫人卻沒來，不過也送了幾次東西聊表心意。

顧夫人抿了一口茶後，淡笑道：「這些日子忙著布莊的事情，沒能來看雲姑娘一次，我這心裡一直過意不去。雲姑娘的身子可好些了？」

顧夫人出身商人之家，從小耳濡目染，繼承了喻老爺的生意頭腦，在影石城開了一家布莊，生意還算可以。不過生意忙碌是她自己的說辭罷了，這是她第一次來雲家，目的自然是為了觀察雲裳的品行。

她這一來，雲裳就能大致猜出顧家目前對這門親事的態度了。

顧家還在猶豫中，猶豫的原因，出於顧閆。

顧閆喜歡的是才貌雙全的女子，又有野心，想必是看不上她的。念此，雲裳對顧夫人的態度越發恭敬，聲音溫柔得都能滴出水來。「多謝夫人關心，我的身子已經養好了。自我生病以來，除了大伯父因為繼位族長的事情來看望過幾次，便只有顧夫人來看過我了。」

雲裳的聲音低低的，語氣沒有太大波動，顧夫人卻從裡面聽出了一些旁的東西。

這雲家，並不待見雲裳這個少族長。

顧夫人並不覺得奇怪，自古以來，大家族是最為團結的，卻也是矛盾最多的。涉及到權勢之爭，那情誼就如同茶杯上的熱氣，風輕輕一吹，就全散了。

親兄弟尚且會為了權勢互相殘殺，何況只是同出一脈的族人呢？

影石族在蒼梧國身分尷尬，多受限制，許多事情，只有族長才能行方便。在影石城，可說是族長一人說了算，那可是多少人眼巴巴望著的位置。

雲碩生前將顧翰視為唯一知己，幾乎是無話不談，這族中的事情，也說了去。顧夫人是顧翰的枕邊人，多少也聽說了些。

雲裳姑娘以前是這城裡最幸福的女子，如今人走茶涼，也是可憐這孩子了。

顧夫人心生憐惜，聲音便柔和了下來。「雲族長和雲夫人的事情，我聽了也十分難過，雲姑娘可要好好照顧身子。」

又說了些客套話，顧夫人便出聲告辭，從頭到尾，都沒提婚事的事情。

她不提，雲裳也不會自討沒趣。

人走後，徐嬤嬤幫雲裳重新倒了杯茶。

雲裳低頭抿了口，就聽徐嬤嬤道：「小姐，老奴看這門親事有戲。如果顧家想拒絕，就會明說了。可顧夫人一個字也沒說，還親自走這一遭，說明在考慮著呢。」

雲裳聞言，只是點了下頭，臉上沒有半分高興之意。

徐嬤嬤看著，以為她不喜這門婚事，道：「小姐若無意，這門親事也是可以拒了的。」

雲裳搖搖頭。「我是願意的。」

她怕的，是顧閆不願意。

她低頭望著茶杯，茶水裡映出她蒼白的臉色。

水霧散開，如她眸底思緒，讓人看不真切。

顧閆是她自己選的夫婿，她沒有回頭路可走。只是這人心思深沈，手段高明，不知道未來的她，是否會重蹈覆轍，一手葬送自己的後路。

天氣越來越炎熱，雲裳自小不怕冷，就怕熱，一到夏季，整個人就渾身不自在。在家裡足足待了兩天不出門，不過每天看看書，再溫習一下武藝，這日子過得倒也自在。

就在第三天早晨，顧家那邊有了回覆。

顧家同意這門親事，只是顧翰和顧夫人希望他們兩個能相處幾年，再把婚事定下。雲裳同意了，不過她也提出了一個條件，她要搬到顧家住。

聽到這個消息時，顧翰和顧夫人著實震驚了好久，未出閣的小姐到未婚夫婿家居住，不合體統。

可雲裳身分不同常人，她雙親已逝，和顧家結親，斷然沒有讓她一個人獨居的道理。思前想後，顧翰和顧夫人還是點頭答應了。

徐嬤嬤卻不太贊同雲裳的決定。「小姐，您留在雲府，便是這家裡唯一的主子，家裡是您一人說了算。到了顧家，便是在人家屋簷下，到處都有眼睛盯著，不能隨心而為了。」

顧家在影石城身分雖然低，可結了親，就是婆家，哪有兒媳婦給婆婆臉色的道理？雲裳留在雲府倒還好，去了那兒，就得聽顧夫人的了。徐嬤嬤看不得雲裳受委屈。

但雲裳這回是鐵了心要過去。「嬤嬤，顧夫人也說了，想讓我和顧閆相處幾年。這個年紀，最能摸清一個人的性子，我提前過去，和顧閆處處，未嘗不是一件好事。」

其實雲裳沒說的是，此時的顧閆還在隱藏鋒芒，年紀也小，她能拿捏得住。等他回了北冥，羽翼豐滿，心思深沈，就不再是她能左右的了。

左右離顧家回北冥還有兩年的時間，那謝家姑娘這一會兒還不知道在哪兒呢。她若是能在這段時間裡拿下顧閆，未來做正室，便徹底無了阻礙。

往好的方面想，或許那謝家姑娘這一世，就無緣與顧閆相識了呢。

若是注定顧闓喜歡的人依舊是謝家姑娘，那也無礙，在他登上宰相之位前，她給予他幫助，就算無情也有恩，顧闓看在過往的分上，就不會輕易反悔。

徐嬤嬤聽了，默聲不語。

小姐是她看著長大的，什麼性子她還不明白嗎？外表看著嬌嬌弱弱，但只要認定了一件事情，是絕不會回頭的。

雲裳的如意算盤都打好了，在府裡歇了三日後，收拾東西，去了顧家。

顧家有四個小廂房，顧翰和顧夫人居東廂房，南廂房是廚房，顧闓居東，雲裳的閨房在西。

待了兩日，雲裳漸漸適應了在顧家的日子。只是連著兩日都沒見到顧闓，不禁讓她有些疑惑。她每日起得早，定時給顧夫人請安，歇得也晚，可偏偏就是沒見過顧闓的面。

雲裳覺得蹊蹺，便讓徐嬤嬤去打探。

徐嬤嬤在雲府的時候就有些手段，換了地方，依舊沒費多少功夫，就從下人嘴裡套出話了，連顧闓這幾天去了哪兒，都知道得明明白白。「聽說是到城外顧老太爺那兒住了。只是以前五天一次，這幾天日日過去，好生奇怪。」

徐嬤嬤沒有戳破這層窗戶紙，卻不代表雲裳不明白。

橫擺著，這是故意躲她呢？

這顧府啊，比不得雲府，吃穿用度都差了好幾等，可雲裳尚為少族長，沒有在這些方面委屈自己。顧翰和顧夫人，對她也是客客氣氣，只是客氣久了，難免覺得生分。

雲裳也不是沈得住氣的性子，翌日清晨，帶著玉奴去了顧闓的肉攤。

顧闓正在切早上剛進的那批豬肉，阿福在一旁打下手，見她來了，阿福愣了下，便退到一旁。

顧闓忍不住眉頭一皺。「妳怎麼來了？」

雲裳望著他那一眼能望穿的神色——對她，說不上討厭，卻也不見得喜歡。

她至今都忘不了，在生辰宴上，顧闓談笑風生的模樣，舉止投足間盡顯雍容華貴之氣。只是這人一旦身居高位，心思一深，就令人琢磨不透，憑你再怎麼看，都看不透他的心思。可如今這人，卻實實在在的把情緒擺在臉上。

雲裳突然覺得，這才是顧闓本來的模樣。

她笑道：「聽說相公一大早就起來賣豬肉了，我便想過來瞧一瞧。」

話落，阿福愣住，顧闓嘴角忽然一抽，身後的玉奴也呆若木雞。

雲裳伸頭往裡看了眼，那些豬肉凌亂的擺在木板上，未褪盡的血水滴落到地上，散了一地。對於從小嬌生慣養的雲裳來說，這裡確實稱不上整潔乾淨。

可她從容的收回了目光，語氣平和。「相公這麼快就把豬肉分好了？」

顧闓的嘴角又抽了下，抬眼看向雲裳。

四目相對，雲裳目光坦蕩，還泛著一絲女子的嬌羞情態。

顧閆心裡的話，生生卡在了喉間。

一個不到十歲的女娃娃，大庭廣眾下喊他相公，這其中滋味，顧閆說不出來。

上一世，進士及第前，他未曾沾染過風花雪月，對男女之情，也沒有起過半分心思。直到遇見了謝鶯，方初嘗男女之事。

只是那時，謝鶯已經及笄，又是出身名門望族，他們兩人從相識、相知到相愛，都是循序漸進的，成親前沒有踰矩。謝鶯知禮大方，喊他相公的時候，那一聲嬌媚到了骨子裡，令人把持不住，可那是謝鶯本來就有的溫柔，加上年歲得當，他不覺得有什麼。

重來一世，第一個喊他相公的，竟然是個女娃娃，而且叫得非常順口。顧閆彷彿啞了嗓子，有話說不出。

顧閆頓了下，最終一個字也沒說，背過身繼續忙活。

有的時候，不說話便是最好的回答，這雲裳什麼都敢說，他若是應了，反倒是合了她的心意。惹惱了人他大可置之不理，就怕說得人家心花怒放了，還要冒出什麼沒頭沒腦、讓他完全接不住的話來。

雲裳沒有得到回應也不惱，又道：「需要我幫忙嗎？」

阿福連忙擺手。「別別別，雲小姐是千金之軀，碰不得這些髒東西。這不還沒跟我們家公子成親嘛，還是要注意距離的好，免得落人口實，毀了姑娘清譽。」

阿福的話已經說得非常委婉了。

雲裳笑道：「我在家裡也沒事可做，正好可以幫忙打下手。」沒容他們拒絕，雲裳走到顧闆身邊。

阿福想要阻止，卻不知道如何開口，他看向顧闆，顧闆這會兒正在低頭整理豬肉，面無表情。

阿福心裡咯噔了一下。

公子越不說話，越說明他心裡在惱。

他轉頭，看見雲裳幫忙把筐子裡的豬肉拿出來，嚇得連忙上前，拿走她手中的豬肉。「雲小姐，這豬肉乃是污穢之物，您碰不得，會髒了身子的，還是回府去吧，這些事情讓小的來做就好。」

雲裳皺眉。「污穢之物？豬肉是拿來下肚的，若是污穢，那人不也是污穢的？何況顧公子每天都賣豬肉，要是真如你所說那般，豈不是在侮辱顧公子？」

阿福聞言一愣。

這豬肉鋪子環境髒亂是有目共睹的，只有家境清苦的村民才會從事這行當，一般人不會到這兒來，更別說像雲裳這樣出身名門的大家閨秀了。他剛剛只是想讓雲裳離開，才說這豬肉污穢，其實倒也沒有誇大其辭，只是雲裳那麼說之後，聽起來就不入耳。

他們公子好歹在這兒賣了兩年豬肉，說豬肉污穢，便是在說公子污穢。

阿福看向顧閆，苦著臉解釋。「公子，阿福不是那個意思。」公子放著學堂不去，跑這豬肉鋪子來，是有所圖謀，可他忘了，公子來了這兒後，就和別的屠夫沒什麼兩樣了，至少在外人看來是如此。

顧閆回頭看了雲裳一眼，眸中帶著探究。「妳不嫌棄這兒髒？」說實話，顧閆也不明白雲裳到底想做什麼。

雲裳見他說話，上前兩步，笑著搖搖頭。「只要是跟顧公子有關的，我都不嫌棄。」

顧閆的眼皮跳了跳，嘴唇翕動了下，仍是無言。

須臾後，眉頭輕皺，眸中慢慢泛起一股惱意，說話一點也沒客氣。「我願意接受這門親事，不過是為了了卻雲族長的遺願。可是說過了，婚事得緩幾年再考慮，雲姑娘也同意了。以後，還請自重。」

這門親事他本來就是被迫點頭的，本想等過幾年尋個好的理由推掉，可沒想到，雲裳會來纏著他。

這兩日，他到祖父那兒住，一是為了保護祖父，避免發生上一世的事情；二來，是為了避開雲裳。他不喜歡雲裳，自然也不想與她有任何接觸。

顧閆這番作為，換作平常姑娘，早就因為下不來臺階，掩面而逃了。

可是雲裳不同，她活了兩輩子，臉皮厚，換句話說，為了得到顧閆，她就算臉皮薄，也得裝作厚一點。

因此，她非但不惱，笑容還越發燦爛。「顧夫子的意思，是讓我跟顧公子多接觸。等及笄過後，再將婚事定下。若是不接觸，我又如何知道與顧公子合不合適？」

顧閆一時啞口無言，第一次在一個小姑娘面前吃癟。

正想說話，旁邊傳來了其他屠夫的交談聲。

「聽說了嗎？前幾天死的那個李木匠，家裡又出事了。」

「你是說他娘子？昨夜裡我聽人說了，那小娘子在外頭有個姘頭，大家都懷疑是那姘頭殺的李木匠。可奇怪的是，昨天夜裡，那姘頭死了，死法和李木匠一模一樣，那小娘子也險些被人勒死，這會兒還沒醒來。」

「這事兒太古怪了，你說，李木匠都死這麼多天了，衙門還沒找到真凶，現在姘頭也死了，能找到凶手嗎？」

另一人嘆息道：「可不是嗎？還以為那姘頭是凶手，現在線索全斷了。也不知道這個案子什麼時候才能破。如果殺人凶手再繼續作案，也不知道下一個死的會是誰。」

這些話一點不落的傳入顧閆耳中，顧閆緩緩停下手，眉頭一挑。

李木匠這件案子上一世是他破的，實情除了當事人，他是最瞭解的。

這件事不僅轟動了整個影石城，引起眾人熱議，在連出幾條人命以後，連慶縣都插手破案。

按理，這李木匠是影石族人，案子應該由影石族自己偵辦，可是距離事發當日過了一個月，不僅沒能查到真凶，鄰近的慶縣還出了一模一樣的命案，死法相同。影石族束手無策，加上自己管轄的區域也出現了人命，慶縣知府不得不出面一同破案。前世他因為協助破了這件案子，戴罪立功，得到了到慶縣參加秋試的機會。

這是他離開影石城最快的一次機會，這種機會可遇不可求。

那兩個屠夫已經走遠了，顧閆抬頭看了他們一眼，心裡有了主意。

雲裳對這件命案也上了心，低頭沈思。

這樁命案，上一世因為她沒有放棄繼任族長的機會，案子就交到了她手裡。不過因為她年幼，事情全程是交給刑衙司去辦的，她只知道了個結果。

大伯父為了破案，沒少出力，但是因為案子撲朔迷離又棘手，後來就沒有干涉了。

這次大伯父為了順利得到族長之位，讓族人認可，肯定會盡力破案，如果他搶在顧閆前面，顧閆進入仕途的唯一機會就沒了。

雲裳沒有在豬肉鋪子待多久，因為族裡有人來找她，說是各位長老要召開族會，她便急匆匆走了。

雲裳到的時候，徐嬤嬤正在門外等她，進門前，悄聲說了句。「小姐，所有人都在。小姐待會兒可要謹言慎行。若有不知道怎麼回答的，讓老奴來說。」

雲裳點了點頭，進門的時候，發現三位長老已經在屋裡坐著了。

除了他們，還有族中各部管事的人，共有二十五人，分開坐在屋子兩旁。

雲裳一進屋，就感受到凝重的氛圍。她迎著那些目光，泰然自若的走進去，朝屋子正中央的最高位走去。

那是屬於族長的位置。

所有人起身，俯首行禮。「少族長。」

雲裳掃了他們一眼，三個長老裡，三長老的頭放得最低。

她收回目光，坐了下來。「都坐下來吧。」

入座後，二長老沒有任何廢話，直入主題。「聽說少族長要嫁入顧家？現在已經搬過去了？」

雲裳低頭，看向他，笑著點頭。「這件事原本是想著過幾天再告訴你們的，既然你們都知道了，那有什麼想問的，便都說了吧。」

這事她原也沒打算瞞著，她是少族長，一舉一動都牽扯到整個影石族。大張旗鼓搬入顧家，想不引人注目都難。

二長老皺眉，聲音高昂，迴盪在整個屋裡。「少族長是未來一族之長，婚姻大事理應跟我們三個商議。少族長可知，嫁了外族人，意味著什麼？」

他和其他人都不滿意雲裳的這個做法。

雲裳面露莞爾之色，一字一句道：「我知道，嫁了外族人，就不能繼任族長。」

話音一落，所有人面色驟然一變。

不是驚訝雲裳不明白嫁給外族人的後果，而是她明知道，還要這麼做。如果她不繼任，這族長之位的繼承將會是十幾年來影石族最重大的事情，可謂牽一髮而動全身。

雲裳的婚事，將影響整個族的興衰。

所有人沈默下來，屋裡寂靜得幾乎針落可聞。

雲裳抬眸掃了眼，一眾人神色複雜，只有三長老一人，氣定神閒的低頭抿茶，彷彿這事在他的預料之中。

雲裳視線在他臉上停了一下。

不知道是三長老太過老謀深算，處事不驚，還是真的對族長之位不上心。這般情況下，能坐得住的人，也只有他了。

沈寂片刻，雲盛開口打破僵局。「這是碩弟生前的遺願，顧家從前也算是有頭有臉的人家，顧夫子生前又與碩弟交好，雲裳嫁過去，也不算委屈。」

這話一出，所有人的臉色再度變幻。

顧翰與雲碩交好，這是眾所周知的事情。甚至對這個讓他高看一眼的外族知己，做了許多破例的事情，比如不顧眾議，在影石城為他開設一間書院。

但這份榮光說到底是雲碩一個人給的，以前其他人雖然心裡不同意，但也沒人敢反駁。人走茶涼，樹倒猢猻散。如今雲碩不在了，這顧家在影石城的榮寵名存實亡。

所有人心裡都有底，可是雲盛開了口，不管是為了維護雲裳，還是因為窺伺族長之位把雲裳往火坑裡推，大家都只敢在心裡腹誹，不敢說出來。

一時間，屋裡沒人接話。

他們不敢，可不代表沒人說。

二長老忽然意味不明的笑了聲。「雲盛兄什麼時候也會開玩笑了？顧家什麼身分，大家難道不明白嗎？讓少族長嫁給顧閆，那是族長生前一時糊塗做的決定。你是少族長的伯父，竟也捨得看著少族長過去受罪？」

雲盛面色自若。「碩弟一生交友甚廣，但能讓他視為知己的，只有顧夫子一人。我自然是信他的眼光。」

二長老在心裡冷笑了聲。雲盛心裡那點小算盤他看得清清楚楚的，顧家的身分連他都看不上，又怎麼入得了雲盛的眼睛。

一旦少族長外嫁，他人接替族長之位，便是順理成章的事情。

雲盛這一會兒跟大家打馬虎眼，無非是看中這位置罷了。

二長老睨了他一眼。「大長老是少族長的親伯父，眼睜睜看著少族長做出這等糊塗事也不阻止，當真是荒唐至極。」

聽了二長老的指責，雲盛不怒反笑。「碩弟是一族之長，我自然聽他的，二長老口口聲聲說這門親事荒唐，是在質疑碩弟的決定嗎？我知道你與碩弟一向意見不合，可他如今不在了，唯一的遺願，族人應當幫他完成。」

三長老好整以暇的坐著，看他們鬥嘴。

雲裳亦是一語不發。

大伯父的狼子野心昭然若揭，說得冠冕堂皇，但是她想聽聽二長老和三長老的想法。

二長老目光掃過眾人，忽然高聲道：「我方岐雖然和族長多有口舌之爭，可做的一切都是為了族人好。你問問其他人，他們同意少族長嫁給外族人嗎？」

眾人突然低頭，面面相覷。

二長老隨手指了幾個人。「你們說說，這門婚事荒唐嗎？」

堂堂一族之長，要與身分卑賤的屠夫成親，簡直滑天下之大稽。

被點名的幾人嚇得冷汗涔涔，坐立不安，支支吾吾了好半晌，也沒迸出一個字來。

二長老看得氣不打一處來，陡然拔高音量。「怎麼，都不敢說嗎？」

族長赴火前心疼愛女無人照顧，想把少族長交給知己顧翰，已經夠糊塗了，難道他們也要跟著一起胡鬧嗎？

那些人頭壓得更低了。

他們哪敢說啊？

三位長老位高權重，自然是想說什麼就說什麼。現在唱起反調，他們只要略表態，就會得罪其中一方。

最後還是一人硬著頭皮道：「族長已故，我們都聽少族長的。」

話落，屋裡噤若寒蟬。

二長老在心裡暗罵一聲懦弱膽小，憤然轉回頭，看向雲裳。「嫁入顧家是族長的遺願，少族長自己是怎麼想的？」

雲裳低頭，故作思忖，良久，她道：「我相信阿爹的眼光。顧公子我見過了，對他甚是滿意。」

二長老宛若吞了口蒼蠅，悶頭無聲。

當年雲碩力排眾議，娶了雲夫人，族中本來就有人不滿意。不過雲夫人好歹出身清白人家，只是家道中落，又正逢天下大亂，逃到影石族定居，結識了雲碩然後嫁入雲家。

在兩人成親後，雲碩把影石族治理得很好，雲夫人人美心善，沒什麼架子，幫助了不少族人，在族中漸漸立起了威望，於是族裡再沒反對的聲音。

可是兩年前，城中突然有人染上怪病，所有大夫束手無策，不過短短一月，將近一半的族人都染了病，死了幾百人。族中開始出現流言蜚語，說這場災難是雲夫人帶來的。

雲碩花了半年的時間，也沒找到治療怪病的法子，引起眾怒，夫婦倆被逼著跳火祭天。

不管那場災難是不是雲夫人帶來的，族中對於與外族人結親已經頗有微詞，他作為族中長老，絕對不能看著災難再次出現。

二長老皺眉道：「當年族長迎娶夫人，已經釀成大禍，少族長若是一意孤行……」

話未說完，雲裳冷聲打斷。「母親嫁入雲家這麼多年，族裡欣欣向榮，並無禍端。兩年前的那場怪病，說是母親引起的，可有證據？」

說到這兒，雲裳的心彷彿被剝離了一般，一下接一下的抽疼。

她頓了頓，深吸一口氣，接著道：「影石族與外族結親的，有五十幾人，族裡也沒有不能與外族通婚的規矩。若真如那些流言所說，族長不能與外族通婚，那我嫁入顧家，放棄族長之位，不正好為族裡避開了一場禍患。畢竟我血液裡流著的，不只是雲家的血。」

雲裳聲音清亮高亢，迴盪在每個人耳邊。

所有人心裡都掀起了驚濤駭浪，當初以災禍為由，逼死族長的畫面還歷歷在目。

雲碩是影石族這麼多任族長以來，最有勇有謀的一個，在他擔任族長期間，不僅城內安定，百姓富庶，還為影石族解開了許多禁矩。雲碩也是歷來最受愛戴的一個族長，他慷慨赴死以後，許多族人都覺得惋惜。

直到現在，他們也不知道，把禍端怪罪到雲夫人身上，逼得雲碩夫婦跳火，是對是錯。

二長老聞言也沈默，看向雲裳的目光突然一亮。

在他眼裡，雲裳一直被捧在掌心，是個長不大的孩子，嫁入顧家也是胡鬧之舉。原以為她是為了完成族長遺願才甘願嫁給外族人的，但是現在聽來並非如此。

雲裳看著他們，一字一句道：「嫁入顧家之後，我甘願放棄族長之位。下一任族長，按照族例擇優選拔。至於如何選，由三位長老商議決定，你們可有異議？」

屋裡頓時低低的交談聲不絕於耳。

二長老眉頭緊皺，低頭不知道在想什麼，雲盛瞇著眼睛，觀察眾人神色，也不說話。
徐嬤嬤低頭看著雲裳，懸著的心終於沈下，露出了讚賞的目光。
她的小姐，真的是長大了。
她清了清嗓子，道：「族長的遺書在這兒，請三位長老過目。」
遺書在所有人手裡傳了一遍。
三長老忽然開口。「不管少族長有沒有嫁入顧家，這族中，我只認少族長一人。」
話落，一陣譁然。
雲盛和二長老的臉色變得晦澀難明。
這裡坐著的都是人精，雲裳搬入顧家的事情早就知道了，也暗中查過顧家，可什麼都沒做，暗暗沈住氣，等到族會才說起這事，究其原因，是他們在觀望情勢。
雲裳一旦放棄了，族長之位自然而然就落入三位長老的手裡，誰的勝算大，他們心裡也沒底。
但是他們從沒想過，要支持雲裳。
如果雲裳不與外族結親，順位是理所應當的事情，他們沒有異議。放棄了，便是一個孤女，手中沒有實權，加上年紀尚小，難以堪當重任，他們便把雲裳排除在外。
可三長老在這個時候表態，而且意思很明顯，不管這位置誰最後坐上了，他只認雲裳一人，讓他們更加難以抉擇了。

雲裳從沒想過，三族長會支持她。

她愣了下，然後笑道：「三長老，我已決意嫁入顧家，只要下任族長繼位，我便把族杖交出來。」

三長老目光祥和，聲音卻異常堅定。「少族長只需知道，我只認人，不認族杖。」

屋裡再度寂靜。

雲裳很驚訝，上一世族中發生變故的時候，三長老置身事外，不聞不問，直到她被趕出家門，才出面表態，但是三長老只是為了維護族面才幫她解圍的。

重來一世，難免會有變故。雲裳很快釋然，笑著點了點頭。「謝謝三長老。」

說完，她看著其他人，不輕不重問道：「你們呢，又是怎麼想的？」

雲裳話一出，就有人接道：「我和三長老一樣，只認少族長。」

雲裳尋聲望去，是刑衙司的主事聶察司在說話。她愣了愣，一笑道：「多謝聶察司。」

三長老和聶察司都開口了，壯了膽子，便陸陸續續的又有人表態。

雲裳沒想到，支持她的人占了一大半。她默默聽著，眼神無意間掃過雲盛臉上，看到雲盛一張臉陰沈沈的，面色十分難看。

大概他也是沒預料到，會有這麼多人支持她吧。

雲裳裝作什麼也沒看到，挪開眼，笑了笑。

第六章

午時，族會散去，雲裳徑直回了顧府。
即將進府的時候，有人在背後叫住雲裳。「少族長。」
雲裳回頭，是聶察司，隱下眸中疑惑，她道：「聶察司有何事？」
聶察司望了望四周，低聲道：「少族長可否借一步說話？」
雲裳略一沈思，點頭。
兩人尋了個茶鋪的雅間。
聶察司開門見山。「近日城中出現一起命案，死的是個木匠，姓李，死法怪異，少族長可聽說過這事？」
雲裳點頭。「略有耳聞。聶察司找我，可是有眉目了？」
聶察司低頭嘆息。「下官無能，至今還未查到真凶。」
別說是真凶了，在他眼皮子底下，這兩天又出了一件無頭慘案。
雲裳沈吟片刻，道：「死者死法詭異，聶察司若是遇到難處，我可以幫忙。」
聶察司眸子一亮。「下官找少族長，正想說這事。刑捕衙擅斷奇案，少族長能否調幾個人給我？」

雲裳答應得十分爽快。「可以。不過我有個條件，聶察司辦案的時候，要帶上一個人。」

「誰？」

「我的未婚夫婿，顧閆。」

「顧公子？」聶察司詫異，隨即皺緊眉頭為難道：「凶手手段極為殘忍，危險重重，顧公子雖然是屠戶，見慣了血腥，可不會武功，一同辦案，只怕不妥。」

「聶察司不必擔心，顧閆若是出事，由我一人承擔。」

雲裳都開口了，聶察司沒有拒絕的道理，畢竟只有雲裳能調遣刑捕衙。不過他很好奇，雲裳為何會讓顧閆去辦案。

「恕下官多嘴，少族長怎麼突然想讓顧公子參與此事？」

顧閆這人，聶察司還真見過幾次。前兩年市場發生命案的時候，他到豬肉鋪查探，向顧閆問話，那時覺得這人沈著冷靜，又頗有文采，為人溫和有禮，像個讀書人。

他還曾惋惜，顧閆做了屠夫。

雲裳直言道：「顧閆是我未來郎君，我不喜他做屠夫，想幫他另尋一條出路。」

聶察司恍然。

少族長身分尊貴，低嫁已經是抬舉顧家。這未來姑爺若是當一輩子的屠夫，確實辱沒了雲家門楣。

聶察司家境貧寒，二十五歲就做了刑衙司主事，不為別的，就是識趣。什麼該問，什麼不該問，他的分寸都把握得很好。

念此，他起身告辭。「下官明白了，衙門裡還有點事，先回去了。」

雲裳把人叫住。「聶察司留步。」

聶察司回首。

雲裳緩緩道：「我記得，聶察司母親病重已久，一直尋不到良藥。」

聶察司眼神為之一變，他抿著嘴，沒有應答。

他的母親患的是舊疾了，這些年一直靠藥吊著。但是那藥極為昂貴，他俸祿又不高，現在藥已經斷了半個月了。

雲裳道：「雲府有聶夫人需要的藥，我過後便讓人送過去。」

聶察司身子一僵，抬頭看向雲裳，眸子亮了亮，有些激動道：「多謝少族長賜藥。」

大概是興奮過度了，他沒有去細想雲裳為何知道他的家事，又為何知道聶夫人需要的是哪種藥材，連道幾聲謝後，高興的走了。

半炷香後，雲裳也回到了顧府。

顧夫人還沒用午膳，看見雲裳回府，招呼她一起坐下用膳。

雲裳問安後看了眼，沒有見到顧閆，問道：「顧公子不回來用膳嗎？」

顧夫人點頭。「剛才讓雀兒去看過了，今天肉鋪子生意好，不回來吃了。」

雲裳不動聲色的點了點頭，是忙還是故意避著她就不得而知了。

落坐後，顧夫人遲遲沒有動筷。

雲裳下意識掃了眼桌子上的飯菜，一個炒青菜，一份豆腐煮肉，看起來十分清淡。「這些飯菜不合夫人胃口嗎？」

顧夫人搖搖頭，看著她欲言又止。

雲裳看出她的猶豫，笑道：「夫人有話但說無妨。」

顧夫人在內心糾結了半晌，緩緩開口道：「我聽說雲小姐去開族會了。」

顧夫人的話沒說全。

雖然雲裳入了顧家，可婚事還沒定下，說到底還是外人，有些事，她實在難開口。

雲裳頷首。「是。幾位長老知道我要與顧家結親，特意開族會討論這事。一半人支持我的決定，尤其是三長老。」

雲裳這麼直白，顧夫人突然就不知道怎麼接話了。

正斟酌措辭呢，雀兒突然喊了聲。「公子回來了。」

雲裳抬頭，盈盈一笑。「顧公子。」

顧闆目光掃了過來，只是匆匆一眼便挪開，同顧夫人道：「母親。」

顧夫人點頭笑道：「正好，我們還沒用膳呢，你回來了，就一起吃吧。」

顧闆回拒。「我用過了，母親吃吧，我先回房了。」

說完，看都沒看雲裳，徑直朝寢屋去了。

顧閆對雲裳態度冷漠，顧夫人看在眼裡，趕緊出聲圓場。「閆兒從小孤僻，雲小姐不要跟他一般見識。」

雲裳笑而不語。

吃過膳，徵得顧夫人同意，她去了顧閆的寢屋。

阿福遠遠見人來了，小跑過來。擋在她們面前。「雲小姐怎麼來了？」

雲裳道：「我想見顧公子，麻煩你知會一聲。」

阿福回道：「公子早上賣豬肉累了，這一會兒剛歇下，姑娘改日再來吧。」

話音剛落，雲裳聽到屋裡傳來的細微動靜，知道人還沒歇下，道：「我有要事與顧公子相商。」

阿福自然不信雲裳一個小姑娘能有什麼要事要說，想到早上顧閆難看的臉色，心下有了決斷，為難道：「公子不喜歡在歇息的時候被打攪，姑娘還是先回屋吧。等公子醒了，小的會轉告他的。」

雲裳抬頭，衝著屋裡高聲道：「顧公子，你歇息了嗎？」

沒有回應。

阿福一臉惶恐。「姑娘，小點聲，公子脾氣不好，會惱的。」

顧閆沒有午歇的習慣，雲裳早就打探過了，便沒有理會阿福，又道：「我幫顧公子攬了一份活兒，是關於李木匠那件命案，不知道顧公子有沒有興趣？」

等了大半天，也沒有得到回應，雲裳自討沒趣，帶著玉奴離開。

還沒出院門，就聽到背後吱呀一聲響，同時響起了顧闓冷淡的聲音。「進來吧。」

雲裳面色一喜，轉身跟著顧闓進屋。

顧闓俯視著她，語氣平淡。「雲姑娘方才所說是何意？」

雲裳笑盈盈的。「剛剛刑衙司主事向我討要人手破案，我向他推薦了顧公子。」

顧家以後的當家主母她是當定了，自然要為顧闓把路鋪平。

顧闓聽了，眉頭輕皺。他心思何等細膩，一下子就聽出不對勁的地方。

「顧闓一介莽夫，只會賣豬肉，不會斷案。」

顧闓語氣平緩，雲裳聽不出他是什麼情緒。

但她知道，顧闓是不會拒絕的。她不知道上一世的顧闓從哪兒找到機會破了這樁案子，但隱約記得，聶察司跟她偶然提起過，顧闓是主動接下這個案子的。

一個二十出頭就能當上宰相的人，怎麼會沒有城府？仔細一算，顧闓現在已經十六歲了，距離平步青雲不過幾年時間。

此前，他心裡興許早就有了盤算，不過是在等待一個機會。

她的命運逆轉了，其他人的，或許都像上一世那樣，按部就班，別無二致。

「顧公子不必自謙，我既然向聶察司推薦了你，就相信你真的有過人之處。何況……」

雲裳一頓，皺眉道：「徐嬤嬤說，我未來的夫婿，就算不是人中龍鳳，也應該是萬裡挑一的好男兒。顧公子身分特殊，若能在衙門找到一份好差事，不管是對你，還是對雲家，均有利無害。」

顧閆眉眼微動，但不過須臾，便神色如常。

雲裳看見他笑了下，似嘲似諷。雲裳抬頭，故作不解道：「我可說錯了什麼？」

「多謝雲姑娘抬愛，明日顧某便去刑衙司報到。」

顧閆的語氣甚為平淡，雲裳不知道他心裡是什麼想法，但好在目的已經達到，便笑著走了。

人一走，顧閆的臉色瞬間沈了下來。

阿福把房門合上，低聲道：「公子，您當真要去刑衙司報到？李木匠那個案子，百姓們都在熱議，聽說死狀極其慘烈，連衙門都找不到凶手，公子沒有武功傍身，去了，凶多吉少啊。」

也不怪阿福擔憂，顧家幾代，皆在朝中做官，但都是文臣。在北冥的時候，好歹還有護院保護，被貶之後，顧家原來那些丫鬟和下人全部都走了，只剩他和雀兒兩個忠心的跟著。現在廚房裡的大貴，還有掃院子的歡杏，都是雲碩生前可憐顧翰一家清苦，送的人手。

顧閆給自己倒了一杯茶，輕抿一口，皺眉道：「最近府裡的茶換了？」

「公子說的是這碧螺春啊，聽雀兒姊姊說，是雲姑娘帶過來的。」

顧閆低頭不語。

顧翰在書院教書，俸祿不高。他賣豬肉生意不錯，但繳稅以後，僅能維持一家生計。這碧螺春價格昂貴，只有官宦人家才得以享用。在北冥時，這碧螺春在顧家根本不會被人注意，可到了影石城，別說是碧螺春了，連最普通、最低廉的茶都很難喝到，顧閆喝得最多的，便是煮沸的白開水。

阿福突然感慨道：「雖說公子這門親事是被逼著點頭，可眼下和雲家結親，也不失為一個良策。北冥那邊不知道什麼時候才能打點好，接公子回去，公子若想憑自己的本事回去，還得依靠雲家的幫襯。」

顧閆捏著手中的茶杯，若有所思。

六十年前，影石族還是屬於流火國的一個遊民部落，後來蒼梧與流火開戰，流火戰敗，歸降於蒼梧。影石族是流火最大的一個部落，最為驍勇善戰，多受忌憚，才被打發到這苦寒之地。多年過去，影石族雖然沒有了當初的鋒芒，但依舊不可小覷。

雲家經常有宮裡送過來的賞賜，他方才品的，便是最上乘的碧螺春，來自宮裡的。

上一世他為了戴罪立功，得到入仕機會，連屍骨未寒的祖父都利用了。費盡心神，才得以破案，並且攬下所有功勞。

可是雲裳，卻輕而易舉的幫他拿到了斷案的機會，這雲家貴女的權勢還是有的。

顧閆突然笑了下。「阿福，你說可不可笑？」

阿福不明所以。「啊？」

顧閆搖搖頭，沒有繼續往下說，嘴旁的譏笑卻越來越濃。

顧閆啊顧閆，重來一世，你依舊還是得靠著女人才能往上爬。

雲裳回到寢屋的時候，徐嬤嬤也從外邊回來了。

「小姐，老奴按照您的吩咐，把藥送到聶察司家了。老奴看了下，聶老夫人的病情並不樂觀。」

「找過許大夫了嗎？」

「找了，聶老夫人的病一直都是許大夫看的。許大夫說病是治不好，不過靠藥再吊個一、兩年，倒是沒問題。」徐嬤嬤一邊說著，一邊幫她卸珠釵，嘆息道：「聶察司膽識過人，又是個孝順的，老奴去的時候，聶家連個伺候的丫鬟都沒有，更別說一件像樣的家具了。」

雲裳點頭。「我這藥送出去，便是跟他討了一個人情。今日在族會上，他表明了自己的立場，以後，自會有用得著的地方。」

徐嬤嬤的手微僵，望著鏡中稚氣未脫的雲裳出神。頃刻後，她低頭苦笑道：「有時候老奴倒希望，小姐活得像個孩子。」

若是老爺、夫人還在，就算天塌下來都有人頂著，小姐還是整個影石城最無憂無慮的貴女。

雲裳只是笑道：「阿爹、阿娘不在，我便是雲府的當家主子，總不能還像個孩子一樣胡鬧。阿娘雖然寵我，但也沒少跟我談起掌家之道。未來的路，若想走得好，我現在就得鋪好路。」

上一世她若是能活得通透些，也不至於陷入絕境。好在，她這輩子還有時間經營自己的路。

為時不晚。

徐嬷嬷拿起木梳，梳著雲裳的一頭黑髮，哽咽道：「雲家女，該當如此。老爺和夫人若泉下有知，定會感到欣慰。」

雲裳笑而不語。

耳邊隱約回響起雲夫人的一句玩笑話──

「我們阿裳長得這麼美，這麼聰慧，以後嫁的，一定是人中龍鳳。」

當初她看走眼，挑了穆司逸這個白眼狼，阿娘在一定傷心透了。現在選的人，是阿娘自己也中意的，阿娘若是知道，就不會為她難過了。

雲裳午歇醒來，已經是黃昏了。

近來天氣熱，她整個人都昏昏沈沈的，沒什麼食慾，只喝了兩碗粥。

想起李木匠一案，雲裳收拾一番，欲要出門，沒想到在院門口遇到了顧閆。

從顧家大門過來，要先經過顧閆的寢屋，才到達西廂房，西廂房僻靜，少有人走動。顯然，顧閆出現在這兒，是來找她的。

雲裳淡淡一笑。「顧公子。」

顧閆點頭。「雲姑娘要出門？」

「是，李木匠一案遲遲沒有找到真凶，我作為少族長，該過去瞧瞧。」

估摸著，這兩天慶城那邊的命案應該也出了，不日慶城就會派人過來。她得搶在他們前面，讓顧閆接手這件案子。

念此，雲裳道：「不如顧公子也一同過去吧。」

顧閆低頭沈思，沒有應答。

這便是默許了。

刑衙司守門的捕快見到雲裳的時候，驚訝了一下，連忙迎上來。「少族長怎麼來了？」側眼，見到雲裳身後的顧閆，恍然道：「顧公子今日便來任職了嗎？裡面請。」

虧得聶察司下午在刑衙司提起了顧閆的事情，衙門裡已經打點好了，帶路的捕快慶幸之前把聶察司的吩咐聽了進去，這才沒有怠慢了雲裳。

雲裳在刑衙司走了一圈，刑衙司裡只有幾個人留守，進進出出的，看起來有急事。沒看見聶察司，雲裳便問那捕快。「聶察司呢？」

小捕快誠實道：「聶察司半炷香前剛出門，聽說是城東又出現了一起命案，死狀和李木匠一模一樣，聶察司趕緊帶人去查了。」

雲裳詫異道：「什麼時候發生的命案？」

上一世雲裳雖然拿到的只是結果，但因為李木匠這樁命案死法怪異，又牽扯甚廣，轟動一時，倒也細看了下死者的名單。她依稀記得，當時名單上只有三條人命，如今卻憑空多出了一條。

「申時左右，在城西守值的弟兄一發現，就立刻派人過來告知聶察司了。」

雲裳又問了幾個問題，並詢問了顧闓的意見，半個時辰後，終於到達命案發生地。

命案地點是一家農戶，已經被圍起來了，外面站了一群圍觀的百姓，怎麼趕都趕不走，幾個捕快一直把他們往外趕，人群熙熙攘攘。

聶察司沒想到雲裳會到場，把她帶到一旁僻靜之處。「少族長，您怎麼來了，這兒不是您該來的地方。」

「我聽衙門捕快說，這起命案跟李木匠的相似，便過來看看。」

聶察司偏頭看了看顧闓，壓低聲音道：「死者死狀慘烈，少族長和顧公子還是別看了。等有了結果，我定會稟報少族長。」

「這案子好幾天了，一點頭緒也沒有，你何時才能查出來？」

聶察司瞬間啞口無言，捏了捏眉心，一臉愁容。「此案詭異，這事怪我無能，但我敢向少族長保證，一定竭盡全力把事情查個水落石出，給全城百姓一個交代。」

「我相信你的能力，但是這事鬧得人心惶惶的，城內百姓已有怨言，因此我想親自進去看看。」

此話一出，玉奴立即出聲反對。「小姐，您不能進去。連衙門裡的捕快都害怕，從小到大您哪見過那麼血腥的東西，去了，怕是要嚇出一身病來。」

這起命案全城皆知，議論紛紛，玉奴多少也聽說了些，光是聽著都讓人頭皮發麻，更別說親眼目睹了。

聶察司附和。「玉奴姑娘說得不錯，這命案現場不是少族長能看得的，少族長還是先回去吧。」

雲裳不以為然。「我身為少族長，該以身作則。更何況還有衙門裡的人在呢，一堆人，我不怕的。」

聶察司仍是搖搖頭。「不行。」

雲裳蹙眉，語氣微沈。「我意已決，聶察司不必再攔，若是嚇到了，此事與你們無關。何況，還有顧公子在身邊守著呢，我不怕的。」

說罷，雲裳挽住顧闓的手臂，徑直往屋裡走。

顧闓眉頭一皺，稍稍斟酌，到底是沒甩開雲裳。

眼見勸阻無果，聶察司連忙趕在前面，搶先一步進屋，吩咐仵作停手，並差人把白布蓋上。

等顧閆和雲裳進屋的時候，只見到屋子中央蓋著的那塊白布下，隱約能看出一個軀體的輪廓。
瀰漫的濃重血腥味令雲裳不由自主的皺起眉頭，顧閆亦是掏出手帕捂鼻。
玉奴光是看著就已經害怕了，躲在雲裳身後縮腦袋，怯怯道：「小姐，我們還是走吧。」
這屋裡，實在是太嚇人了。
雲裳神態自若，看向仵作。「可有查到什麼？」
那兩個仵作眉頭緊皺，搖搖頭。
雲裳雖年幼，可城中目前是她主事，仵作倒也不敢輕怠，便老實道來。「死者並無中毒的樣子，身上也沒有掙扎的痕跡，我們初步診斷，是被人一刀殺死，再分屍的。死了大概一個半時辰左右，屍體各處都還在，剛剛我們已經把屍體拼接回去了。」
雲裳點頭。「死者何人？」
一旁的捕快回道：「香椿村人，叫劉老七。」
雲裳又問：「誰先發現劉老七的？」
那捕快下意識看向聶察司，見他點頭才繼續道：「是劉老七家的劉大娘，村民報的案。」
「劉老七其他家人呢，現在何處？」
「劉老七膝下本有一子，半年前不小心溺河身亡。劉大娘得知死訊，哭暈過去了，現在在隔壁李老二家。」

問得差不多了，雲裳止聲，若有所思，片刻後同聶察司道：「我想見見劉大娘。」

聶察司原以為雲裳只是出於好奇，或是為了順利將顧闔派到刑部司任職，這才親自來走一趟。但聽著雲裳問了仵作這麼多話，都頗為關鍵，他覺得雲裳對這個案子是上了心的，頗有少族長風範。

因此沒有因為她年幼或覺得她不諳辦案而怠慢半分，立即同一旁的捕快使眼色。「去看看人醒了沒。」

那捕快急匆匆的去了。

窗牖處突然灌進幾股涼風，雲裳剛抬手準備揉眼睛，就聽見嘔吐聲。

「公子，嘔……」阿福的反應更加強烈，扭頭就嘔了出來。

屋裡頓時瀰漫起一股嘔吐物的腥臭味，夾雜著尚未散去的血腥味，那味道難以言喻。屋裡都是此起彼伏的嘔吐聲，也就那兩個仵作還算鎮定，但臉色也是極其難看。

雲裳尋聲望過去，屍體上的白布掀開半截，露出劉老七血肉模糊的屍首。

粗略一看，已經難辨人樣了。屍首七零八落的隨意拼接在一起，底下到處都是血跡。

雲裳忍住體內的不適，別開眼。

聶察司乾嘔了好幾聲，才反應過來雲裳在屋裡，連忙上前把白布重新蓋上。

「少族長，嘔……」話沒說全，聶察司又連嘔幾聲。

緊接著，雲裳聽到身後重物落地的聲音，扭過頭一看，玉奴已經嚇暈過去了。她連忙蹲下來，雙手撐起玉奴的頭，拍了拍她的臉。「玉奴，醒醒。」

玉奴沒有反應。

雲裳探了下她的鼻息，人還在，焦急喊道：「快，傳大夫。」

李老二家裡的大夫還在為劉大娘醫治，一個小捕快吐得差不多了，忍著身體的不適，把玉奴揹過去。

雲裳走前，忽然想起顧閆還在，回頭看了眼，看到顧閆面色慘白，但反應沒有其他人強烈。

她心裡擔憂玉奴的安危，匆匆道：「顧公子，我先去看玉奴。」

話落，沒有再看屋內的狀況，匆忙離去。

人走後，顧閆望著她的背影，眉頭輕皺，若有所思。

玉奴醒得還算快，一盞茶的功夫就醒過來了，不過人不怎麼好，面色蒼白無血色，一直在乾嘔。她身子抖得厲害，說話嘴唇都在哆嗦。「小姐，奴婢……奴婢想回去了。」

玉奴年方十三，是雲夫人從外面撿回來的小乞丐，進雲府的時候六歲。以前過的雖然是四處漂泊的苦日子，但從未見過這種恐怖血腥的畫面，來香椿村這一趟，著實被嚇得不輕。

劉大娘還沒醒，考慮到玉奴的身體狀況，雲裳終是聽了聶察司的建議，打道回府了。

回到顧家，玉奴的腿還是軟的，走沒幾步就打顫，需要停下來歇息。

顧夫人走過來，看到他們一個個面色不佳，疑惑道：「這是怎麼了？」

雲裳扶著玉奴，抬眼應道：「在外頭見到了不乾淨的東西，嚇著了，我先帶玉奴回房，等會兒再過來。」

顧闓去香椿村一事，顧夫人還不知情，看著他們如此，百思不得其解，望向顧闓，擔憂道：「到底是怎麼了？沒事吧，要不要請個大夫來瞧瞧？」

顧闓緩緩收回緊隨雲裳的目光，平靜應道：「無事，母親不必擔心。」

顧闓就是這樣的性子，什麼事都埋在心裡，寡言少語，像個悶葫蘆。如果他不主動說，任憑你怎麼問，都問不出半個字。

知子莫如母，顧夫人知道從他嘴裡問不出什麼東西，看向阿福。「阿福，你來說，你們在外頭看到什麼了？」

一聽這話，阿福不由想起那屍首，體內一陣翻江倒海，強忍了好一會兒，還是沒忍住，扭頭乾嘔了起來。方才在香椿村吐了幾次，這時嘴裡什麼東西都沒有了，但還是想吐。

見此，顧夫人更覺蹊蹺，注視顧闓，故意板起臉色。「到底怎麼回事？」

顧闓道：「我先回房了，母親早點歇息吧。」

說完，偏頭同阿福道：「跟上來。」

聞聲，阿福趕緊捂住嘴，急匆匆同顧夫人道歉一句，便緊隨顧闓其後。

顧夫人越想越覺得不對勁，轉頭吩咐雀兒。「出去打聽一下，剛剛公子去哪兒了。」

「是。」

顧閆回到寢屋，坐了一會兒，終究還是沒忍住，走到窗牖邊，對著痰盂吐了起來。

阿福見了，趕緊上前幫他撫背。「公子，還撐得住嗎？要不要叫大夫？」

顧閆擺擺手，半晌過後，吐去所有髒物，面色終於漸漸好轉。接過阿福遞的水，漱好口後，他坐下來，緩了好半晌，低聲道：「今天的事情，不要告訴母親。」

阿福道：「今天好多人都見到公子了，公子又是跟著少族長去的，夫人隨便一問就知道了，怕是瞞不住啊。」

顧閆面色一沈，剎那間，他想起了雲裳反常的反應。

那不是一個養尊處優的大家閨秀該有的反應，更不會是一個九歲的孩童的反應。

上一世，在祖父離開後，他下定決心，要在最短的時間內回到北冥。正好城中李木匠這件案子，給他創造了機會，在慶城插手都無果後，他聽了恩師建議，插手這件案子。

上一世他整整吐了好幾天，夜不能寐，後來還生病了。

可即便見過一次屍首的慘狀，再次目睹時，在香椿村的時候，還是差點沒忍住。可是雲裳自始至終都沒有什麼過激的反應，反倒是她身邊的婢女嚇暈了。

顧閆細細回想了一番。

一個大膽的猜測突然從腦海裡冒出來，他面色微變，道：「雲族長和雲夫人跳火當天，雲姑娘在場嗎？」

第七章

徐嬤嬤這兩日一直在雲府和顧家之間來回，幫忙處理雲府的一些事務。聽說雲裳去了香椿村，急匆匆趕回顧家。

玉奴正躺在床上，面色蒼白，雲裳坐在床邊安撫。

徐嬤嬤看了看她們，有一瞬間都要分不清誰是主誰是奴了，猶豫著開口。「小姐，您沒事吧？」

雲裳搖搖頭。「我不礙事，方才帶著玉奴去了香椿村，讓玉奴見到了不乾淨的東西。倒是我，聽到捕快的嘔吐聲，沒敢往那邊看，什麼都見不著，自然就不怕了。」

短短幾句話，解釋了事情的來龍去脈，也堵住了徐嬤嬤接下來想問的話。

雲裳面色平靜，不像故意強撐的模樣。

徐嬤嬤倒也是信了她的話，鬆了口氣。「小姐無事就好。只是那些命案地點，以後還是別去了，那些東西看不得的。」

雲裳道：「此事鬧得滿城風雨，遲遲沒有定案，百姓多有怨言，我雖然幫不上什麼忙。但作為少族長，去了，便是給他們一劑定心丸。」

她是真的不怕。

上一世和穆司逸剛成親的時候，穆司逸也斷了不少案子，她跟在左右，親眼目睹了不少慘案。第一次見著的時候，夜夜惡夢纏身，魂不守舍，後來見多了，便也習以為常了。

徐嬤嬤竟一時不知道該說什麼好，猶豫半晌。

雲裳突然站起來。「我有些疲了，想回房歇一會兒，煩勞嬤嬤幫我照看玉奴。」

徐嬤嬤目送雲裳出門，回首蹙眉道：「去香椿村是小姐的主意？」

玉奴靠著床頭，有氣無力道：「是，小姐想要顧公子去刑衙司當差，便帶著顧公子去案發地了。」

徐嬤嬤眉頭緊皺。「妳近日跟在小姐身邊，可有發現什麼異樣？」

剛剛目睹過血腥，玉奴驚嚇未定，眼神混沌，聽了這話，下意識搖頭。

徐嬤嬤又道：「妳再好好想想，小姐今日見過血腥嗎？一路回來，反應如何。」

玉奴總算聽明白了徐嬤嬤的言外之意，抬眼，詫異道：「嬤嬤是懷疑小姐？」

徐嬤嬤嘆息道：「妳比小姐年長，都被嚇成這模樣，小姐嬌貴，就算沒看到髒東西，看見妳如此，也好不到哪兒去。」

偏偏小姐像個沒事人一樣，這讓她如何放得下心？

聽了這話，玉奴垂眸，細細回想，臉色不由得一變。

她今日站在小姐身後，白布下的情形看得一清二楚。小姐的目光注視何處她沒有注意，可是屋裡那些捕快的反應很強烈，小姐又怎會看不到？

回府這一路，她吐得厲害，小姐一路都在照顧她，反應甚是平靜。

玉奴越想越覺得不安，道：「嬤嬤，小姐一路甚為平靜，奴婢有點兒擔心她。」

小姐不是被嚇壞到毫無反應，就是對血腥之事不畏懼。可無論哪種情況，她都是不忍心看到的。

徐嬤嬤道：「我明白了，我就去看看小姐。妳先歇息會兒吧，晚上不用伺候小姐了。」

徐嬤嬤趕到雲裳閨房的時候，屋裡是黑的，她在心裡猶豫了一會兒，還是沒忍心掌燈，躡手躡腳走到雲裳床邊，藉著窗外院裡微弱的燈光，看到雲裳已經歇下了。人是睡著了，眉頭卻是緊緊皺著的。

徐嬤嬤暗暗嘆了口氣，上前，伸手輕輕的撫了一下雲裳的眉頭，幫她把被褥蓋好，便悄聲退出去了。

門合上的時候，雲裳緩緩睜開眼，坐了起來。

望著緊闔的房門，她的眸子亦如窗外昏暗的天空，深邃不見底。

重來一世，她無法做到像個孩童一樣天真無邪，不諳世事，只能盡力偽裝成孩子心性。可有些東西，是她如何偽裝都裝不了的。徐嬤嬤是她的奶娘，從出生起就照顧她的衣食起居，對她的性子瞭若指掌，不可能不懷疑。

重生一事，連她自己都覺得不可思議，更不用說希望徐嬤嬤和玉奴能理解了。若是告訴她們，她們定以為她是悲傷過度，以致魔怔。

可是那些事情都憋在自己心裡，讓她有點透不過氣來。

雲裳毫無睡意，起身，隨手拿了一件外衣披上，走到窗邊，望著天空，眼睛漸漸濕潤。

顧夫人到顧闓房中的時候，顧闓還在看書，沒有熄燈。

顧夫人嘆了口氣，徐徐走進去。「這麼晚了，怎麼還不歇下？」

顧闓放下筆墨，起身行禮。「母親。」

「坐下吧。」顧夫人擺擺手，走到他身旁坐下。「可覺得好些了？」

顧闓頷首。「勞母親掛念，好多了。」

顧夫人給雀兒使了個眼色，雀兒點點頭，蹲下身倒了兩杯熱茶。顧夫人把其中一杯放到顧闓手邊。「喝杯茶吧，歇一歇。」

顧闓點頭，輕抿一口，眸中突然閃過一絲亮光，笑道：「母親的茶藝在北冥無人可比，這麼多年過去了，依舊是如此。」

聽了他的稱讚，顧夫人滿臉笑容。「你該謝的，是雲小姐，是人家送的茶好，我才能煮出好茶。」

顧闓只是笑笑，把茶杯放下，拿起案上的書，又看了起來。

顧夫人瞧了瞧他，面色平靜，還有點紅潤，倒真是沒什麼事了。「怎麼突然想去刑衙司當差了？」

白天的事情，自是瞞不住顧夫人的。

顧閆也沒打算要一直隱瞞，便輕描淡寫道：「當屠夫久了，身上戾氣重，北冥忌諱身上有戾氣的，換個差事也不錯。」

顧夫人臉上的笑容突然收住，良久，嘆息道：「這麼多年了，你和你父親還是放不下這心思。」

顧閆笑了，笑得涼薄。「如何能放下？顧家幾代忠良，卻慘遭陷害。長姊在宮中不爭不搶，如履薄冰，卻還是沒躲過他人的算計。」

顧夫人目光暗了暗。

她何嘗不想洗刷冤屈，回到北冥。可是那地方就像一個牢籠，他們困在裡面，籠子外到處是眼睛，他們的一舉一動，都逃不過別人的窺視。稍有不慎，就是萬丈深淵，粉身碎骨。

在影石城的日子雖苦，卻是她這輩子最安穩放鬆的時光了。

顧夫人苦笑一聲。「娘以前沒有嫁入顧府的時候，知道進了顧府，大半輩子都沒好日子過了。但是，因為嫁的是你父親，無怨無悔。生下你之後，就想讓你一世無憂，可是你生在官家，哪有順心如意的事呢？倒也是難為你了。」

顧閆抬眼，道：「這世上多的是身不由己之人，母親不必杞人憂天。無論我做什麼，都是自己選擇的，不會後悔。」

顧夫人面色肅然。「從小到大，你都很有主見，不需要我和你父親操心。你想做什麼，為娘不攔你。只是有句話，你得永遠記著，凡事不可急功近利。尤其是在影石城，千萬不要留下把柄。」

顧闓點頭。「兒子明白。」

顧夫人滿意的點了點頭，往窗外一瞥，看天色不早了，起身道：「你好好歇著吧，我也回去歇著了。」

回到寢屋，剛好顧翰也回來了，在換衣裳。

顧夫人上前，幫他解衣，柔聲道：「老爺見過那人了？」

顧翰面色疲憊。「見過了。」

顧夫人扭頭，給雀兒一個眼神示意，雀兒退下，順手把門拉上。

換好了外衣，顧夫人拉著顧翰的手到床上坐著，幫他揉肩。「那人都說什麼了？」

顧夫人的手很軟很巧，一身疲憊終於得到釋放，顧翰舒服得閉上眼睛。「與三苗國一役大獲全勝，聖上龍顏大悅，準備大赦天下，魏兄藉機在朝堂上提起了朝天門一案。」

顧夫人的心瞬間提到了嗓子眼，停下手，緊張道：「聖上是什麼反應？」

「什麼都沒說。」

顧夫人面色一喜。「這是不是說明，事情會有轉機？」

顧翰點點頭。「聖上沒有發怒，就說明他也在考慮此事，如今朝堂上反對的聲音越來越少，局勢對我們還是有利的。不過想離開影石城，還是不容易。」

這朝局錯綜複雜，變幻莫測，聖上的心思又令人捉摸不透，一切，都很難說。

「只要聖上不發怒，朝天門一案就有機會重審。只是苦了禾兒，也不知道她在冷宮怎麼樣了？」說到這兒，顧夫人突然眼眶發紅。

顧翰回頭，握住她的手。「一切看禾兒自己的造化吧，只要活著，一切都還是好的。」

顧夫人坐下來，頭埋在他胸口，哽咽道：「雖然聖上大發慈悲饒禾兒不死，可冷宮就是個吃人的地方，活著，比死了還痛苦。禾兒她當初位分就低，不受寵也不會爭寵，身邊沒幾個真心伺候的，進了冷宮，我真的怕她熬不住。」

人心都是肉長的，自己的女兒，顧翰怎麼會不心疼呢？

比起顧夫人，他更瞭解後宮的形勢。

前朝和後宮息息相關，生死共存。

他還沒有被貶謫的時候，品級就不算高，在朝中說話沒什麼分量。好在人脈廣，在朝中有幾個值得深交的好友。正因為如此，在朝天門事變的時候，才保下了顧禾一命。

可好友能做的，就是保禾兒不死，後宮是妃嬪說了算，前朝的手不能伸得很長。

如今禾兒在冷宮的情況，他們並不知道。這幾年，好友在信中幾乎沒提過禾兒，是生是死，他們並不知道。

顧翰如鯁在喉，一時也不知道該說什麼，伸出手，拍了拍顧夫人的頭。

「老爺，若是禾兒真的沒了，我不希望閆兒再出什麼事了。我就這兩個孩子。」顧夫人說著說著，便捂臉抽泣了起來。

一聽她哭，顧翰頓時就慌了，連忙安慰道：「今天那人答應要幫我，我們很快就能離開影石城了。等回到北冥，夫人就能知道禾兒的情況了。」

顧夫人低聲啜泣，沒有應答。就算回去了，她也進不了宮裡，只要宮裡頭有心隱瞞，誰又知道真正的情況呢？

翌日清晨，雲裳又帶著顧闓到刑衙司走了一趟。

徐嬤嬤擔憂她的安危，跟過去了，讓玉奴在家裡等著。

聶察司公事公辦，把在香椿村查到的線索逐一向她說明。

「少族長，我差人搜查過香椿村附近，沒有查到有人走動的痕跡。距離案發不到半炷香的功夫，我就派人趕過去了，香椿村附近也是刑衙司重點懷疑的地方，我一直派人在附近暗中活動，並沒有看見可疑的人。還有一件事，劉老七家處於村子中央，昨天是收穀之日，村民進進出出，凶手作案以後，無法神不知鬼不覺的離開。從這些跡象來看，這次凶手只能是活動在村子附近的人，而且活動範圍並不很大。」

雲裳一點就通。「所以這個凶手，不是喬裝躲在香椿村的人，就是村子裡的人。」

聶察司沒想到她這麼機靈，稱讚了幾句，又道：「還有一個疑點，劉老七的死法雖然和李木匠相似，但從仵作搜查的情況來看，兩人身上的刀法並不一樣。李木匠身上的傷口，非常乾淨俐落，凶手應該是個擅長使用刀具的人，並且刀具非常鋒利。但是從劉老七的屍首來看，殺死他的人使用的刀具並不好，分屍的時候多砍了幾十刀，砍的地方沒有章法。」

身後的捕快突然側頭嘔了幾下。

聶察司扭頭，呵斥道：「少族長在這兒，不要失了禮數，出去吧。」

那捕快如赦大罪，飛奔出門。

徐嬤嬤本來就是影石族人，她從小耳濡目染，沒少參加影石族的火葬儀式，見過了太多死亡，早就心如止水了，面色甚為平靜。

她近日也非常關注這件奇案，便順著聶察司的話問道：「依聶察司所言，殺死劉老七的另有其人。而且這次的凶手，很有可能是為了掩人耳目，刻意模仿李木匠那件案子，分屍劉老七？」

聶察司搖搖頭。「這個還不好說。等查到新的線索了，我再差人告訴少族長。」

說完，聶察司戴上官帽，躬身道：「香椿村我還得過去走一趟，就先失陪了。」

雲裳叫住他。「等等，我跟顧公子也要過去，一起出發吧。」

聶察司聞聲停下，看了看雲裳，在心裡掂量了會兒，點頭道：「那便煩勞少族長和顧公子了。我先去後院備馬，煩勞少族長先到大門等候。」

聶察司剛出門，一個捕快疾步跟上去，不解道：「察司，少族長年紀這麼小，能懂什麼斷案，跟著我們過去，這不是瞎摻和嗎？她胡鬧也就算了，您怎麼也任由她胡鬧？」

聶察司放慢步子，回道：「只要有少族長在的地方，就有刑捕衙的人。這案子拖了這麼久，我的烏紗帽都快保不住了。少族長不是主要的，重要的是刑捕衙的人，要是他們願意幫忙破案，我們刑衙司就省力多了。」

小捕快道：「可是您昨天晚上剛去刑捕衙走了一趟，拿的還是少族長的權杖，他們只隨便打發給我們兩個人。我就怕到時候不僅刑捕衙不幫忙，連少族長都參與其中，那可就更麻煩了。」

他們查不到凶手不要緊，最多就落個失職的罪責，就怕少族長牽扯到這件案子當中，受了傷，他們是擔當不起的。

聶察司停下腳步，蹙眉道：「這件案子牽扯甚廣，過兩日慶城那邊就該派人來了。無論如何，都要趕在他們之前查到凶手。」

這些年，他們一直受制於慶城。

李木匠和另一個死者身分低微，不過是因為死狀奇特才引人矚目。查不到凶手，影石城的百姓最多是議論一番刑衙司，風頭一過，就沒什麼事了。但慶城的人一來，要是破了案子，丟的就是整個族人的臉面。

小捕快並沒有想得這麼深，路過聽聶察司這麼一說，就能明白他的用心良苦了。他低著頭，羞愧道：「是小的多言了。」

聶察司抬頭望了望四周，吩咐道：「你去後院備兩匹馬。」

「那您呢？」

「我去拿樣東西。」說完，聶察司朝著另一個方向走了。

雲裳在大門等了一會兒，刑衙司的馬就牽來了。

她牽過馬，俐落上馬。

一名捕快道：「顧公子怎麼不上馬？」

雲裳聞言回頭，四目相對，顧闓同她道：「雲姑娘先去吧，我待會兒再跟過去。」

雲裳低頭看了看一動不動的顧闓和阿福，突然就明白了。

影石族人擅騎射，她從小就學騎馬，駕馬就如同家常便飯。但顧闓卻是實打實的外族人，又生在官宦人家，曾經是個富貴傍身的文官家公子，不會騎馬是情理之中的事。

念此，她從馬上躍下，道：「我跟你同騎一匹，你先上去，就踩著這兒，我扶你，你不用害怕。」

顧闓蹙眉不語。

阿福道：「我們家公子從小就……」

沒等人說完，顧闓立即出聲打斷。「阿福，不許多言。」

阿福撇了撇嘴，欲言又止。「可是公子……」

顧闓回頭，給了他一個警告的眼神，阿福悻悻的閉了嘴。

雲裳從他們的對話中猜到了顧闓怕馬，道：「這兒離香椿村不近，想快點趕過去，就得騎馬，顧公子若是不願，我可派人找輛馬車。」

「不必了。」顧闓咬了咬牙，道：「就騎馬吧。」

雲裳雖然長得高，但只到顧闓的肩膀。坐在他後面，只能從旁邊探頭抓韁繩。她雖然有意想忽略，可是顧闓發顫的雙腿實在太明顯，沒辦法假裝看不到。

雲裳觀察了一會兒，突然有點兒想笑。

這男人成為宰相以後，做什麼都遊刃有餘。朝中那些官員，應該不知道他怕馬吧？她會不會是第一個知道顧闓的弱點的人？

「顧公子？」雲裳的頭就搭在顧闓的手肘上，眨巴著雙眼，目光澄澈。

顧闓一頓，片刻後別開眼。「雲姑娘請說。」

「你對香椿村一案有何看法？」

雲裳髮梢的香味若有若無的飄進顧闓鼻中，他恍神片刻，身上突然有些燥熱，啞聲道：「雲姑娘自重。」

說完，往一旁側開身。

雲裳這才反應過來，兩人靠得有些近，連忙縮回頭，繼續道：「顧公子覺得，凶手會藏在香椿村裡嗎？」

「顧某沒有斷過案，不敢妄言。」顧閆語氣冷淡，沒有深談的意思。

雲裳沒有再問。

一盞茶的功夫後，抵達香椿村。

雲裳直奔劉老七家，卻沒有看到劉大娘，隨口問了一個村民，村民說劉大娘驚慌過度，不敢一人居住，在李老二家暫住。

雲裳見到劉大娘的時候，人還躺在床上，身邊幾個婦人七嘴八舌的安慰著。所有人頭上都戴著白巾。劉大娘一身孝衣，坐在床上直抹眼淚。

「妹子，老七突然沒了，大家都很難過，往後的日子還長著呢，妳節哀。」

「衙門裡的人已經在追查此事了，很快就能將凶手繩之以法，劉大姊可得撐住。」

聶察司捂嘴咳了幾聲。

那些婦人聞聲，轉過頭來，有人喚了一聲。「是官爺來了，快請坐。」

聶察司道：「今天過來，是想問幾句話。屋裡留一個人便好，其他人都出去吧。」

那些婦人倒是識趣，沒說什麼，全都退了出去。床上只剩下劉大娘和李老二的娘子。

多餘的人走了，聶察司直視劉大娘，開門見山道：「昨日劉老七被殺害的時候，是大娘先發現的？」

劉大娘聽罷，頓了一下，又繼續啜泣起來。

李大娘摟住她的身子，柔聲道：「妹兒，妳別怕，想起什麼都跟官爺說，官爺一定會為妳作主的。」

劉大娘抽了抽鼻子，啞聲道：「昨日我到李家幫忙收穀子，看沒水了，跟李大姊回家拿水，就……就……」

說到這兒，劉大娘突然就說不下去了，頭埋在李大娘腿上，放聲痛哭。

劉大娘情緒不穩，聶察司沒辦法繼續問下去，只好在一旁等著。

等哭聲小些了，雲裳走過去，挪了個凳子，在她們身旁坐下。「大娘，您別怕，我們過來，就是想查出真凶，為劉老七討回公道，想到什麼，您都說出來，這樣刑徧司的人才能找到線索。」

聽到凶手兩字，劉大娘慢慢鎮定下來，道：「相公死不瞑目，官府一定要找出真凶，幫他報仇雪恨。」

雲裳道：「大娘進屋後，劉老七就沒了嗎？可有見到什麼可疑的人？」

劉大娘搖搖頭。

「從李家回去，我先去上了一趟茅廁，突然聽到屋裡傳來相公的尖叫聲，趕緊跑進屋，就看見相公他……他……」

劉大娘泣不成聲，後面不管雲裳如何問，她都不願再說了。

雲裳欲要再開口，看見李大娘對自己搖頭示意，只好作罷。

她伸手握住劉大娘，安慰道：「大娘節哀吧。」

隨即怔了一下。

劉大娘靠近手心的一塊地方，摸起來有些不平整。雲裳挪了下手，想要確認一下，只聽劉大娘啊了一聲，抽回手躲開她的觸碰。

雲裳看了看劉大娘，不動聲色的把手縮回去，道：「大娘進屋的時候，可見到屋裡有刀具？」

劉大娘搖搖頭，沒應話。

聶察司也問了幾個問題，但都是徒勞。

沒辦法，雲裳他們只能先回去。

離開前，她問了一個村民。「昨日李家收穀，可用到刀了？」

那村民見有衙門的人在，倒是很配合，仔細回想了下，搖搖頭。「李家昨日一天都在打穀，未曾見到用刀。」

「誰是第二個進去劉老七家的？」

「忘記了。」說到這兒，那村民突然緊張兮兮的往後看了眼，小聲道：「少族長，凶手找到了嗎？會不會再來村裡作案？」

「這幾天刑衙司的人都會待在香椿村保護你們，不會再出什麼事的。」

那村民拍拍胸脯，鬆了口氣。「那便好。少族長可要快點找出凶手，這凶手要是一日找不著，大家人心惶惶的，都沒法做事了。」

雲裳點了點頭，又問了幾句關於劉老七的話，便回去了。

路上，聶察司奇道：「少族長剛才為何要問李家收穀的事情？」

雲裳道：「聽說收穀十分有趣，我還未曾見過，就隨便問問。」

兩人正說著話呢，有個捕快迎面小跑過來。

聶察司拉住韁繩，道：「何事？」

小捕快看了看旁邊的雲裳和顧閆，急切道：「城北那邊，需要察司您過去走一趟。」

聶察司扭頭，一臉歉意。「少族長，我不能送您和顧公子回去了。」

雲裳點頭道：「你先去忙吧，我們可以自己回去的。」

聶察司沒再多言，駕馬而去。

雲裳慢悠悠的走著，過了一會兒，她把韁繩遞給顧閆。「顧公子，要不要試試騎馬？」

顧閆低下頭，看了眼韁繩，沒有吭聲。

沒錯，他懼馬。

這事還得從顧閆五歲那年，宮中的那場春獵說起，當時他的長姊顧禾剛進宮，侍寢了幾次，雖然不算得寵，也算是沐了龍恩。阿姊從小就疼他，那次特意跟聖上求了恩典，聖上點頭答應。

小時候貪玩，第一次去春獵，他覺得新奇好玩，玩脫了，不小心跑進林子裡。在林中玩的時候，林尚書的大兒子騎馬撞了他，他的左手差點就毀了。幸好聖上派了太醫院最好的太醫為他醫治，養了三年才沒有大礙。

可自從那一次起，他心裡就留下了陰影。

思及此，顧閆的雙腿又顫了顫，緩緩閉上眼睛。

雲裳把轡繩塞進顧閆手中，握住他的手示範。「抓轡繩的時候，手要這麼放，馬兒才不容易受驚。顧公子長這麼大，應該沒騎過馬吧？不妨試一試。騎馬不難的，或許有一天，這騎術能救顧公子一命呢。」

顧閆耳骨微動，深深吸了口氣，這才睜眼，握住轡繩，緩慢前行。

雲裳見他同意，莞爾道：「顧公子不要怕，我握著你的手，就不會有事了。」

女孩的手軟乎乎的，手心有點發燙，貼在顧閆的手背上，令他心裡莫名生出一股奇怪的感覺。

那股感覺令他有點不舒服，於是皺眉道：「雲姑娘可以鬆手了。」

聲音冷清，沒有一絲人情味。

相處幾日，雲裳大抵能摸透他的性子，規規矩矩的收回手。

誰料雲裳手還沒鬆開，顧閆的手掌便覆了上來，聲音有點顫。「這馬認生，還是雲姑娘來吧。」

雲裳沒忍住，輕笑出聲，顧閆的耳朵瞬間就紅了。

雲裳沒敢打趣他，咳了兩聲，清了清嗓子。「顧公子以後若想學習騎術，可以找我。」

顧閆悶悶的嗯了一聲。

到了顧府門前，雲裳沒有進屋。

她湊近顧閆身邊，用只能兩個人聽到的音量悄聲道：「顧公子，從明日起，我就不陪你去斷案了，不過我會讓刑捕衙的人跟著你。有他們在，刑衙司的人不敢為難你的。還有，劉大娘的掌心似乎有刀傷，此人十分可疑，顧公子在查案的時候，可以多關注此人。」

頓了頓，她回頭，衝徐嬤嬤道：「嬤嬤，我有東西在雲家沒拿，想回去一趟。」

雲裳說完這些話，便駕馬往雲府的方向走。顧閆沒來得及說話，就只能看見她絕塵而去的背影。

回府前，雲裳去了一趟首飾鋪，買了一支簪子，差徐嬤嬤送到顧家。而她，則去了三長老家。

三長老府中守門的小廝見到人的時候，十分詫異，視線下意識往雲裳身後掃去，沒見有人跟著，道：「少族長怎麼一個人來了？」

「正好路過，想進來看看三長老，煩勞你稟告一聲。」

小廝半躬著身，恭恭敬敬的引著她往前走。「少族長說的哪裡話？三長老吩咐過了，只要您來，無論何事，都無須稟告，少族長隨我這邊來。」

雲裳有些詫異。

她和三長老沒見過幾次面，父親尚在世時，她在府中沒有見過三長老，似乎父親與他的關係也不算親近。在她的印象中，三長老很少說話，也不愛走動，但性格溫和，在族中的威望比其他兩個長老高。

但是無論從上次的族會還是這次小廝的反應來看，三長老對她是極好的。

這好從哪兒來，她並不知曉。

雲裳把那些疑惑藏在心裡，跟著小廝走，隨口問道：「我很久沒見到三長老了，他這些日子都在忙什麼呢？」

那小廝沒有多想，便道：「三長老這幾日，是去談通城文牒的事情了，早上剛從慶城回來。」

流火國歸降於蒼梧國以後，影石族不甘屈於蒼梧國之下，曾發動了一次叛亂。因為人數不占優勢，慘敗後被打發到當時荒無人煙的蠻荒之地，也就是現在的影石城。

蒼梧知道影石族心性高，難以管制，便給了諸多限制。

比如要離開影石城前往蒼梧國的其他地域，需要慶城給的通城文牒，而這通關文牒數量稀少，除了特殊事情，很難拿到。影石族為了這個文牒，與慶城交涉多年。

這也是為什麼多年來，蒼梧被貶的官員，多被派到影石城的原因。

因為這兒地處偏遠，往來卻易管轄，並且影石族人被壓制多年，積怨很深，更仇視外族人。被貶到這兒的人，很少會有好境遇，等被召回北冥的時候，性子都被磨得差不多了。

也正因為這樣，影石城內矛盾重重，多有傷亡之事。

不過雲碩繼位族長之後，便改了族令，不允許影石族人隨意欺辱被貶過來的外族人。起初影石族人不同意這個規定，但是也吃了不少虧。那些有幸被召回北冥的官員，有的會被派到慶城任職，公報私仇。

於是漸漸的，與外族人的矛盾消解了不少，近年來相安無事。

所以三長老去商談通城文牒的事情，在影石城並不算是秘密。

小廝看雲裳沈默，停住腳步，道：「少族長，就快到了，這邊。」

話音剛落，不遠處傳來了孩童的哭鬧聲。

小廝笑著解釋。「應該是小公子又犯錯，被三長老罰了。」

雲裳也跟著笑。「小公子經常犯錯？」

小廝無奈道：「可不是嘛，小公子被寵壞了，有些頑劣，在府中欺負下人也就算了，經常出去鬧事，三長老沒少罰他跪祠堂。」

雲裳笑而不語。

一個小廝都敢隨意議論主子的家事，看來三長老平日裡對下人管束較少。

走近些了，三長老清晰可見的呵斥聲傳入耳中。「你這個不聽話的逆子，我都跟你說過多少次了，不許在外頭欺負人，你都當作耳邊風了是嗎？」

小公子顯然對他的訓斥不太服氣，反駁道：「我不過是教訓了一下奴才，我沒有錯。」

「奴才？誰跟你說曹小公子是奴才的，他的曾祖父，曾經是蒼梧國的太傅。那身分算起來，比你還高。」

「可是杏兒說了，他們一家身分低微，連普通百姓都不如。」

一旁的杏兒撲通跪倒在地，磕頭求饒。「三長老，奴婢知錯，請長老饒過奴婢一命。」

「杏兒？」三長老終於知道禍事由誰最先引起了，板起臉，大聲呵斥道：「來人，把這婢子杖責十大板子。」

杏兒哭著求饒，但這次三長老沒有心軟，直接讓人把她拖下去了。

雲裳在一旁觀望，總算聽明白了事情的因果。看著院子裡站得筆直，哭紅了眼睛的小公子，在心裡暗暗稱讚三長老通情達理。

旁邊的小廝準備過去通報，雲裳伸手攔住他。

「先等三長老處理完家事，再見他也不遲。」

這時，三長老身邊的一個小廝眼尖，發現了雲裳，走到三長老身邊耳語。

三長老望了過來，見到雲裳，目光一頓，隨後，吩咐院中的婢女。「好好看著小公子，不站夠半個時辰不准離開。若有誰幫著欺瞞，便一同受罰。」

那些婢女點頭應是。

三長老走到雲裳面前的時候，彷彿變了個人，臉上帶著淡笑。「少族長怎麼來了。」

雲裳收回放在小公子身上的目光，笑道：「路過這兒，想起來好久沒見三長老了，便過來看看。」

三長老道：「外邊熱，進屋說話吧。」

寒暄了幾句，三長老把茶杯放下，問：「聽說少族長最近插手了李木匠的案子？」

她身分特殊，去香椿村一事瞞不過任何人。

雲裳落落大方道：「是。徐嬤嬤說，我的相公不能做一輩子的屠夫，便提議我給顧公子找個差事。三長老也是知道的，顧家是外族人，在城中人微言輕，我若不到場，刑衙司的人就不會把他當回事。」

雲裳拉出徐嬤嬤當擋箭牌，三長老恍然似的點頭，關切的提醒。「少族長的意思已到，聶察司是聰明人，接下來就知道該怎麼做了。案發地常有血腥，少族長以後還是不要過去走動了。」

「多謝三長老關心，以後我都不會再去了。」接下來，一切交給顧閆。

三長老點點頭，拿起茶杯又輕抿了起來。

屋裡靜默了片刻，雲裳遲遲沒聽到他開口，估摸了一下時辰，這個時候，徐嬤嬤也該離開顧家了，便道：「我有一事不明，想向三長老請教一二。」

三長老道：「少族長想問的，可是族會一事？」

都是聰明人，雲裳就沒有拐彎抹角。「我放棄繼任，族長之位就落到了三個長老身上。三位長老無論是誰，都有本事坐上那個位置。」

三長老卻不認可，搖頭反駁。「少族長這話可就錯了。大長老城府深，心眼如針，沒有大將之風。二長老亢心憍氣，當族長還差了點火候。至於我……我就喜歡過閒散的生活。我們三個，無論是誰，都不太合適。」

雲裳沒想到三長老這麼直白，不過他族會上說的那些話的用意，倒是都交代清楚了。

雲裳細想了下他們三人的性子，覺得三長老說得非常在理。

她起身，給三長老行了個半禮。「多謝三長老直言，以後無論雲裳做不做族長，都會記著三長老今日的話。時辰不早了，雲裳先回府了。」

三長老點了點頭，沒有挽留。只是在雲裳踏出門檻的時候，突然開口。「少族長。」

雲裳回頭，不解的望著他。

「族長和夫人跳火一事，我……」

雲裳從他懊悔的眸色中，明白了他的未竟之意，笑道：「若是阿爹還在世，不會怪三長老的。」

那是整個族的決定，阿爹阿娘為了她、為了族人，自願跳火的，不是誰的錯。要怪，就怪那迂腐陳舊的族令。

第八章

三長老目送雲裳離去，良久，長嘆一口氣，問旁邊的小廝。「大長老那邊，最近有什麼消息嗎？」

小廝道：「城北收穀，大長老府中的人在那邊走得勤快。今兒個早上，大長老去聶家走了一趟，送了聶察司不少東西。」

三長老眼一瞇，沈思道：「我記得聶察司的母親，病已經拖了幾年了，一直沒治好。」

小廝點頭。「聽說聶察司散盡家財，也沒治好母親的病。」

三長老沈默半晌，道：「少族長那邊呢，可有送禮？」

「聽說送了不少良藥。」小廝觀察三長老的神色，小聲問道：「三長老，聶察司那邊，我們是否……」

話沒說完，被三長老抬手打斷。「聶察司那邊不必理會。城北那頭，派人多盯著點。今年收成不佳，百姓心裡有怨言，可別鬧出什麼大事來。」

小廝點頭稱是。

三長老想了想，道：「大長老近日，可有到二長老府中走動？」

小廝想了一下，搖頭道：「未曾。」

三長老瞇了瞇眼，沒再問了。

話說此時的雲盛，在府中急得焦頭爛額的。剛剛在書房發了一通火氣，身旁的小廝跪了半盞茶的功夫，愣是氣都不敢大喘一下。

雲夫人聞聲而來，差人把地上的狼藉收拾了，走到雲盛身邊，抬手撫了撫他的胸口，柔聲道：「老爺消消氣。」

這雲夫人是雲盛的續弦，本名喚作水月，原本是青北城一家酒鋪的掌櫃，雲盛外出之時意外結識，一直養在外頭。雲韻生母逝世後，被雲盛納入府中。

雲夫人長得花容月貌，聲音嬌滴滴的，柔得都能滴出水來，在府中頗得雲盛喜歡。

她這話一出，雲盛心裡的氣消了不少，輕哼道：「聶察司不識抬舉也就算了，那趙莊主又是個什麼個東西，竟然將我拒之門外。」

雲夫人笑著幫他捶捶背，道：「老爺又何必為這事生氣？收穀一事，向來都是族長負責的。今年收成不好，您摻和進去，這差事啊，就是吃力不討好。」

雲盛回頭，握住她的纖纖玉手，摸了下，嘆息道：「夫人不是不知道，每年收穀節，對影石族來說，有多重要，這是在族中建立威信的大好機會。」

族中之事，雲盛很少隱瞞雲夫人。

雲夫人聽了，秀眉緊蹙。

影石族的收穀節，是族裡的第二盛事，收穀完成，都會舉行一場隆重的歡慶會，全城同慶。每年收穀會都由族長主持，率眾向上天祈求五穀豐收，安康樂業。

若是往年也就罷了，如今族長之位空缺，少族長又是個不懂事的幼女，誰能拿下這收穀節的主持資格，便是百姓心目中新任族長的不二人選。

思忖半晌，雲夫人提議道：「趙莊主不見老爺，不過是顧慮著族長之位還沒有定下。他這個老狐狸，處事圓滑，很少做得罪人的事。想來啊，現在也在觀望著呢。他這人啊，就像銅牆鐵壁，什麼都撬不開，老爺又何必在他身上費心思，農莊裡，不是還有別人嘛？」

雲盛頓時眼睛一亮。「夫人的意思是？」

雲夫人盈盈一笑。「趙莊主雖是農莊的掌事，這麼多年沒出過什麼差錯，可妾身聽說，他與何副莊主多年心結。這何副莊主啊，在農莊裡是能說上話的，又是城北何氏一族的本家人，老爺何不試著拉攏他？」

雲盛聽了，琢磨了下，心裡的不快如同雲霧緩緩散開，笑著拍了拍雲夫人的手。「夫人不僅善解人意，還是我的軍師。」

雲夫人推了推他，嬌滴滴道：「老爺已經兩天沒回屋了，妾身這不是擔心老爺愁壞了身子嘛？要說啊，還是老爺教得好。妾身的所有本事，都是老爺教的。」

話一說完，雲夫人的身子就像一灘水，軟綿綿的化在雲盛身上。

這雲夫人不過二十三歲，雖說年紀上比不得正值荳蔻年華的女子，可貌美動人，加上久經雨露，那是別有一番韻味，最是勾人。

雲盛眉眼落在她的纖纖細腰上，喉頭一熱，伸手把人抱在腿上，啞聲道：「夫人越發動人了。」

雲夫人推了推他。「老爺，您還有正事要辦呢。」雙手軟綿綿的，哪有什麼力氣，不過是欲拒還迎罷了。這番舉止勾得雲盛熱火難耐，再難以把持，他伸出手，握住雲夫人的腰肢。

屋裡伺候的人，早就退了出去，還體貼的把門拉上了。

屋裡先是響起了東西落地的巨響，而後是雲夫人斷斷續續傳出的幾聲忍耐的低叫聲。就在屋裡一片熱火朝天的時候，外頭突然響起一聲叫喝。「老爺。」

屋裡的聲音戛然而止。

守在門口的丫鬟呵斥道：「慌慌張張的做甚？」

這丫鬟是雲夫人的貼身奴婢，喚作春瑤，平日裡跟隨雲夫人左右，幾乎是形影不離。

小廝一看，便知雲夫人也在裡頭，加上房門關著，饒是再愚笨，也知道書房裡如今是何景象。一想到自己破壞了雲盛的好事，他不由得心裡一緊。

可想到雲盛之前的吩咐，躊躇了片刻，還是小聲道：「春瑤姊姊，是少族長來了。老爺以前吩咐過，若是少族長來了，一定要稟報。」

春瑤在雲夫人入府前就伺候在她左右，是雲夫人的心腹。這些日子的事情，不僅聽了，還沒少替雲夫人暗中查訪。

如今正處於挑選新族長的重要關口，雲裳的一舉一動都事關重大。

在心裡斟酌了一會兒，春瑤躡手躡腳走到門前，抬手準備敲門扉，手舉到一半，卻沒有膽子落下去。

停了一會兒，她扭過頭，向小廝道：「老爺和夫人有要事相商，一時半會兒過不去。差人好好招待少族長，就說老爺昨夜奔波勞累，這會兒正在歇著。」

春瑤的意思便是雲夫人的意思，小廝就算有天大的膽子，也不敢得罪雲夫人，便點頭下去了。

就在這時，門開了。

春瑤先是一愣，然後迅速往後退了幾步，行禮。「老爺。」

她抬頭悄悄看了眼，雲盛衣裳還有些皺褶，顯然是剛剛急匆匆穿上的，他面色陰沈，臉上難掩好事被打斷的不悅。

春瑤小心翼翼道：「老爺，剛剛小廝來報，是少族長來了。」

說完，目光一側，落到雲夫人身上。

雲夫人的反應大相徑庭，臉上掛著淡淡的笑容，並未有怒氣。

「嗯。」雲盛淡淡應了聲，大步從她身旁走過。

方才小廝說的話，他在屋裡都聽見了。

春瑤看向雲夫人。「夫人，奴婢……」

雲夫人擺擺手。「妳去廚房差人煮碗蓮子羹，等會兒給老爺喝。」

雲夫人家世低微，能夠被雲盛看上並納為續弦，除了長得美豔，便是性格機伶討喜，處處為雲盛著想。雲盛近日一心都撲在搶奪族長之位上，她是個識趣的，又怎會在意風月之事被打斷。

若是事情成了，她便是族長夫人，這是一時歡愉遠遠比不上的。

雲裳從三長老家裡離開，原本是想直奔雲府的，途經雲盛家時，忽而想到了一些事情，便進去找雲韻了。

可雲韻做了虧心事，到現在還沒調整好心緒，見了她，就像老鼠看見貓，下意識躲避。

雲裳拉著她說了一會兒話，她有一句沒一句的應著，話不投機，沒一會兒，兩人便都興致索然。

雲裳本來就是作戲給人看的，見雲韻心思不在自己身上，更不想在她屋裡多待，抬頭問她屋裡的婢女。「拂東，我大伯父醒了嗎？」

被喚作拂東的婢女恭敬地福了福身。「少族長稍等，奴婢這就過去看看。」

話音剛落，就有一個婢女從門外進來，見了雲裳，行禮道：「少族長，大長老醒了，請您移步廳堂。」

雲裳點點頭，看著雲韻，笑道：「堂姊，我先過去廳堂見大伯父了，妳身子要是不舒服的話，就歇一會兒。改日有空，我再過來找妳玩。」

雲韻敷衍的說了聲好。

走到門口，雲裳似是想到了什麼，突然扭頭。

雲韻正偷看她離開，被嚇了一跳，愣愣道：「怎，怎麼了？」

雲裳笑盈盈的。「堂姊，我突然想起來，三長老明日讓我去穀莊走一趟，我一個人不想去，妳陪我去吧。」

雲韻一時沒反應過來。「穀莊？」

「明日辰時，我讓人來接堂姊。」落下這話，雲裳便頭也不回的走了。

其實雲裳進府，不過是因為先去了三長老家，怕引人猜測，這才來雲盛家的了，和雲盛並沒有什麼話說。在廳堂客套了幾句，她便藉口回去了。

另一頭徐嬤嬤聽說人沒回府，找得焦頭爛額的，等找到雲盛家的時候，正好碰上剛出門的雲裳。

徐嬤嬤見她平安無事，鬆了口氣。「小姐怎麼一個人跑這兒來了？也不告訴下人一聲，可把老奴嚇壞了。」

雲裳上前，挽住她的手臂，笑道：「路過堂姊家，就想進去看看。嬤嬤，我餓了，我們回府吃飯吧。」

雲裳平易近人，尤其對徐嬤嬤和玉奴，那是打心底裡當作家人來看的，從不擺少族長的威風。

小時候她就喜歡挽徐嬤嬤的胳膊，求著徐嬤嬤帶自己出門玩。

許久沒有被她挽著，徐嬤嬤心裡熱呼呼的，一聽她說餓，心頭那些話，更是瞬間就沒得說了，只道：「老奴已經差廚房的人做了，小姐一回府，就能用膳。」

雲裳笑笑，毫不吝嗇得誇了幾句，把徐嬤嬤哄得合不攏嘴的。

天色漸漸昏暗，雲裳用過膳，便到院子裡活動筋骨。

今日的天空格外昏沈，烏雲密布，甚是可怕。

徐嬤嬤看了眼天色，同雲裳閒聊。「小姐，奴看這天色，快要下雨了。城中半月無雨，若是此時來場大雨，便能涼快些。」

雲裳聞言，停下來抬頭望了望，天空就像一個巨大的黑窯洞，烏雲滾滾，往一個方向聚集。今日天氣炎熱，來場大雨解暑自是好的，只是一想到城中慘案，她就高興不起來。

見她面色不佳，徐嬤嬤疑惑道：「小姐可是有心事？」

雲裳把刀遞給一旁的小廝，同她如實訴說心中的憂慮。「李木匠一案還未找到兇手，慶城這兩日就會有捕快過來，我擔心刑部司那邊會出事。」

徐嬤嬤倒了一杯熱茶遞給她，道：「這些事情讓長老們去做就好了，小姐不必煩憂。」

雲裳嘆了口氣。

她現在怕的不是慶城派來破案的人，而是顧閆不能搶在他們先前指認凶手。

自從她決定嫁入顧家，上一世的事情就發生了些許變故，更是無端多出一條人命。世事無常，倘若破案的人不是顧閆，那他的仕途之路，將會進入瓶頸。

徐嬤嬤不知道雲裳的心事，以為她是擔憂族人的榮辱，想了想，道：「小姐若是憂慮，不如明日去見一見何衙司？讓他幫忙破案。」

徐嬤嬤口中的何衙司，是刑捕衙的上任管司，掌管刑捕衙三十年，刑捕衙幾乎是他一人說了算。刑捕衙裡面，到處都是能人異士，負責搜羅各種信息，簡單來說，是影石族的暗線組織，偶爾也會插手一些案子。

雲裳不是沒想過找何衙司，可是前兩天她派人到刑衙司借人，衙司只給了兩人打發她。

念此，雲裳蹙眉道：「何衙司與阿爹不和，他能答應嗎？」

「何衙司心氣再大，所做之事也是為了影石族。小姐是少族長，如今這族中，暫時還是您說了算，何衙司總要給幾分薄面的。」

雲裳想了想，覺得十分有理，點頭道：「那我明日從穀莊回來，便去何府走一趟。」

徐嬤嬤默了默，忽然嘆息道：「原先老奴覺得，小姐年幼，這些事情讓老奴自己去做便好。但是小姐比老奴想像中的要聰慧，有些事情，該由小姐做的，還是小姐親自做比較好。」

「老奴多言，以後與顧家的婚事若是真定下了，那這少族長之位，便是真的與小姐無關了。族人念著往日舊情對小姐禮敬幾分，但顧家人到底是外家，族人做不到愛屋及烏，到時候在顧家，小姐可就沒有如今這般逍遙自在了。小姐若是能在此時立下威信，拉攏一些可靠之人，將來在城中，才有自己的立足之地。」

徐嬤嬤一番話，也算是推心置腹了。

從前她總是將雲裳看作籠裡的金絲雀，需要好生呵護，才不會受委屈，但是這些日子雲裳的變化她都看在眼裡，便改了主意，覺得讓雲裳自己歷練一番也是好的。就像雛鷹，需摔倒數次，才能展翅翱翔。

頓了半晌，徐嬤嬤又道：「老爺五歲時便能開始處理族中事務，虎父無犬子，奴相信，小姐也能成為像老爺一樣的人。」

雲裳聽了甚是詫異，徐嬤嬤之前一直不同意她摻和族中事務，沒想到短短幾日，態度便大相徑庭。不過驚訝之餘，更多的是高興，有人支持她，她便不再孤立無援。

雲裳心裡湧上一股熱流，眼角情不自禁變得濕潤，她坐在石椅上，忍不住把頭埋進徐嬤嬤懷裡，低低的說：「嬤嬤，我不想長大，可是阿爹阿娘不在了，我必須學會保護自己。」

她也曾想過，這一世重來，要過得無憂無慮。可是誰能想到，再來一次，也沒能趕在爹娘跳火前，沒有了庇護，便只能一個人咬緊牙關走下去。就算她不爭不搶，依舊會有麻煩找上門，所以這一次，她不能坐以待斃，往後的富貴路，她要自己鋪好。

儘管經歷了一世，可無論是以前的雲裳，還是現在的雲裳，始終都是一個心裡脆弱的，需要保護的女子。

壓抑多日的情緒，終是在這一刻全都爆發出來，她沒有再忍著，抱著徐嬤嬤，大聲哭了出來。

雲裳哭久了，不知不覺中在徐嬤嬤懷裡睡著了，等醒來時，已在榻上。玉奴也從顧家回來了，雲裳問了時辰，酉時剛過。

雲裳換了身衣裳，準備出門。

玉奴奇道：「入寢時辰，小姐這是要上哪兒去？」

雲裳道：「去顧家。」

「啊？」玉奴聽得滿頭霧水。「小姐不是剛從顧家回來嗎？」

徐嬤嬤剛處理完府裡的內務，在門外就聽到她們倆的對話了，進屋接著道：「小姐要去顧家，自有她的用意，莫要多嘴。」

玉奴應了聲是，可嘴巴卻緊緊抿著，看起來十分委屈。

雲裳把她的反應都看在眼裡，笑著解釋。「我與顧闓結親的消息全城皆知，百姓們多把這當成我的胡鬧之舉。這還沒去幾天，就跑回家，要是被人拿來作文章，說是顧家苛待我，那對我、對顧家都是不利的。」

玉奴沒想明白其中利害，只覺得這番舉動越發委屈了雲裳，撇撇嘴，道：「小姐身分尊貴，怎麼一與顧家結親，就要低聲下氣的。」

不說玉奴，就連其他人都是替雲裳不值的。

要說這幾年影石族人與外族的關係，雖說是緩和了不少，可還沒到平起平坐的地步。尤其是被貶到這兒的官宦人家，外人不瞭解因果，大都把他們列為品行不端之士。

如今城中百姓議論顧家的那些話，簡直是不堪入耳。

雲裳看著玉奴，面色驟然肅穆，冷聲道：「顧夫子當年也算得上是國舅，過幾年沒準兒會回到北冥，萬不可輕視。就算沒回去，那也是我未來的婆家，輕視了他們，便是貶低我。以後這些話，莫要再說了。我自己選的路，就算委屈，也要自己往肚子裡嚥。」

外人說三道四她管不著，可身邊的人，必須跟她在同一條船上，不能有二心。

雲裳平日裡從未對玉奴發過脾氣，這次突然發怒，把玉奴嚇了一跳，她咬了咬唇，頗為委屈。「小姐……」

徐嬤嬤道：「小姐說得沒錯，妳這些話若是傳出去，讓外人怎麼想雲家和顧家？說得不好聽的，別人還以為小姐瞧不上顧家呢，等真的成了親，顧家能給小姐好臉色看嗎？妳跟隨小姐左右，理應為小姐分憂，而不是同外人一起，質疑小姐的決定。」

玉奴默聲不語，抬頭看了眼雲裳，見雲裳面色沈沈，思來想去，倒也能領會了些。

她紅著眼道：「小姐，是奴婢多嘴了，以後這些話，奴婢不會再說了。」

要說玉奴這人，雖然經常嘴快，但是真的忠心不二。上一世是她處處為雲裳打點，始終護在雲裳左右。雲裳一直把她當成姊姊看，方才板起臉色不過是為了同她表明態度，見她委屈，哪裡捨得再呵斥，臉色頓時就和緩了。

她拉起玉奴的手，軟聲道：「玉奴，我如今沒有阿爹阿娘依靠，外面多是輕賤我的人，顧家是我未來夫家，顧公子會是我一生的倚仗。妳記住，就算這天下所有人都瞧不起他們，我們也不能看輕他們。」

玉奴點點頭。「奴婢知道了。」

被一頓呵責以後，玉奴對顧家的態度簡直是天壤之別，就連晚上去顧閆房中傳話時，對阿福都是和顏悅色的。

這可把阿福嚇得不輕，他左右打量玉奴好一會兒，狐疑道：「雲小姐真是這麼說的？」

玉奴笑了笑。「煩勞阿福哥為我傳傳話。」

阿福打了個激靈，渾身不自在。正所謂無事獻殷勤，非奸即盜，自從玉奴進府以來，就對顧家人沒什麼好臉色，雖然表面上還算恭敬，可阿福卻是能看出來她的真實想法。

現在這麼軟聲軟語的，還真讓人不適應。

玉奴見他不作聲，語氣越發軟了，幾乎是撒嬌著說：「阿福哥，你就幫幫我吧，若是話沒傳到，回去小姐定會責罰我的。」

阿福想了想，終於點頭。「行吧，我跟公子說一聲，妳先在這兒等一會兒。」

說完，幾乎是逃跑似的走開了。

雲裳沒想到顧閆會答應得這麼爽快，簡單梳洗後，便去了他的房中。因顧閆正在看書，她便沒有出聲打攪，安安靜靜的坐在一旁。

顧閆目不斜視，看著十分認真。

可身邊多了個人，他無法做到視而不見，沒一會兒便心不在焉，目光斜落在雲裳身上。

雲裳正低頭玩案桌上的荷花圖，彷彿沒有發現他的打量，玩得全神貫注。

良久，顧閆把書放下，問：「雲姑娘不覺得無趣嗎？」

雲裳這一會兒正覺得無趣呢，好不容易等到他開口了，如釋重負的收回手，仰頭對他笑了笑。「若是能從小陪伴在顧公子左右，做顧公子的侍讀，是雲裳的榮幸。人家都說，青梅竹馬之情，最難割捨和難忘。雲裳想做顧公子的青梅竹馬。」

顧閆嘴角抽了抽。這個女娃娃，說話的方式就像大人，半真半假，實在令人難以琢磨。不過現在，他心裡的猜測卻越來越明顯，有個答案幾乎是呼之欲出。

他斂了心緒，道：「李木匠這件案子，雲姑娘那邊可有新的眉目？」

提起正事，雲裳面色頓時一變，坐姿瞬間端正。「眉目沒有，不過今日偶然從三長老那兒得知了一個消息，慶城已經派人過來了，估摸路程，後天就能到。」

顧閆眉宇微蹙。

雲裳驀地低頭嘆了一口氣。「哎，若是刑衙司能查到些什麼就好了，搶在慶城前面查到真凶。我聽徐嬤嬤說，此事關係重大，若是被慶城的人搶了功勞，那影石族便沒了顏面。到時候我這少族長的位置，是不是也要沒了？」

話裡話外，都透著一股稚氣。

顧闓定睛看了看她，卻沒從她臉上看出什麼異樣。他默了默，道：「刑部司擅斷命案，雲姑娘不必擔憂。」

雲裳撇撇嘴。「我擔心的哪是刑部司，我關心的，是顧公子。」

顧闓嘴角一僵，沒有接話。

只聽雲裳又道：「我把顧公子安插到刑部司，就是想讓顧公子在裡面立功，今年秋試拿到赴考的機會，考取功名。這個機會千載難逢，若是錯過，不知道要再等多少年，才有這等機遇。」

顧闓聽著，瞳孔驀然收緊，神色晦暗不明。

來到影石城沒多久，幾經瞭解查探，知道屠夫是最能出入外城的人，消息也最為靈通，他便尋找機會，開了一個肉鋪子，做起了操屠刀的生意。

因為身分特殊，加上他長相俊美，常引得城中婦人駐足買肉，城中便時常有談論他的聲音，不過大家說得最多的，便是他一個書香門第出來的公子，卻委屈做了屠夫。

起初也有人懷疑，但是他的生意日益興隆，大家便也就習以為常了。

外人都笑話說，顧夫子雖貴為書院夫子，嫡子卻做了屠夫，不是個讀書考取功名的好苗子，可惜了顧家這個曾經的書香門第。

屠夫的身分就是一個護身符，有了這個身分的掩護，除了顧家人，無人知曉他立志要考取功名。上一世能順利入仕，多虧了屠夫這個身分，讓人放下戒備，省了不少麻煩。

那雲裳是如何知道的呢？是隨口一說，還是真如他所想，這個女子，與他是同一類人？

顧闓這麼一想，不由得瞇起眼睛，眸中透著一股難言的情緒。

想得多了，心裡就莫名地煩悶起來，顧闓語氣沈沈道：「多謝雲姑娘抬愛，只是顧闓在讀書上沒有天賦，怕是要辜負了姑娘的一番美意。」

雲裳默了半晌，按照原先就準備好的說辭，應道：「我自然知道顧公子不是讀書的料，心思啊，也不在書上。可讀書人說出去體面，你也不用做大官，考個舉人回來就成。我是少族長，就算賄賂考官，也要幫你拿到舉人的身分。今年秋試，你到考場裡走走就行，其餘的交給我。」

顧闓嘴角慢慢扯平。這種妄語，也就只有孩童敢說了。

顧闓低眉瞧了她好半晌。

雲裳眨巴著天真的雙眸，突然昂首挺胸，十分硬氣道：「怎麼，顧公子不相信我？我是少族長，城中所有人都要聽我的。他們要是不聽我的，我就處罰他們。」

不得不說，雲裳演得極好。也許是孩童外貌的天生優勢，雖然心裡做不到自然而然的純真，言詞也有些拙劣，但表面上挑不出任何差錯來。

此時顧闓身邊坐著的，不過是一個驕縱慣了的大小姐，不知天高地厚。

她的話似真似假，顧闓一時半會兒也分辨不出來是不是裝的。他默了一會兒，挪開眼，重新拿起桌上的書，安靜看著。

正當雲裳以為他不會再開口了，準備起身告辭的時候，顧闓突然抬頭問阿福。「穆家表兄什麼時候來？」

阿福回道：「昨日穆家剛來信，聽老爺說，下月初五左右就能到影石城。」

雲裳在一旁聽著，表面上風平浪靜，內心已是翻江倒海。

顧闓口中的穆家表兄，除了穆司逸，就沒有旁人了。她不是不知道穆司逸不日就會到影石城上任，只是從旁人口中聽到他的消息，還是無法做到波瀾不驚。

顧闓點點頭，沒再問下去了，不過他的目光一直若有若無略過雲裳臉上。

雲裳恍若未聞。

察覺到顧闓的注視，雲裳抬眸，四目相對的那一剎那，她在顧闓眼中看到了審視，只是在她還沒有仔細查看是否自己看花眼時，顧闓便移開了眼。

「穆表兄字司逸，是母親那邊的親戚。下個月會來影石城接替監軍的位置。」影石城中的監軍一直由北冥派來的人擔任，上任監軍上了年紀，在半年前剛告老還鄉，現在位置還空著。

這句話不知道是解釋還是故意說給雲裳聽的。

雲裳暗暗吸了口氣，抬眸故作好奇道：「穆家表兄？那是誰？從北冥來看顧公子的嗎？我聽嬤嬤說，顧夫子以前是國舅，家世顯赫，來的穆家表兄，一定是個達官顯貴吧？我長這麼大，還沒見過家門無罪的北冥公子哥兒呢。聽說北冥少年個個俊美無雙，溫文儒雅……」說到這兒，雲裳瞇起眼睛想像，看起來非常迷醉，嘴邊不由自主的逸出笑聲，活脫脫一個思春少女。

阿福乾咳幾聲，無情打破她的幻想。「被貶到影石族的人，親人是不能前來看望的。」

雲裳頓時失望道：「這麼說，那穆家表兄也是被貶到這兒來的了？顧家到底犯了什麼錯啊，怎麼身邊所有人都被貶謫？那我以後，豈不是沒機會去北冥城看看了？」

阿福默聲。

倒是一旁的顧闓接了話。「顧家戴罪之身，重回北冥難如登天，若是雲姑娘執意進入顧家門楣是為了去北冥，那雲姑娘可能就要失望了。」

雲裳默了半晌，淡淡一笑。「其實去不去北冥都無妨，雲裳想的，不過是未來的日子能過得好些。」

話音剛落，玉奴過來傳話，說是熱水燒好了，徐嬤嬤讓她回去沐浴。

雲裳起身告辭。

待人遠去，阿福才收回目光，幫顧闓擦拭案桌。「小的記得，公子素來不喜歡他人進書房的，怎麼今日同意雲小姐進來了？」

顧闓淡淡道：「雲姑娘臉皮厚，不給她進來，指不定把外頭鬧得天翻地覆。」

這句話自然是誇大其辭了，不過經過幾日相處，阿福還真發現，這雲小姐做什麼事情都隨心而為，不計後果，把人攔住，說不定還真的會鬧。

阿福怔了會兒，而後笑出聲來，無奈的搖了搖頭。「到底是貴女，做什麼事情都可以由著性子。無憂無慮的，倒也讓人羨慕。」

聞言，顧閆恍惚了一下。

他忽然想起，上一世，穆司逸與他同朝為官，因為收服了影石族人有功，一時受到聖上重用。

他不愛到穆府走動，但關於穆家的一些閒言碎語卻不斷在府中傳開。

穆夫人生產之日被人玷污，羞愧自盡。因為觸犯了影石族女子死後要保持淨身的族例，屍首被丟棄在林中，曝曬十日，被野獸啃食殆盡，未留全屍。

而往日以寵妻之美名在北冥被人誇讚的穆司逸，眼睜睜看著自己的夫人死無全屍卻無動於衷，未曾請過假，上朝時還與同僚談笑風生。

真正愛一個人，是無法裝出來的。

也就是那時候，他忽然覺得這個表兄虛偽。許是念起已逝妻子，或是同情雲裳的遭遇，他將穆司逸徹底攔在了官場之外。

這個女子年輕時也是個爛漫灑脫的性子，沒想到結局如此淒慘。

收回思緒，顧閆道：「明日把屋裡那些桃子，分幾個送到雲姑娘房中。」

阿福一愣。「啊？」

第九章

雲裳向來喜歡在浴池中沐浴，但是顧府條件簡陋，加上顧夫人勤儉，並沒有浴池，徐嬤嬤便找人做了一個超大浴桶，放在雲裳房中。

雖此前歇了差不多一個時辰，但一身疲憊並沒有完全褪去，進到浴桶裡，溫熱的水包裹著身子，雲裳舒服的瞇上眼，趴在浴桶上，玉奴在一旁幫她擦背。

徐嬤嬤手裡拿著一個木瓢，幫她舀水淨身的同時，帶來了一個消息。

「小姐，據北冥傳回的消息，穆司逸的父親穆員外郎是因為在祭天大典上出了疏漏，被皇上降職，穆司逸為了替穆家將功補過，才主動請纓到影石城擔任監軍的。」

雲裳道：「穆員外郎所犯何事？」

「信中沒說，但提了一句，說是可大可小。不過從穆家這情形來看，這兩年顧家親信在朝中並沒有得到寵信，以後顧家想回北冥，著實困難。」

雲裳卻沒想這麼多，顧閆的一生說不上順風順水，但有福運傍身，不出幾年就能回去。

「新任副監軍是誰？」

「還未定下。」

雲裳睜眼，換了個姿勢，直坐在浴桶裡，問道：「往任副監軍，是由阿爹挑選的，如今城中是我主事，這副監軍的人選，是不是可以由我來任命？」

徐嬤嬤頷首。「是如此，不過小姐年幼，其他人多有不服，就算有合適的人選也要問過三位長老的意見，三位長老同意了才能接任。」

想了想，繼而道：「副監軍由本族人擔任，這是族例要求的，顧公子進去刑衙司，不少人已經頗有微詞，是斷然不能讓他當副監軍的。」

雲裳一怔，沒想到徐嬤嬤誤會她的意思，無奈笑道：「挑選副監軍的事情我不會胡鬧，顧公子是不能當的。不過我現在啊，心裡倒真的是有個人選。」

徐嬤嬤好奇道：「小姐說的那人是誰？」

雲裳回眸，嬌俏一笑。「現在還不能告訴嬤嬤。」

徐嬤嬤無奈搖頭。

翌日清晨，雲裳在出門前，同顧夫人一起用了早膳。四人第一次難得的聚在了一起。

用膳過後，顧翰想起一事，問道：「雲姑娘可有想學的東西？蒼梧女子及笄前，都會學女紅或者茶藝。正巧內人手藝巧，若是雲姑娘對這兩樣有興趣，可以跟內人討教一二。」

雲裳認真想了想，回道：「我不想學女紅和茶藝。不過對讀書習字頗感興趣，阿爹在世的時候，也請先生教過我一段時日。若是顧夫子不介意雲裳是女兒身，又資質愚笨，雲裳倒想跟夫子學習。」

顧翰聽了有些詫異，沈吟半晌後，他猶豫道：「現在書院裡只有男子，雲姑娘去了，恐怕是多有不便。」

雲裳道：「我不去書院，夫子閒暇時能教我讀書便好。都說女子無才便是德，雲裳不求滿腹經綸，能夠識得簡單的字詞便可。」

顧翰點點頭。「若是如此，倒是好辦。」

影石族女子向來與眾不同，沒有明顯的男女之分，城中更是有不少女子擅騎射。

雲碩愛才，精通詩書，他的女兒喜歡讀書在常理之中。

不說影石族，北冥城裡的官家女子都是識字的，從小就請先生私下教習。琴棋書畫，不求樣樣精通，但若能習得其中兩樣，便與尋常女子完全不同，嫁入夫家也能讓人高看一眼。

雲裳看向顧閆，淺笑道：「對了，夫子，顧公子不是缺個伴讀嗎？正好我也認字，與顧公子年歲相差也不大，不如這伴讀，由我來做可好？」

顧閆停箸，意味不明的看了雲裳兩眼。

顧翰看了看顧閆，見他面無表情，也不知道心裡是怎麼想的，便問道：「閆兒，雲姑娘說的這事，你是怎麼想的？」

顧閆眉頭皺了一下。

顧夫人也跟著停箸，出聲打圓場。「雖說閆兒與雲姑娘有婚約在身，可到底男未婚女未嫁的，授受不親，容易落人口實。我看這事……」

「既然雲姑娘有意，那便這麼定了吧。」顧閆說完這話，顧翰和顧夫人皆是一愣。

兩人心照不宣的對視了眼，顧翰道：「既然閏兒都同意了，那這事便這麼定了吧。你們兩個多點相處時間，好好認識一下也好。」

原本雲裳只是想趁著顧翰夫婦都在，順口把這事提了，顧閏騎虎難下，不答應也會考慮考慮，沒想到事情這麼順利，讓她有點詫異。

一頓飯吃得甚是愉快。

飯後，徐嬤嬤備馬，雲裳在門口等雲韻，拖了半盞茶的功夫，雲韻到底還是如約而來。馬車內，雲韻十分沈悶，一聲不吭。

雲裳道：「堂姊可是還在想著我落水的事情？」

雲韻咬了咬唇。「我……」

雲裳拉起她的手，熱絡道：「那日是我自己失足掉下去的，堂姊不必愧疚。再說了，我早就不怪妳了。」

說完，雲裳轉頭拿起一個木匣，從裡頭掏出一支金簪，遞給雲韻。「上次堂姊看見我戴這簪子，說喜歡，就送給妳吧。」

雲韻眸中閃過一絲光亮，這支簪子她垂涎已久，以前暗中表達過幾次喜歡，雲裳都沒有答應送她。她伸出手欲要拿，卻在中途又猶豫著收回手。

雲裳見狀，乾脆把簪子直接塞進她手中。「堂姊不要跟我客氣了，我的東西就是妳的東西。妳喜歡就拿去吧。」

「可是這支簪子，不是妳最喜歡的嗎？」

雲裳嘆了口氣。「再喜歡，那也是身外之物，哪裡比得上我和堂姊之間的感情？如今阿爹阿娘不在，堂姊便是我最親近之人，我自然是要對堂姊好的。」

雲韻抬頭，見雲裳眸色誠摯，全無半點假話，這些天來的擔憂，漸漸消散。

她這堂妹，素來單純，落水一事，自是不會懷疑到她頭上。想通了，雲韻如釋重負，又恢復了往日的笑容。

雲裳特意提起兩人從前去玩的那些事情，等到了城北農莊，已然沒有任何隔閡了。

下了車，雲韻望著前方簡陋的數十間農舍，奇道：「阿裳，妳叫我過來這兒要做什麼？」

雲裳拉著她的手往前走，道：「以前阿爹跟我說，每年收穀，農莊裡都很熱鬧，我還沒見過百姓收穀呢，就想過來看看。」

雲裳從小就貪玩，對什麼事都好奇，雲韻不是第一次跟她出門湊熱鬧了，聽她一解釋，便知道她想做什麼了。

她停下來，把雲裳往後拉。「可是阿裳，我聽阿爹說，那穀物可髒了，碰到了，會起疹子的。」

雲裳不以為然的笑笑。「放心吧，其他人都碰得，我們自然也碰得，再說了，我們只是過來看看而已。」

雲韻還是有些猶豫。「可是……」

「我們就看一會兒，半個時辰後就回去。」

雲裳一旦鬧起來，十頭牛也拉不回來。雲韻沒轍，只好不情不願的點頭。

徐嬤嬤帶人跟上來，行至雲裳身旁，低聲說了一句。「小姐，禮物都卸下來了。」

雲裳點頭，往四周掃了眼。「趙莊主和何副莊主今日可在？」

徐嬤嬤道：「奴打聽過了，都在呢。」

雲裳道：「嬤嬤把東西先送過去吧，我跟堂姊先在附近看一看，等會兒再過去找莊主他們。」

徐嬤嬤應了聲，走開去把差事辦了。

雲裳往前走了一小會兒，遠遠的便有個聲音響起。「少族長。」

雲裳聞言腳步一滯，順著聲音望過去，有個人朝她走了過來。

雲裳斂了斂思緒，含笑上前。「趙莊主。」

前世她繼任族長之位後，每年族會之時，趙莊主都會稟明收成情況。

趙莊主快步走過來，距離她只有幾步之時緩緩停下，拱手作揖。「見過少族長。」

雲裳抬手。「趙莊主不必多禮。」

趙莊主端正身子，抬眸問道：「少族長怎麼過來了？」

雲裳道：「我未曾見過收穀，見這裡熱鬧，十分好奇，就想過來瞧一瞧。」

小孩子對未見過的事情難免好奇，這是人之常情。

並非有備而來，趙莊主心裡暗暗鬆了一口氣，領著雲裳往前走。「少族長隨我這邊來。這個時辰，收穀的百姓已經在田裡忙活了，正好能瞧一瞧豐收的景象。」

雲裳跟他並排著走，隨口問了一句。「我聽人說，今年城北農莊收成不好？」

趙莊主聞聲嘆息道：「不瞞少族長，今年天氣炎熱，雨季延遲。往年一個月裡有十天下雨，今年也就下了五、六場雨，穀莊收成確實不好，往後這半年，百姓們怕是不好過了。」

究竟不好過在哪裡，趙莊主沒明說。雲裳卻是知道的，她秀眉輕蹙，沒有回話。

影石族每年都要向蒼梧繳稅，而且這稅，比蒼梧國其他百姓翻了兩倍，再加上進貢的稅事先經過慶城之手，這裡拿一點那兒扣一點，就遠沒有兩倍這麼簡單了。

沈默半晌，雲裳道：「今年的稅，何時交與慶城？」

「下月初五。」趙莊主頓了頓，無奈道：「眼看著，也只剩十天時間了，也不知道今年的穀子，有沒有去年一半。往年收成好，也只能勉強上稅，今年……」

雲裳生來就是少族長，錦衣玉食，從前的她並不知道人間疾苦，上一世跟著穆司逸奔波勞碌，吃了不少苦頭，現在非常能理解百姓們的難處。

「除了向慶城繳納的那些稅，本族這邊的呢？往年是如何繳納的？」

趙莊主面露愁容道：「這兩年蒼梧戰事吃緊，徵稅變多，加上族裡經濟吃緊，為了通城文牒的事情，長老們四處奔波，百姓們向族裡納的稅，便也跟著漲了不少。」

雲裳低眸，若有所思道：「我明白了，這些日子，辛苦趙莊主了。」

趙莊主苦笑一聲。「這些都是我該做的，只是始終幫不上百姓什麼忙，這心裡啊，就沈甸甸的，愧疚得緊。」

兩人說話間，已到了田頭。

雲裳抬頭一望，田裡金燦燦的一片，穀子隨風搖曳。幾十個人在田間收割，時不時傳來幾聲嬉笑聲，十分熱鬧。

離得最近的一個老農見雲裳來了，連忙放下手中的鐮刀，手往身上隨便一擦，急匆匆跑過來打招呼。「少族長，趙莊主。」

趙莊主頷首，同雲裳道：「少族長，這位是靈橋村的里正，姓汪。」說著，話頭一轉，同那里正解釋道：「少族長沒見過收穀的場面，過來看一看。」

那里正聽了，恍然點頭，眸裡帶著無奈，面上卻是含笑。「這收穀場面啊，也沒什麼好看的，是最累人的差事。太陽當頭，這兒太曬了，少族長隨我去屋裡坐一坐吧。」

一直在旁邊插不上嘴的雲韻這時開口。「阿裳，我有點累了，我們去歇一會兒吧。」

雲裳沈吟片刻，問那里正。「何副莊主在哪兒？」

「在屋裡算帳呢。」

雲裳道：「既如此，我們就先去歇一歇。」

就在此時，有一村民小跑過來，同趙莊主道：「莊主，昨日的穀子都好了，請您過去清點。」

趙莊主點點頭，側頭看著雲裳，雲裳對他笑了笑。

「趙莊主先去忙吧，這裡有汪里正呢。」

趙莊主也沒客套，跟著那村民走了。

雲裳和雲韻去了汪里正的家裡，坐了一會兒，打聽了何副莊主的位置，便過去找人了。

何副莊主前腳剛收禮，後腳就看見雲裳來了，雖然疑惑，不過還是熱情接待了她。寒暄幾句，雲裳吩咐徐嬤嬤帶雲韻到附近逛一逛，屋裡只留她一人與何副莊主談正事。

兩人談了一盞茶左右的功夫，汪里正便過來了。說是家裡備好酒菜，讓雲裳前去享用。

雲裳沒想到汪里正做了飯菜，這一會兒還不餓，便推辭道：「早上出門前我剛用過膳，先不吃了。里正先吃吧。」

汪里正道：「雞都殺好了，在鍋裡煮著呢，少族長就別客氣了。過去吃兩口也成。」

雲裳擋不住他的熱情，喚了何副莊主一同前去，何副莊主以事務繁忙推辭，雲裳不好勉強，便自己過去了。

等回到汪里正家，雲韻和徐嬤嬤都回來了。

廚房裡飄來陣陣香味，汪里正帶著雲裳進屋，給她們倒茶水。「少族長第一次過來，我們也沒什麼好款待的，還請少族長不要嫌棄。」

雲裳接過茶水，道：「我今日就是過來隨便看看，汪里正不用客氣。」

「少族長難得過來一次，村民們聽說您來了，都很高興呢。」說到這兒，汪里正攏了攏雙手，笑得侷促。「今年收成不好，少族長，賦稅的事情，是否能……」

話沒說完，便被門外一道聲音打斷。「阿爹……」

雲裳和雲韻不約而同往門外看去。

有個小男孩迎面走了過來，應該是剛從田間回來的，髮梢上沾了幾根稻草，赤腳，膚色黝黑，臉蛋被曬得紅撲撲的，眼睛圓溜溜的，十分明亮。

發現屋裡有外人，小孩兒突然停下，拉住汪里正的衣裳，拘謹又緊張道：「阿爹……」

汪里正把人拉到跟前，笑著解釋。「興兒，這位是少族長。旁邊這位，是雲韻小姐，大長老的長女。」

說完，又同雲裳道：「少族長，這個是我家犬子，叫興兒。」

興兒這個年紀，不是很明白少族長和大長老的身分代表著什麼，不過從小規矩學得還不錯，衝雲裳靦覥的笑了。「兩位姊姊好。」

雲裳把茶水放下，回以一笑。「怎麼不穿鞋子？」

興兒抬頭，看了看汪里正。他怕生，還不太敢接話。

汪里正道：「孩子們頑皮，每年收穀，都是赤腳在田間玩鬧的，皮糙肉厚，稻稈傷不了他們。」

雲裳點了點頭，目光瞥向玉奴。「那些飴餳，拿下來了嗎？」

玉奴道：「還在馬車上呢。」

「去拿過來吧。」

玉奴頷首，看了一眼汪里正，出門去了。

汪里正道：「少族長先在這兒坐著，我去廚房看看菜燒好了沒。」

雲裳和雲韻在屋裡聊了一會兒，菜就上齊了。

看到菜品的時候，雲裳愣了愣，汪里正怕是把家裡好吃的都拿出來款待她了，不僅有雞肉，還有羊肉、牛肉、魚頭豆腐湯和一盤青菜。

這樣的伙食，和她平時在府中的膳食相差不大。

只不過雲裳吃過苦，明白尋常百姓家並不富裕，這些東西也不知道是汪里正積攢了多久了。尤其是那羊肉和牛肉，都是燻製過的，看色澤，放了一、兩個月了，怕是本要留著在盛大節日的時候吃的。

「今日貿然打擾，辛苦里正了。」

汪里正含笑道：「少族長不必客氣，用膳吧。這些菜，都是我婆娘燒的，鄉下人，手藝不好，若是不合少族長口味，還請少族長多擔待。」

雲裳抬眼，見門邊一個婦人摟著興兒，對著她笑。「老婆子手藝不好，少族長不嫌棄便好。」

他們離得遠，似乎沒有落坐的意思。

雲裳起身，道：「辛苦大娘了，不要乾站著了，過來坐著吧。」

汪大娘聞言一怔，而後受寵若驚的擺了擺手。「不用了，這不合規矩。膳食是為少族長準備的，少族長吃吧。」

雲裳道：「既是來作客的，主人不上桌，客人哪有自己吃的道理。若是里正和大娘不落坐，這飯菜我倒不好意思吃了。」

汪里正和自己的妻子對視了一眼，扭捏一會兒，這才坐下來，一家三口都十分拘謹。雲裳動了筷，他們才敢跟著動筷，桌上的菜沒敢怎麼挾。

叫興兒的小男孩眼巴巴望著那盤雞肉，欲言又止。

汪大娘道：「興兒，吃飯的時候不要東張西望的，趕緊吃。」

雲裳挾了一隻雞腿，放到興兒的碗裡。

汪大娘瞬間就不淡定了，連忙站起身，緊張道：「少族長，這雞腿您留著吃吧，興兒他從小就不吃雞腿的。」

「我不吃腿，給小孩子吃吧。」雲裳笑笑。「大娘先坐下吧。」

見汪大娘如坐針氈，雲裳知道他們不自在，這一會兒也沒什麼食慾，吃了幾口飯，便同汪里正閒聊。「去年農莊向本族繳了多少斛穀子？」

汪里正一直想辦法說這事呢，如今雲裳主動提起，連忙道：「五十斛。族內的倒還好，就是向慶城繳納的，去年從一百斛提到一百五十斛。去年收成好，村民們交了賦稅，也只能勉強填飽肚子。今年這情況，怕是要把人活活逼死。」

汪里正是實打實的村民，從小就在莊稼地裡長大，淳樸又耿直，不像趙莊主，有許多顧慮，不敢直言。收成不好，最難受的其實就是他們這些普通百姓。

在他們眼中，即便雲裳是個孩子，那也是城中的掌權人，賦稅的事情是她說了算。或者說，見到一個在族內稍微有些權勢的，他都想把村民們的境況說出來，無論管不管用，只要這消息能往上傳遞，總會有點用處。

如果真的走運，上面的人解決了他們的困擾，那便是天大的喜事。

雲裳垂眸沈思。

汪里正見她不語，嘆息道：「少族長，不是我這個老頭子嘴碎，實在是今年這情況，村民們也是走投無路了。少族長回去了能否同幾位長老說一說，減免賦稅。不然，這日子怕是沒法過了。」

雲裳默了默，道：「這事我盡力而為。」

得到回應，汪里正突然起身，站到一旁，感激地衝雲裳鞠躬道謝。「那我就先替村民們謝過少族長了。」

雲裳放下筷子，上前托起他的雙手。「里正太客氣了，這本來就是我該做的事情。回去後，我會同三位長老好好商議的。」

心事塵埃落定，汪里正鬆了一口氣，重新落坐。

席間汪里正十分熱情，雲裳胃口不怎麼好，沒吃幾口飯，倒是雲韻，許是第一次來到農家，覺得飯菜新鮮，吃了不少。一頓飯下來，倒也是歡快。

吃完飯，雲裳同汪里正說想去田裡探看，汪里正剛剛心願達成，十分熱絡，便帶她去了。

太陽高高升起，天氣十分炎熱。

村民們在田間忙得熱火朝天，幾個婦人還哼起了小曲兒。

雲裳在田頭看了一會兒，覺得他們打穀十分有趣，便提了一句，說想去田裡玩一玩。

雲韻聽了立即搖頭。「阿裳，穀子會癢人，我們還是莫要進去了。」

雲裳道：「堂姊，我想過去看一看，妳先在這兒等一會兒，我馬上就回來。」

汪里正也在一旁勸道：「少族長，這田間多有蟲子，剛割的稻稈也容易傷人，您……」

話音未落，雲裳已經跑到田裡了。

汪里正嚇了一跳，趕緊跟了過去。

那些村民看見雲裳來了，紛紛停下手側頭看她。

穀子都是人力收割的，女人負責用鐮刀割穀，健壯的男人則負責打穀。每人手中抓著一大捆穀子，往那木板上拍，使勁拍個幾十下，那些穀子就掉落在木板下的籮筐中。

雲裳頭一次見到打穀的場面，覺得十分有趣，便朝著最近的那幾個村民走去。

她扭頭問汪里正。「穀子都是這樣打的嗎？」

汪里正看她興致勃勃，心裡有個念頭突然閃過，隨手拿起田裡的一捆稻穀，遞給雲裳，道：「少族長既然都來了，要不要試試打穀？」

雲裳眼睛一亮，高高興興的接過那捆稻穀，學著旁邊村民的樣子，有模有樣的，把那稻穀用力往木板上一拍，奈何她用力不對，只落了幾顆穀子。

汪里正隨手拿起另一捆稻穀，道：「少族長，這穀子要使勁才能拍下來。」說完，高揚起手中的稻穀，用力往木板上拍了好幾下，將近一半的穀子盡數掉入籮筐。

雲裳會意，點了點頭，用力拍了十幾下，那些穀子果然差不多就掉光了。打穀確實費時費力，不過短短片刻，她便開始喘了。

旁邊的村民愣了一會兒，看見雲裳在認真打穀，便收回目光，繼續幹活了。不過還是有幾個好奇的村民，從不遠處過來，圍著雲裳看。

雲裳打了一會兒，便開始與他們閒聊，問了許多關於種穀打穀的事情。

村民們都是熱情好客的，一一告知，不多時，雲裳便與他們打成了一片。

雲韻在田頭無人搭理，不一會兒便覺得煩悶了，催促玉奴道：「妳快去把阿裳叫回來，她是千金之軀，怎麼可以和這些人混在一起。」

玉奴只道：「小姐想玩，便讓她玩吧。大小姐若是覺得無聊，可以去四處看看。」

其實玉奴也不知道雲裳為何非要進去，還跟村民們一起打穀，但雲裳這麼做，一定有自己的用意，她不便阻攔。

雲韻聽了，眉頭輕蹙。

這裡都是農舍，雜亂又髒，還總是能聞到一些奇怪的臭味，有什麼可看的？也不知道雲裳為何非得帶她來這兒？

雲韻心裡不太高興，但礙著玉奴是雲裳的婢女，也不好在這會兒發作，往田野的方向望了望，捂鼻道：「我先回馬車裡待著，若是阿裳回來了，妳告訴她一聲。」

雲韻落下這話，便頭也不回的走了。

剛好，徐嬤嬤從趙莊主那邊回來，發現只有雲韻一人，停下腳步，問道：「大小姐，我們家小姐呢？」

這旁邊有股奇怪的花香，雲韻聞到了就身子不舒服，一刻都不想多待，匆匆道：「在田裡玩呢，妳去那兒找她吧。」

徐嬤嬤往田間方向瞥了瞥，雲裳一身粉裙，十分顯眼，這一會兒和村民們聊得正歡呢。

她忽然想起雲裳出門前的吩咐，轉頭叫住雲韻。「大小姐。」

雲韻回過頭，不解的望著她。

徐嬤嬤對她淡淡一笑。「老奴想起來了，剛剛下人回報，說是大長老也來農莊了，這會兒在何副莊主家，大小姐可以過去看看。」

雲韻聞聲，淡淡的應了一聲。「我知道了。」

她在原地停了一會兒，思考再三，才掉頭轉了個方向。

第十章

雲韻再次到何副莊主家的時候，遠遠的便瞧見了她的繼母，雲夫人。她停下腳步，秀眉緊蹙。

但是雲夫人看見她了，怔了怔，起身朝她走來，淡笑道：「大小姐怎麼在這兒？」

雲韻藏在衣袖中的手微微攥緊，舉目望了望。「阿爹呢？」

聲音冷清，沒有一絲情感。

雲夫人雖是正正經經被納入雲府的續弦，可依照影石族首妻為貴的規矩，在雲韻面前是低人一等的。剛入府時，她百般討好雲韻，卻沒有得過雲韻一個好臉色。

後來生下雲娥，母憑女貴，在府中的地位穩固，便也不再對雲韻虛情假意，不過表面上還是和和氣氣的。

這般被忽視，雲夫人心裡十分不爽快，但這麼多年過來，她都是這般隱忍的，還是笑著回了句。「老爺正和何副莊主在屋裡談事呢。大小姐不是跟少族長過來的嗎？怎麼不見少族長？」

雲韻冷冷道：「阿裳在何處與妳何干？」

在雲韻眼裡，雲夫人不是她的繼母，而是一個害死她母親，並搶走她父親的壞女人。

雲夫人默了默，強笑道：「我這也是關心大小姐。」

雲韻睨了她一眼，不屑一顧。「收起妳那假惺惺的好意吧，阿爹又不在這兒。」

雲夫人臉上的笑容慢慢收住，她身邊的春瑤替她不值，蹙眉道：「大小姐，夫人再怎麼說也是您的母親，您怎可如此無禮？」

雲韻瞬間怒目。「母親？我的母親早就死了。就憑她，也配做我的母親？」

春瑤被噎住，一時語塞。

影石族尊卑分明，尤其是雲韻的親生母親，本就是影石族人。她家夫人為外族，就算是平妻，那也不配和雲韻的母親相提並論。若是雲韻不肯，這聲母親，雲夫人確實擔當不起。

雲夫人深吸一口氣，強顏歡笑打圓場。「大小姐，剛剛村民給了我一些糕點，妳要不要嚐嚐？天氣熱，就別站著了，過去坐會兒吧，等老爺出來，一起回府。」

雲夫人示意春瑤，春瑤扭頭，去拿身後桌子上的那盤糕點。

雲韻看都不看雲夫人一眼。「不用了，阿爹既然在忙，我便不等他了。」

門外的交談聲不算大，但屋裡的雲盛斷斷續續聽到了幾個字，以及雲韻的聲音，面色微沈。

何副莊主道：「大長老，還有幾日就是收穀節了，我手頭事務繁多，就不送客了，大長老請自便。」

逐客令已下，便說明這何副莊主已經沒有了交談的心思。

雲盛沈默半晌後，終是把話挑明。「副莊主，收穀節的祭司本應該由你來做，可是這些年，主事的人都是趙莊主，難道副莊主就不想拿回一次屬於自己的東西嗎？」

何副莊主目光閃爍，默聲不語。

收穀節也叫祭天節，是影石族的第二大盛事，主事的祭司，不僅在族內位高權重，更是受到百姓們愛戴。這美差原本是屬於他的，但是五年前，因為他底下的人犯了錯，他的能力受到質疑，便落到了趙莊主手裡，這些年他一直屈於趙莊主之下。

雲盛見此，知道他把話聽進去了，忙道：「若是副莊主有意，我倒是可以幫襯一二。」

何副莊主卻在此時，擰了下眉頭。

雲盛今日突然造訪，方才又明裡暗裡在挑撥離間，他不是沒有聽明白，只是裝作不知道罷了。大長老若是願意幫他，那祭司的位置，確實有可能落到他手裡。

只是……

何副莊主眉眼微瞇，腦海裡突然閃過雲裳剛剛對他說的那番話——

「我聽說何副莊主有個獨子，武藝超群，可惜時運不濟，二十歲了，只混了一個小捕快的差事。如今這新任副監軍的位置還空缺，我有意提攜何公子一把。若是副莊主想好了，便到府中找我。」

少族長年紀輕輕就已經運籌帷幄，知道捏人七寸，比當年的族長還要有過之無不及。加上有三長老和聶祭司兩人相助，就算將來真的入了顧家，與族長之位失之交臂，可現在這族裡還是她說了算。

如果她真的願意把副監軍的位置給智兒……

短短片刻，何副莊主心裡千迴百轉，不過在權衡一番利弊以後，倒也有了抉擇。

他往後退了兩步，拱手道：「大長老，我年歲已高，身子骨也越來越差，擔當不了如此重任。屋裡這些東西，我何某用不著，大長老等會兒走的時候，把它們都帶回去吧。」

雲盛沒想到他拒絕得如此果斷。「你……」

何副莊主聲音清冷。「大長老有意結交，何某不勝感激。但是族中之事何某不敢僭越，全聽少族長命令行事。」

雲盛原本以為，藉著趙莊主和何副莊主的矛盾，他可以乘機拉攏何副莊主，在收穀節上出風頭，沒想到何副莊主也是個油鹽不進的人。

接連被拒，雲盛氣急敗壞。他看著何副莊主，一時說不出話來。

在何副莊主這兒碰了壁，他灰頭土臉的出門，等上了馬車，一口氣還是順不下來。

雲夫人在一旁幫他撫胸，看這架勢，也知道事情沒成，皺眉道：「何副莊主不識好歹，我們也還有別的法子呢，老爺莫要氣壞了身子。」

雲盛甩袖，忿忿道：「雲裳都放棄了族長之位，他們這群老頑固，還是死心不改。一個稚子，能成什麼大事？」

雲夫人忽然便明白他生氣的緣由了，垂下手，道：「我記得老爺說過，少族長上次在族會上，言行舉止儼然一個大人。」

雲盛點頭。「這幫人精，心裡倒是精明，明哲保身，不到最後一刻，絕不鬆口。」

雲夫人目光閃爍了一下。「老爺，我剛剛差人去打聽，在我們來之前，少族長過來送禮了。你說，會不會是她跟何副莊主說了什麼？」

雲盛搖搖頭。「不可能，她一個小丫頭，能知道些什麼？」

雲夫人道：「少族長不知道，不代表別人也不知道啊，說不定，有人在背後指點呢。」

雲盛聞聲，眸色頓時一沈。

「雲裳現在在哪兒？」

「聽說在田裡跟村民們收穀。」

「什麼！」雲盛震驚道，似是想到了什麼，音量陡然拔高。「她跟著村民們收穀？」

雲夫人點頭。

雲盛迅速起身。「夫人，我們過去看看。」

雲裳這一會兒還在田裡，汪里正向她介紹了許多種稻收穀的知識，她聽得津津有味。末了，她問：「我聽說山上有不少野獸，慶城正好有人收獸皮，這是一條門路，若是村民們有意，可以試著上山打獵。」

汪里正沈吟道：「少族長有所不知，山上獵物雖多，可十分凶猛，我族人雖然高大威猛又擅鬥，可山上地勢複雜，氣候惡劣。村民們去了，多是有去無回，就說前幾日，有幾個村民，就從懸崖上掉下去了，屍體都找不著。」

聽到這兒，腦海裡突然有東西閃過，雲裳一愣，停下腳步。

「你剛剛說，有村民從懸崖上掉下去了？」

「是啊。」汪里正惋惜道：「這兩個月以來，死了四個人，前三人還能找到屍首，前幾天那個，找都找不著。」

「墜崖，屍首……」雲裳重複了幾遍，目光驟然定住。

顧闓祖父當年，好像也是墜崖而死的。

出殯那日，徐嬷嬷去顧家送奠儀，還問了她的意見。當時她並沒有放在心上，不過也聽徐嬷嬷說了個大概。

這事有蹊蹺。

因為村民們在懸崖上，發現了另外兩具屍體，有一個是顧闓祖父身邊的小廝，另一個身分不明，身穿黑衣，似乎是刺客。

時間，大致是在慶城主事來到影石城的第五日。

後來她又偶然聽到穆司逸與人聊天，說是慶城主事犯了事，全家被處以死刑，當時行刑的主事，正是顧闓。那時，顧闓已為當朝宰相，卻不遠千里，親自去慶城處置一個人。

難道……

雲裳心裡冒出一個可怕的念頭。

「少族長，怎麼了？」

汪里正的話，打斷了雲裳的沈思，她回過神來，搖搖頭。「無事。這也快過未時了，府裡還有點事情，我得回去了。」

汪里正點點頭，帶她離開田裡。

快到馬車之時，汪里正突然喚了一句。「大長老。」

雲裳抬頭，看見了迎面而來的雲盛，她斂了斂思緒，笑著迎上去。「大伯父。」

雲盛停下來，俯視著她，見她滿臉是汗，雙手髒兮兮的，皺眉道：「怎麼弄成了這副模樣？」

雲裳眨巴著清澈的雙眸，揚了揚手。「大伯父，你說這個啊？方才我見村民們打穀，覺得好玩，便過去玩了一會兒。」

雲盛仔細瞧了瞧她，面色緋紅，笑得天真無邪，哪裡是個有心計的孩子。

「好端端的，怎麼突然想來農莊了？」

「嬤嬤說，往年收穀，阿爹都會過來看一看的，我身為少族長，也要以身作則。」說到這兒，雲裳撇撇嘴。「而且我在府裡，都快悶死了，嬤嬤總不讓我出來玩，好不容易有機會出來，我自然要過來看一看了。」

雲盛挪開目光，睨了徐嬤嬤一眼。

徐嬤嬤怔了怔，隨後上前兩步，無奈的笑道：「大長老，奴婢攔不住小姐，只能由著她了。」

雲盛聽了，心中的疑慮消了一大半，眸光重新落在雲裳身上，和藹道：「妳啊，總是這麼貪玩。」

雲裳笑笑，同雲夫人甜甜的喊了一句。「大伯母好。」

雲夫人呆了呆，反應過來後，滿面笑容。「少族長好。」

「對了，大伯父怎麼也來農莊了？」

「哦，這個啊……」雲盛隨口道：「過來隨便看看。」

就在此時，雲府的一個婢女突然跑過來，在雲裳身邊小聲耳語了幾句。

雲盛見雲裳面色一變，問道：「怎麼了？」

雲裳道：「大伯父，顧公子出了點事情，我得先回府一趟。告辭。」

回府途中，雲裳聽那婢女，大概說了一下來龍去脈。

早上顧閆沒有去刑衙司，而是去了豬肉鋪，不知怎的，惹惱了旁邊攤位的另一個屠戶。顧閆謙和，沒跟那屠夫起爭執。

但是那屠戶得理不饒人，一直在罵罵咧咧，阿福氣不過，和人家吵起來了。屠夫大多脾氣暴躁，加上殺豬久了，身上有戾氣，三言兩語，就動起手來。

明晃晃的殺豬刀，在眾目睽睽之下，往顧閆身上揮去，顧閆的左臂見了血。所幸有人攔住，刑衙司的人又來得快，把屠夫帶走了，顧閆的小命才保住。

雲裳擔憂道：「顧公子的傷口可深？」

婢女搖搖頭。「這個奴婢不知，聽說了這事，就連忙趕來告訴少族長了。」

「請大夫了嗎？」

「請了，奴婢找了城裡擅長外傷的王大夫。」

「知道了。」雲裳別開目光，掀開前面的簾子，衝車夫道：「再快一些。」

車夫點頭，甩了甩韁繩，加快腳程。

雲裳嘆了口氣。

徐嬤嬤掀開簾子，道：「小姐也不必過於擔心，顧公子吉人自有天相。」

雲裳搖了搖頭。「嬤嬤，此事恐怕沒有這麼簡單，顧閆為人謙和禮讓，這麼多年也沒跟旁邊的屠戶發生過矛盾，今日怎麼會動起刀子來呢？我想，是有人故意挑起事端為難他。」

前世穆司逸接近她的時候，就時不時被人襲擊，好幾次都險些喪命。她於心不忍，救了穆司逸幾次，後來才讓穆司逸有機可乘。當時她派人查過，出手的人，和穆司逸沒有過節，也沒有恩怨，只是單純不想讓她嫁給外族人。

就像當初反對阿爹阿娘在一起一樣，族裡依舊存著一些瘋狂的人，排斥外族，不願與外族通婚，更不願意看到一族之長，與外族成親生子。

「嬤嬤，我猜想是有人想反對我和顧公子的婚事，差人對付顧公子。妳去幫我查一查，一定要查個水落石出。」

徐嬤嬤默了默，道：「這事老奴會派人去查，等會兒親自去刑徧司一趟，定叫那屠戶實話實說。」

雲裳頷首。

若真如她所想，這一次，她定然要昭告全城百姓她的決心，永絕後患。

雲裳趕回顧家的時候，王大夫剛從府裡出來。

她把人拉住，急切道：「王大夫，顧公子怎麼樣？」

王大夫嚇得往後退了兩步，拱手行禮。「見過少族長。」

頃刻後抬起頭，面帶淺笑。「少族長放心，顧公子沒傷到筋骨，靜養一些時日便好。」

王大夫能笑得出來，便說明顧閆左臂沒什麼大礙。

雲裳鬆了口氣。「多謝王大夫。」

她從荷包裡掏出一兩銀子，塞到王大夫手上，不等王大夫說話，就匆匆忙忙進府裡了。

「唉……」王大夫回頭，發現人早走遠了，掂了掂手上的碎銀，無奈的笑了聲。

雲裳進屋探望的時候，顧翰和顧夫人正要離去。

她在門口停下，規規矩矩的站著，目光急切的往床邊的方向看去。「夫子，顧公子如何了？」

顧翰回道：「傷口剛包紮過了，只是皮肉傷。」

「我能進去看看嗎？」

顧翰點點頭。

雲裳看向手上纏著白繃帶的顧闓，靠坐在床上休息，有些擔憂。「顧公子？」

顧闓抬起眼簾，看起來神色並無大礙。「雲姑娘。」

顧闓看了看雲裳，道：「父親、母親，我有幾句話想跟雲姑娘單獨說。」

顧夫人看了看雲裳，沒有問緣由，只柔聲道：「有什麼事，記得叫母親。」

說完便出門去了，徐嬤嬤和玉奴也識趣的告退。

雲裳挪了把椅子，坐到床邊。「顧公子的傷，可有大礙？」

顧闓搖頭。「我閃得即時，那刀只劃開皮肉，不是大傷。」

雲裳鬆了口氣。「那屠夫為何與顧公子起爭執？」

顧闓蹙眉，緩緩說道：「那屠戶無端污衊我搶了他的生意，欺我是外族人，對我拔刀相向。雲姑娘，我做屠夫已有幾個年頭，從未得罪過人。直到雲姑娘進了顧府……顧家被貶到此處，猶如草芥。父母親同我都是本分人，一直以來規規矩矩，從不與人交惡，顧某自己也希望，能夠平安度過此生。那些無妄之災，顧某不想平白承受。」

大概是過於激動，扯到了傷口，顧闓眉頭緊擰。

「顧公子，你有傷在身，莫要動氣。」雲裳嘆息道：「我知道，今天這事與我有關，顧公子放心，我既然要嫁入顧家，就一定會保護你們的安危。這件事，等查清了，定會給你一個交代。」

「那就有勞雲姑娘了。」顧闓說得口乾舌燥，抿了抿嘴唇。「我想歇一會兒。」

雲裳見狀，給他倒了一杯茶。「顧公子，喝點水。」

顧闓嘴唇正乾，沒有拒絕，茶水下肚，清了清嗓子，卻沒再說話，緩緩閉上了眼。

雲裳不敢打擾他，默默退了出去。

出門後，玉奴走近到她跟前，小聲道：「小姐，何衙司不在城中，聽何府的下人說，前幾天，何衙司出門雲遊去了，不知何時才回來。」

雲裳聞言，神色無波。「我知道了。」

玉奴遞給她一個小木匣。「何府的下人，送來了這個，說是何衙司留給小姐的，小姐打開後，就知道何衙司的意思了。」

雲裳把東西收好，道：「先回屋吧。」

回屋後，雲裳差玉奴備水沐浴，洗漱過後，她便先歇著。

天氣炎熱，她早上起得又早，這一會正困乏著。等醒來的時候，已是黃昏時分了。

顧夫人那邊派人過來傳話，說是今天不一起用膳，並差廚房的人送來了膳食。

雲裳簡單的吃了點東西，晚上顧翰回府的時候，派玉奴過去傳話，得到同意後，動身去了顧翰的書房。

雲裳過去的時候，顧翰還在提筆練字。

處境困窘，反而讓他有更多的時間閒下來博覽群書，修身養性。當年被貶到影石城時，他帶得最多的家當便是書籍。不過遺憾的是，路途生變，只留下幾本，許多書籍都是到了影石城以後，雲碩送給他的。

雲裳拱手行禮，簡單客套幾句後，直接道明來意。「夫子在慶城可有舊識？」

顧翰放下筆，回了她一禮，沒猜透她的來意，默了默，才點頭。「有兩個同僚，不過這兩年沒什麼書信往來了。」

「這樣啊。」雲裳淡笑道：「是這樣的，今日早晨我去城北農莊走了一趟，和那些農戶聊了一會兒。聽聞這兩年慶城又提了賦稅，但是今年農莊收成不好，農戶生活困苦，這才過來找夫子。想著夫子若有舊識，便懇請您幫個忙，讓慶城那邊降低賦稅。不過現在顧家深陷囹圄，我的這個請求，著實也是為難了夫子。」

聽到這話，顧翰略略皺了下眉頭。

他在慶城有故交不假，平日裡都是私底下暗暗往來，近日為了避嫌，書信更是斷了。

他不知道雲裳這番話，是為了試探，還是真想讓他幫忙才說的。但是雲裳能夠親自過來問，還是尊敬他這個長輩的。並且語氣裡並沒有強求的意思，還給了他臺階下。

其實，他認識的人，確實掌管著賦稅的事情，也能夠幫上忙。但這件事情若是他真的開口了，牽連甚廣，一不小心還會連累自己的故交。不過從另一方面說，他受了雲家許多的恩惠，一直沒能還人情，這件事成與不成，都是一、兩句話的事情罷了。

一時間，他進退兩難。

雲裳又道：「夫子不必為難。顧家這些年在影石城舉步維艱我是知道的，若是真的幫不上忙也無妨，我再想想法子。」

顧翰想了想，道：「謝雲小姐體諒，顧某困頓於此，人微言輕，只能辜負雲小姐的期望了。」

雲裳行了個禮，便告辭了。

第十一章

雲裳忙著追查屠戶傷人一事，又要分神處理收穀節的事務，這幾日待在顧家的時間並不多。

知道顧闓傷勢好得挺快，已經能出門，到刑衙司協助查案，她安心許多。

這日，城裡傳來了一個驚天消息。

李木匠的案子破了，凶手已經被押進刑衙司。

雲裳得到消息，帶著徐嬷嬷和玉奴趕去刑衙司。還沒到，途中在馬車裡就聽到了百姓們在議論。

「聽說了嗎，殺死李木匠的凶手抓到了？」

「可算是把凶手抓到了，是誰破的案？」

「顧闓顧公子破的？」

「顧闓又是哪位？」

「就是少族長的未婚夫婿，做屠夫的那一位，長得可俊俏了。不過你說奇不奇怪，這顧公子出身於書香門第，按理說不是滿腹經綸，也應該是個才子才對。人長得俊，卻去做屠夫就罷了，一個屠夫，怎麼就能把這案子給破了？」

「我聽說這顧公子幾天前去刑衙司任職了。不過他可真是聰明。刑衙司查了這麼久，都一無所獲，他才去了沒幾天，就把凶手抓到了。難怪少族長會與他定下婚約。」

雲裳把簾子掀開，往外瞧了瞧。

今天街道上的人比往常少了許多，不少攤位都空了。這件全城矚目的凶殺案塵埃落定，沒去刑衙司看熱鬧的百姓也都在交頭接耳，議論紛紛。

玉奴道：「小姐，這消息傳得可真快。這還沒半天呢，全城的百姓都知道了。」

雲裳莞爾。「這件凶殺案的手法凶殘，加上又因死了好幾人，引起軒然大波，百姓們自然關注。」

這正是她想要的效果。

顧闖既然要成名，這個名聲，就得響亮，讓所有人都知道，最好傳到北冥城那些達官顯貴的耳朵裡。

只要顧家殘留的那些勢力還留在北冥城，有了這件事鋪墊，那麼他們想讓顧闖回去，就順理成章了。

雲裳把簾子合上，和徐嬤嬤閒聊了幾句，便到刑衙司了。

門外圍滿了看熱鬧的百姓，雲裳讓車夫繞路，悄悄從後門進去。刑衙司那些小捕快早就認得她了，說話做事都索利，很快就把她帶到前廳。

雲裳到公堂上的時候，審問已經開始了。

聶察司把按板一拍，問：「孟氏，妳為何要殘忍殺害自己的丈夫？」

話音剛落，小捕快走到聶察司旁邊，耳語了幾句。

聶察司扭頭，看見雲裳來了，並沒有起身行禮，只是禮貌性的點了個頭打招呼，便轉過頭去。

他向來公事公辦，審案的時候絕不會處理私事，不過他還是差人拿了個凳子給雲裳。

雲裳回以一笑，在靠近聶察司左邊的地方坐著，對面正好是顧闓。

兩人相視一笑，打了個照面以後，便看向跪著的孟氏。

孟氏現在是階下囚了，穿著雖然樸素，但是十分周正，看起來並不像一個伏法的農婦。面對聶察司的審問，她面色平靜，既沒有壞事被揭露的恐懼，也沒有一絲悲傷和懊悔之情。怎麼看，都非常怪異。

但她沒有否認殺人的事情。「這一切，都是他咎由自取。」

孟氏抬起頭，直視著聶察司的眼睛，一字一句，堅定有力。

「事到如今，我也無須隱瞞，我乃緬族中人，在緬族歸附影石族之前，我有一個待我極好的夫婿和一對可愛的兒女。可是我的夫婿在那一場大戰裡，摔斷了腿，緬族敗亡的時候，我們一家四口往南邊逃跑，李鵬他見色起意，殘忍殺害了我的夫君和我的孩子，強行與我成親。

「我恨，每一日、每一夜，想起我那可憐的夫君和孩子，都恨不得將他千刀萬剮。可是他身材魁梧，又將我看得很緊，我一直找不到機會下手。不過老天開眼，總算讓我報仇雪恨了。」

說到這兒，孟氏仰頭哈哈大笑，笑得暢快淋漓，有大仇得報的快感，也有對李木匠的嘲諷和不屑。

她這話一出口，外頭一陣譁然。

有人指責道：「這女人真殘忍，李木匠怎麼說也是她的夫君，怎麼說殺就殺了，還將人分屍。」

聲音不大不小的，正好傳到孟氏耳中。

孟氏回頭，眼睛通紅，憤憤不平的冷笑道：「夫君？我夫君早就死了！李鵬這狗男人，不過就是殺人奪妻的一個強盜罷了。這些年，我在他身邊忍辱負重，只要一看到他，就恨不得將他千刀萬剮，碾成粉末，吞進肚子裡。」

聞言，有人嘆息道：「這李木匠做得也太過分了，奪人妻子就算了，還把人家夫君和孩子都殺了。」

「就算李木匠有錯，她也不能將人碎屍萬段啊。」

「碎屍萬段，看來是痛恨到極點了。」

緬族原本是鄰近一個小部落，常年與影石族爭奪地盤，後來被影石族打敗，便歸順了。他們的女子比影石族的女子更為奔放豪爽，心氣也更高，能上陣殺敵，也能洗手作羹湯。

這些圍觀的人，大多都是男子，瞧不上緬族，更別說孟氏這個手刃夫君的毒婦了，大多都是出聲指責她惡毒的。

不過也有許多婦女有家室，也有孩子，對孟氏的恨意能夠感同身受，不禁同情起她來。

「兩個孩子，太可憐了。這李木匠著實歹毒，連兩個孩子都下得去手，死了活該。」

「可不是嘛，換成我，也是恨不得將他碎屍萬段的。」

聶察司聽完這一番話，一言不發。

他雖然沒有娶妻生子，但是有一個老母親需要照看，這些年為了救治病重的母親，散盡家財，把至親看得比自己還要重。孟氏的丈夫和一雙兒女都被李木匠殺害，心中積怨，是人之常情。

李木匠殺人在先，孟氏報復在後，真算起來，是咎由自取。

但殺人總是不對，尤其孟氏，手段過於殘忍，弄得城中人心惶惶，自然要按律法處置。

他看著案桌上顧闓呈上的那些證據，想了想，按部就班的問道：「妳以前是個仵作，擅長用刀，也知道如何銷毀證據。妳的遭遇，我很同情，但是殺人償命，妳殺了自己的夫君，按律法……」

孟氏打斷道：「我大仇得報，早就沒有什麼遺憾了。不就一命償一命嗎？拿走便是。」

她聲音洪亮，視死如歸。

雲裳不由得多看了她兩眼。

說實話，她是欽佩孟氏的，有膽識，也有手段。她被穆司逸欺騙和凌辱的時候，也恨不得將他千刀萬剮。不過她沒有這個女子的命，能親自了結仇人，而是去了陰曹地府，而穆司逸繼續活著享受榮華富貴。

重活一世，她心底的恨意也沒有消失。

如果不是為了助顧閆解除罪籍，重回北冥，或許她會放孟氏一命。

聶察司沒想到孟氏如此貞烈，本來她認罪以後，這案子就可以結了，一命償一命，很簡單。但是知道了前因後果，他便不由自主的動了惻隱之心，一時間也不知道如何給她定罪。

思索片刻，他拿定主意，道：「孟氏已經認罪，將人先行押入大牢，明日再審。」

話音剛落，外頭的百姓又開始喧鬧起來。

「殺人償命，人都認罪了，還不定罪嗎？」

「若是不處死孟氏，那以後就會有人仿效。」

百姓們七嘴八舌的，憂慮之情溢於言表。

那些捕快很快就把孟氏帶了下去。聶察司對百姓們交代了幾句話，並且再次點明是顧閆破的案，就讓他們散了。

沒有看到定罪，百姓們大失所望，很快便散了。

不過還有幾個想看熱鬧的，不願意離開，還站在門口伸長脖子往裡看。

聶察司起身，向雲裳交代道：「少族長，孟氏這件事情，還有些疑點，還不能定案。」

「刑衙司的事情一直都是由聶察司管著，我不插手，聶察司按自己的想法行事便是。」

得到雲裳的允諾，聶察司總算是吁了一口氣。百姓們的想法不要緊，最重要的，是少族長的態度。

「對了。」聶察司話頭一轉，淡笑道：「這個案子是顧公子破的。多虧少族長舉薦顧公子，才讓此囟案得以水落石出。」

他不是沒有懷疑過孟氏，只是孟氏是枕邊人，之前查案的時候又表現得非常悲痛，加上沒有任何證據，所以後來他便沒有仔細查孟氏。而顧闉呈上來的證據全都讓孟氏無法辯解，這才趕在慶城的人到達之前，提前捉拿孟氏歸案。

想到這兒，聶察司不由得擦了擦額頭上的虛汗。

總算趕在那些人之前，把這事了結了。若是拖到明天以後，這事才是真的麻煩。

於是，他走到顧闉面前道謝。「多謝顧公子幫忙斷案。」

顧闉起身回道：「分內之事，聶察司不必客氣。」

聶察司抬頭，與顧闉對視了一眼，忍不住在心裡感嘆，果然是金子，掉在糞坑裡也會發光。顧公子做了這麼多年的屠夫，聰明才智依然遠勝於旁人。

想到此處，他不禁有些慚愧，讚賞道：「顧公子才智過人，將來必會大有作為。」

聶察司這個人非常真誠，從來不喜歡說那些虛假客套的話。

顧闉聽出他話中的由衷讚美，一陣感動。「還得多謝聶察司的信任。」

聶察司此人內心一片赤誠，待人謙遜，也沒有把功勞攬到自己身上，是值得敬重的人。要不是聶察司願聽他一言，這個案子不會這麼快就破了。

趕在慶城的人前面，搶了破案的功勞，對他以後踏上仕途之路非常有益。

想到前世為了破案搶功，甚至以祖父之死為由，用盡手段接近刑衙司的人，顧閆多多少少有些唏噓。

這一世，他並沒有花費多少力氣，就把事情辦成了，而這一切，都要歸功於……

顧閆把目光投到雲裳的身上，眸色微沈。

和這個女子結親，確實省了許多麻煩。

雲裳隱約能猜到他在想什麼，迎著他打量的目光，坦然的笑了笑。「顧公子餓了嗎？多福茶樓的廚子做的飯菜非常好吃，我許久都沒去了，正好也快到晚膳時辰，一起過去吧。」

雲裳也邀請了聶察司，但聶察司公務纏身，手頭還有許多事情沒有處理，便推辭道：「多謝少族長美意，我手頭還有別的事情沒有處理，改日有空再一起去吧，就不打擾少族長和顧公子了。」

明日慶城那些人就要來了，今晚有得他忙的呢。

雲裳頷首，看向顧閆，再次徵詢他的意見。「顧公子要去嗎？」

顧閆下意識想拒絕，可扭頭不知道想起了什麼，頷首應下。

雲裳帶著顧閆去了多福茶樓，她是那兒的常客，夥計一見到人，就麻利的把她帶到樓上常坐的那間雅間裡，擦桌上茶。

夥計熱情道：「少族長好些時日都沒來光顧我們茶樓了，這幾天啊，我們正巧新出了一款菜，其他人都說好吃呢，少族長一定要試試。」

雲裳道：「一切照舊，再多上一份你們的新菜。」

夥計高高興興的應答。「好嘞。」

說完，轉頭看了顧闓一眼，他非常機靈，只是這麼一眼，就從顧闓的年紀和穿著把人給猜出來了。

「這位是顧公子吧？少族長是常客，每次來都必吃那幾樣菜，您可有什麼忌口的，可以告訴小的，小的去廚房和他們說一聲。」

顧闓道：「就按少族長的口味來吧。」

「好嘞，稍等一會兒，菜就可以上了。」夥計說完，便出門忙活去了。

雲裳隨口和顧闓扯了幾句不著調的話，顧闓話不多，但也時不時的應上兩句。

很快，菜就上來了。新菜加上雲裳常吃的那五樣，總共六樣菜，分量都不多，但是菜做得很精緻，讓人非常有食慾。

夥計介紹那份新菜。「少族長，顧公子，這道菜叫虎皮凍，口感彈嫩，一定要嚐嚐。」

虎皮？雲裳看了一眼，盤中物切成一塊塊，擺放整齊，外表絲滑剔透。

「這是用豬肉做的？」

「少族長聰明，這道菜是用豬皮和豬頭皮做的，少族長可別看這兩樣東西賤，平時上不了檯面，口感啊，那是一等一的。還是廚房裡新來的廚子，從外邊帶回來的菜品。」

雲裳平時在吃的上面不怎麼挑，聽他這麼一說，反倒有些好奇了。

「那是得嚐一嚐。」

「那您和顧公子先吃著，有什麼需要再叫小的。」夥計機靈，說完便退出去了。

顧閆的胃口似乎不太好，吃得很少，反倒雲裳，嘴巴沒停過。

「顧公子，嚐一嚐這道虎皮凍，很好吃的，口感非常獨特。」

顧閆搖頭。「雲姑娘自己吃吧。」

他的口味在北冥城的時候就被養刁了，這麼多年都沒改過來。後來去賣豬肉，對豬肉的部位什麼的都瞭解。這東西腥味重，難去除，他從來不吃的。即便做成菜後，沒有了原來的模樣，也是難以下嚥。

雲裳知道他嘴巴挑，沒有強求，繼續心滿意足的吃著。

她吃東西的時候，不愛說話，一心享受美食。

「管司的馬車已經在路上了，客棧備好了嗎？」

「都備好了。」

「大概明日什麼時辰能到？」

「約莫明日天一亮，就能到了。」

旁邊的雅間傳來交談聲，聽口音，不是本地人。

這個時間，出現在影石城的外地人，又一口一個管司的，十有八九，是慶城那邊的人。

雲裳默默聽著。

果然又聽他們道：「可有打聽到，現在城中管事的是誰？」

「是影石族少族長，叫雲裳。」

那人默了默。「那女孩不是才九歲嗎？」

「年紀雖小，威信卻大著呢。小的還打聽到一事，這少族長，前幾日和顧家公子訂親，住進顧家了。」

「你所說的顧公子，可是那人？」

「是啊，今日這公子還把李木匠的案子破了。」

話到此處，談話聲戛然而止，一陣窸窸窣窣的動靜後，包間那頭就沒聲了。人下樓了。

雲裳不動聲色，繼續吃飯，抬頭看了看顧閆，他臉上也沒什麼表情。

用完膳，雲裳讓玉奴打包一份，便回顧家了。

是夜，影石城中張貼了處罰孟氏的罪榜——秋後問斬。

玉奴把這個消息帶回來的時候，一臉不解。「小姐，下午在公堂的時候，聶察司並沒有給孟氏定罪，怎麼晚上就定罪了？」

「慶城的人就要到了，若是不定罪，容易生出事端。對了，接風宴的事情準備得怎麼樣了？」

玉奴點頭。「府裡都打點好了，明日晚上的宴帖嬤嬤也給幾個長老送過去了。」

雲裳點頭，吩咐了玉奴幾句該注意的事情，便解衣歇下。

翌日，慶城管司王鶩的馬車天剛矇矇亮就出現在城外。

隨行的人道：「王管司，城門還沒開，我們要不要先在城外歇腳，等天亮了再進城。」

王鶩掀開車簾往前瞥了瞥。「距離影石城還有多遠？」

「大概兩里的路程。」

王鶩垂眸，剛想吩咐原地歇息，就有馬蹄聲響起，很快，出現了一隊人馬。

隨行的人吩咐旁邊一個小廝。「過去看看，怎麼回事。」

片刻後，小廝回來回話。「王管司，是刑徜司的人，說是少族長派過來接應我們的，少族長也在城門候著了。」

「少族長？」王鶩有些驚訝，默了默，垂眸思索一會兒，擺擺手，示意他們進城。

剛到城門，遠遠就聽到一句清脆洪亮的話。「王管司一路舟車勞頓，辛苦了。」

王鶩掀開車簾，看見不遠處的一匹棕馬上，一個外族打扮的女子笑盈盈地看著他，年紀大約在八、九歲左右，旁邊站著聶察司。

他見過聶察司，略略一猜，便知道馬上坐著的是雲裳了。

他迅速下馬車，緩步走到雲裳面前，拱手行禮。「在下慶城管司王鰲，見過少族長。」禮數周全，沒有什麼紕漏。

雲裳俯視著王鰲，和之前得到的消息一樣，王鰲面黃肌瘦，看起來病病殃殃的，沒什麼血色。面色不善，透著一股狡猾勁兒。

雲裳淡淡一笑。「王管司一路辛苦，府中已備好了飯菜，先進城再說吧。」

王鰲聞言一頓。

他這次過來，讓人傳了消息給影石城這邊的人，但是出發的日期比說好的提前了一日，到達的時間也快了一個半日。但是人還沒到，少族長就在城門候著了，還準備好了飯菜，這是不打算讓他先去客棧了。

他原想去客棧先待上一日，觀察一下城中形勢的，但現在盛情難卻。他一邊想著是誰走漏了風聲，一邊不動聲色的給隨從使了個眼色。

隨從默默後退，派人去客棧通知那些人計劃有變。

雲府一切已準備妥當，王鰲進門的時候，小廝已經備好了飯菜。整個雲府張燈結綵，似有好事發生，婢女們忙得不可開交。

雲裳將人帶至客堂，剛坐下，立即有婢女端水上前，伺候王鰲洗手和用膳。

雲裳給他倒了一杯茶，笑意盈盈。「來了影石城，就是一家人，王主事可千萬別跟我客氣。若是招待不周，還請王主事別往心裡去。」

雲裳的熱情令王鶩有些無所適從，他略微拘謹的站著。「少族長客氣了，我自己來。」

雲裳招呼他坐下，淨了手，便開始動筷。

王鶩趕路趕得急，路上沒怎麼睡，這一會兒精神狀態不佳，加上天剛亮，沒什麼食慾，但礙於情面，還是簡單的吃了兩口。

雲裳吃了幾口，放下筷子，扭頭隨意問道：「玉奴，剛才經過街上的時候，怎麼鬧哄哄的，外邊發生什麼事了嗎？」

玉奴應道：「回小姐，是顧公子昨日把李木匠的案子破了，定了罪，百姓們正在議論這事呢。」

雲裳點了點頭。

王鶩手中的筷子一頓，不動聲色望了望自己的隨從，發現隨從也面露困惑，驚訝之色從眸中一閃而過。

他故作驚訝。「影石族最近發生了命案嗎？」

都是聰明人，他明知故問，雲裳也不戳破。「嗯，這件凶殺案可恐怖了，聶察司說，死者的屍首被卸了好多塊呢，死無全屍。」

聶察司在一旁察言觀色，適時插話道：「不過好在顧公子有勇有謀，把凶手抓住了。」

「對了，不是說這樁凶殺案人盡皆知了嗎？怎麼，王主事不知道嗎？」

王鶩把筷子放下，尷尬的笑笑。「這兩個月，慶城事多，王某忙得不可開交，外面的事啊，都沒怎麼聽說。這次過來，還是聽說影石族的收穀節要到了，特意來送賀禮的。」

王鶩過來的目的大家都心知肚明，不過影石族的收穀節確實要到了，這也是雲府今日張燈結綵的原因，王鶩這個理由，挑不出什麼錯處。

雲裳頷首。「煩勞王管司費心了，再過幾天便是收穀節，若是不忙的話，王管司可否賞臉，留下來觀禮？」

王鶩客套道：「既然少族長都這麼說了，那王某只能恭敬不如從命了。」

說著，話鋒一轉。「對了，剛剛聽少族長身邊的婢女提起，命案是一名叫顧閆的公子破的？」

雲裳嘴裡正吃著菜，含糊道：「嗯，顧公子是我的未婚夫婿，前幾日訂親後，他便去刑衙司任職了。」

王鶩一驚。「未婚夫婿？」

雲裳正低頭挑菜，似乎沒看見他的神色，點了點頭。

「對啊，這門親事是阿爹幫我定下的。」

王鶩微微抬眸，目光掠過隨從臉上，隨從仍然滿臉困惑。

他皺了皺眉頭。顧閆破了李木匠這個案子的事情，他在路上並沒有聽到什麼消息，至於雲顧兩家結親這事，更是渾然不知。

影石城的消息，什麼時候變得這麼密不透風了？

不過他反應快，很快便恢復了神色，淡笑道：「王某失禮了。看少族長的年紀，不過八、九歲，沒想到已經訂親了。」

雲裳面色平靜。「我們影石族的女子向來成親早，這門親事又是阿爹生前幫我定下的，就只能答應了。」

不過一會兒便聽到了這兩個大消息，王鶩根本按捺不住，吃了一會兒便找藉口要離開了。

已經幫他接了風，雲裳客套幾句，就不再挽留，吩咐聶察司送他去驛站。

人走後，雲裳臉色一收，差人收拾桌子。「那些人，都處理好了？」

徐嬤嬤緩緩上前，眉間帶笑。「回小姐，都安排妥當了。這王主事不是個好惹的主兒，這次過來也沒安好心，接下來，我們得當心點。」

雲裳目光微沈。「來者是客，王主事不遠千里過來送禮，我們理應回個禮。顧老太爺那兒，派人盯緊點，可別讓他出事了。」

徐嬤嬤點了點頭。

王鶩心事重，幾乎是趕著到驛站的，聶察司知人眼色，喝了半杯茶，便離開了。

下樓的時候，看到幾個面生的人急匆匆往樓上趕，腰間都佩劍。他看了一眼，若有所思的離開了。

果然，那些人直奔王鶩的屋子，一進屋，開門見山。「管司，聽耳閣派出去的那幾個弟兄，全都不見了。所以這幾日影石城的消息，才一直沒有傳出去。」

王鶩面色沈沈，食指一下又一下的敲著面前的桌子。「雖然少族長年幼不懂事，可是這城裡的幾位老狐狸可不好惹。這兩日，就先不要再動手了，免得打草驚蛇。」

那幾人點了點頭。

「管司，還有一事，坊間有傳，雲裳姑娘無意繼承族長之位。」

王鶩眉眼一抬。「此事可當真？」

那人道：「是從幾位長老府中傳出來的消息，現在還不知真假。不過，這城中，確實有人不滿幼女執掌大事。」

王鶩垂眸，深思半刻，擺了擺手。「派人盯著幾個長老府裡的動靜，一有異動，就向我稟報。」

一人抬頭問道：「顧家那邊，管司可還要過去？」

王鶩想了想。「今日就先不過去了，明日再說吧。」

那幾人便這麼退下了。

第十二章

王鶩到達影石城的消息，自然也傳到了顧家。

顧翰把顧闖叫到屋裡，單獨說話。

站了一會兒，遲遲不見顧翰說話，顧闖主動問道：「父親可是在憂心王鶩來了影石城的事情？」

顧翰抬頭看了看他，沈默許久，終是嘆了口氣。「闖兒，你可知道，王鶩為何過來？」

「孩兒猜，一則是為李木匠的案子來的，二是……」顧闖頓了頓，道出心中的猜測。「衝著顧家來的。」

顧翰低頭，從抽屜裡拿出一封信，遞給他。

顧闖把信展開，看到了裡面的內容後，神色並無變化，似乎是早就預料到了。

「那些人，已經迫不及待要動手了。」

顧翰眸色幽深。「這兩年貴人得勢，有意重審我顧家冤案，因此那些人不可能什麼都不做的。」

該來的，無論如何都躲不掉。

他記得，王鶩來到影石城沒多久，那些刺客便出現了。但是這一次，他絕對不會令顧家重蹈覆轍。
手指輕攥，那封信很快就在他掌心揉成一團。
顧翰見狀，嘆息道：「你也莫怕，我們一家被貶之時，已為罪奴。這些年我無所作為，而你，離開北冥的時候不過才幾歲，又做了屠戶，對那些人構不成威脅。只要我們不輕舉妄動，短時間內，他們也找不到懲治我們的辦法。」
顧閆默不作聲。
儘管顧家大勢已去，但祖父和父親門生眾多，朝中還有不少為顧家喊冤的人，不然也不會多年過去，那些人還窮追不捨，跑到影石城動手了。
不過，有關祖父遇刺的事情，他暫時還不能告訴父親。
顧閆想了想，神色平靜道：「父親，顧家不能忍氣吞聲，若是再不想辦法回北冥城，只怕日後就再也回不去了。」
顧翰聞言，垂眉沈思。
顧家最受恩寵的時候，放眼整個蒼梧，沒有哪家權貴能像他們一般。
鳳凰即便丟了羽翼，也不甘心屈居於鄉間，這些年，他暗中籌謀劃策，聯絡朝中舊人，等的就是一個機會。
可惜這個機會，一等就是十幾年，望不到頭。因為沒有十足的把握，所以就連自己的夫人，他都未曾提及過回北冥的事情。

顧翰望向顧閆，見他眸間有流光湧動，心頭猛然一顫。

這麼多年過去，他似乎並未發覺，他的閆兒長大了。顧翰恍惚想起，五年前顧家遇險的時候，是顧閆想辦法救了全家的命。他的兒子，比他想的要聰明得多，野心，亦是不小。

如此想著，顧翰道：「你可是想到了什麼法子？」

顧閆也不避諱，落落大方道：「父親，兒子找出殺死李木匠的真凶，在影石城實屬功勞一件，只要這功勞在慶城也算，那便有了契機，今年秋試只要不出意外便能參與，回北冥是遲早的事情。」

顧閆還有未竟的話沒有說。慶城的功勞，只要父親願意出面，無論如何，都能成功的。

顧翰沒有答話，他認認真真的思索著顧閆話裡的意思。聽顧閆這話，他對秋試是胸有成竹，勢在必得。

良久，顧翰鬆口道：「這幾天好生歇息，莫要亂跑。秋試的事情，為父會想辦法的。」

也是時候，提及舊情了。

顧閆眉眼一彎。「有勞父親了。」

午時過後，雲裳特意去三個長老府中，詢問有關收穀節的相關事宜，等回到雲府，已是黃昏了。

看見徐嬤嬤準備了一些祭拜的東西，雲裳突然想起，明日是祖母的忌日。

她想了想，道：「我記得祖母的墓地，離顧老太爺居住的地方不遠。妳備一些薄禮，明日順道去看望一下顧老太爺。」

徐嬤嬤應聲下去。

雲裳的祖母去世的日子和時辰都不祥，因此沒能遵循祖令和她的祖父合葬。墓地也在十分偏遠的地方，每年祭祀，也沒有族人一同前往祭拜。

天矇矇亮的時候，雲裳就帶著徐嬤嬤和玉奴出發了。

墓地周圍本就雜草叢生，一年不來，荒草遍布，差點找不到地，忙活了半天才開始擺上祭祀用品。

徐嬤嬤突然說：「小姐您看，老夫人的墳頭上有螞蟻窩。聽老一輩的人說，這是吉兆。雲家以後是受上天庇護的。」

雲裳認真瞧了瞧，果真有螞蟻不斷從墓地裡進出，墳頭上有一小包土堆凸出來，是螞蟻的窩。這吉祥的話，雲裳聽了心裡也高興，笑道：「雲家以後一定會大富大貴的。」

按習俗，祭祀要倒三次酒，第二次酒倒了沒多久，原本不怎麼晴朗的天空忽然變得陰沈沈的。

玉奴有些擔憂。「小姐，看天色，等會兒可能要下雨。」

也不知道是巧合還是像族人說的，祖母逝辰有問題，每年這一天，都會下雨。

雲裳淡淡道：「每年來看望祖母，總會下點小雨。馬車裡備了傘，無妨。」

果不其然，第三次酒倒了以後，周圍便颳風，不一會兒，就下雨了。

雲裳和徐嬤嬤蹲在地上燒紙錢，玉奴幫她們撐傘。「小姐，等紙錢燒完，這些東西便可以收了。」

雲裳頷首，抬頭，在她面前立著的是一塊無字碑。祖母死得蹊蹺，族人認為不祥，因此一直沒有立碑。

雲裳忽然想起，上一世她被穆司逸羞辱致死以後，是否有葬身之地，立著一塊無字碑，還是屍首被扔到亂葬崗，屍骨無存？

雲裳起身的時候，眼睛有點濕潤，徐嬤嬤說了一句節哀，把東西都收好，便回去了。路上，雲裳一語不發。徐嬤嬤以為她觸景生情，在一旁安撫著。

雲裳倒不是難過自己死的事情，只是在看著祖母墓碑的時候，她想起了自己那個只見過一面的孩子。

經歷了生產之痛，她才明白做母親的感覺。也不知道，在她死了以後，那個孩子後來怎麼樣了。也許，被穆司逸當作升官發財的墊腳石，做了一生的棋子，又或許，在穆司逸再娶以後，死在了穆家的高宅大院裡。

雲裳啞聲道：「嬤嬤，若是阿娘還在便好了。」

若是阿娘還在，這一世她都會被護著長大，無憂無慮，不用費盡心思為自己鋪路，更不用與人爭鬥。可是，她一醒來，依舊只有她自己。

徐嬤嬤把她抱在懷裡，揉著她的頭。「老爺和夫人會一直保護小姐的。」

這時，外頭忽然傳來動靜。

徐嬤嬤抬頭。「玉奴，去問問外面發生什麼事情了。」

玉奴頷首，探出頭去問家丁。

家丁道：「小姐，前方有暴雨，路上倒了不少竹子，攔住了去路，顧老太爺的住地，怕是去不了了。」

雲裳掀開簾子，前方果然雨濛濛的，只能依稀看到些許竹子的影子。

雨越下越大了。

「竹子？」

「是，路上都是斷竹，若是清理，只怕也要花費不少時間。今天天氣不好，路看不清，不如改日再去拜訪顧老太爺。」

徐嬤嬤也道：「小姐，奴婢也覺得這路不好走，雨天容易發生意外，這地又偏，不如就先回去吧。」

說完，徐嬤嬤吩咐車夫掉頭。

雲裳輕輕蹙眉，但也沒說什麼。

風越來越大，有一些雨滴飄落進馬車裡，徐嬤嬤一邊整理簾子一邊道：「今日這雨，比往年的大些。就連竹子都被吹斷了，也不知道收穀節能不能順利進行。」

聞言，雲裳心裡莫名一緊，腦海裡有東西要呼之欲出，但她一時半會兒就是想不起來。越想回憶，思緒越混亂，頭一陣一陣的抽痛，她抬手抱住頭。

徐嬤嬤慌了神。「小姐怎麼了？」

雲裳搖搖頭，抬手示意她噤聲。「嬤嬤，我想安靜一會兒。」

到底是什麼事情呢？

雲裳直覺，這件事情很重要，可越想要想起來，那件事的記憶就變得越模糊。

這時，玉奴突然插嘴道：「奴婢聽說顧老太爺高風亮節，最喜歡竹子，因此才從顧府搬出去，到竹林裡居住。」

竹子……

雲裳忽然心中大驚。

她想起來了。她跟隨穆司逸去參加顧閆壽辰那一次，在後院迷了路，正巧看見有個婢女手中抱著一盆佛肚竹，聽說是有賓客送給顧閆的，結果那婢女被顧家的管家當場杖責。

顧老太爺生前喜歡竹子，顧家舊宅裡就種滿了竹子，但顧閆卻對竹子厭惡至極，聽說是因為顧老太爺死的時候，胸口上好巧不巧的就插著一根竹子，才令顧閆不喜的。

顧老太爺好像就是這幾天在竹林裡發生意外的。

念此，雲裳匆匆拉開簾子，問家丁。「那些竹子可是被風吹倒的？」

家丁答道：「看模樣是被人砍斷的，切口還新鮮著呢，那些竹子應該是今天才被砍的。」

說來也奇怪，要是附近農戶想拿竹子去建豬圈什麼的，應該把竹子砍好了放在路邊才對，可那些竹子橫七豎八的擋在路中央，也沒人整理。」

雲裳心頭突然湧現不祥的預感。若是有人故意這麼做的呢？目的是為了拖延時間。

越想越不對勁，雲裳吩咐車夫掉頭。

車夫有些茫然。「小姐，那邊不是回城的方向。」

「若是竹子太多，便繞道，要儘快趕到顧老太爺住的地方。」

雲裳語氣很急，車夫不知如何是好，下意識看向徐嬤嬤，卻見徐嬤嬤沒有什麼反應，心中明瞭，甩了甩韁繩，扭轉了方向。攔路的竹子太多，雨勢也沒有變小，車夫只好繞道走。

「小姐可是覺得那些竹子怪異？」

雲裳點頭。「顧老太爺住的地方偏遠，鮮少有人過來，今日路上卻突然出現了這麼多竹子，怕是顧老太爺那兒有變故。不管是不是真的出了事，過去看一看總能安心些。」

雲裳有她自己的打算。走這一遭，如果顧老太爺沒事，只是浪費了她一點時間，但要是能救回顧老太爺的命，顧闓就欠她一個天大的人情。

人情，是這天底下最難償還的東西，比起她想要去爭奪的男女之情，總要貴重許多。

這麼一說，徐嬤嬤也覺得不對勁，沒有勸雲裳回去。

走了一會兒，雨勢有些減小，馬車的速度也快了起來。

雲裳問：「還有多久能到？」

「顧老太爺的住所小的去過，還有二里左右就到了。」

車夫話音剛落，前方傳來了聲音，夾雜著雨聲，聽不太清楚。車夫停下，那聲音越來越近，隨之變得清晰。

「救命，有刺客，有刺客！」

護衛們瞬間警覺起來，只聽馬車外有人說了一句。「保護少族長。」

緊接著，是兵刃相交的聲音。

徐嬤嬤一臉警惕，囑咐玉奴。「保護小姐，我出去看看。」

徐嬤嬤的身子剛探出去，雲裳伸手抓住她的手臂。「嬤嬤，我來看吧。」

徐嬤嬤回頭。「小姐，外面危險，您不能露面。」

話音剛落，雲裳已經掀開車簾往外看。

看見馬車的簾子開了，有個黑衣人說了一句。「住手！」

其餘之人皆停下來。

雲裳擺擺手，那些護衛見狀往後退了幾步，圍在馬車周圍。

有個黑衣人衝雲裳拱了拱手。「這位小姐，此事與妳無關，只要妳不插手，我們兄弟幾個絕不為難妳。」

就在這時，有個人從地上爬起來，朝雲裳的方向跑，嘴裡叫道：「雲小姐，救命。」

護衛們拔刀攔住他。「站住。」

那人驚恐的停下來，雲裳看了看他，手臂受了傷，衣服上臉上都是泥濘，一臉狼狽，看打扮，是顧家的家丁。

雲裳瞥了那些黑衣人兩眼，心裡已有主意，面上不動聲色，默了半晌。「你認識我？」

那人跪下來，面色焦灼道：「回雲小姐，小的是顧府的家丁，這些時日在老太爺身邊伺候，前些日子回府的時候，遠遠見過小姐幾面。這些人刺殺老太爺，求小姐救老太爺一命，小的感激不盡。」

雲裳心思一動，按這小廝所說，顧老太爺應該還沒死，心裡瞬間鬆了一口氣。

「你上前說話。」

那些護衛看了看雲裳，讓出一條路。

那些黑衣人見勢，上前兩步，語氣咄咄逼人。「此事與雲小姐無關，若雲小姐執意插手此事，別怪我們刀下不留人。」

小廝腳步一滯。

雲裳掃了他們一眼，冷笑道：「你喚我一聲雲小姐，想必已經知道了我的身分，那你應該知道，影石城這地方，是誰說了算吧？」

語氣很輕柔，卻帶著不容置喙的威懾力。

那些黑衣人顯然沒想到，一個孩子有如此的氣勢，看了看雲家的幾個護衛，不知想到了什麼，笑了。「若是在城中，小的是不敢跟雲小姐這麼說話的，但這兒是荒山野嶺。」

雲裳淡淡一笑，收回目光，對那家丁道：「你上前來說話。」

家丁誠惶誠恐地看了看後面，踉蹌上前，走沒幾步，就聽到後頭的打架聲，嚇得停下。

雲裳道：「他們幾個成不了氣候。」

聞言，家丁安下心來，救人心切，他也管不了了，用盡全力跑到雲裳跟前，因為太急，在馬車前摔了一跤，旁邊的護衛把他扶起來。

雲裳低頭，壓低聲音道：「顧老太爺在何處？」

家丁艱難的嚥了一口唾沫，用兩人才能聽到的音量告知雲裳。

雲裳伸手招呼一個護衛到跟前，附耳吩咐了他幾句，那護衛急匆匆的去了。

家丁神色焦灼，跪在地上直磕頭。「雲小姐，您一定要救老太爺。」

雲裳不語，抬頭看向前方，這麼一會兒的功夫，勝負已分，那些黑衣人被護衛擒住。有幾個想服毒身亡的，被護衛攔了下來。

也許是知道大勢已去，一人道：「雲小姐，顧家這渾水可是龍潭虎穴，您今日插手了此事，來日，整個影石族的人都要為之陪葬。」

「是嗎？」雲裳不為所動，她此時最不怕的便是威脅了，掏出手帕擦了擦手上的水珠，淡淡一笑道：「聽你這口氣，要殺顧老太爺的人，官職可不小。讓整個影石族陪葬？我想一想啊，普天之下能夠做到這分兒上的，應是朝中的大官，細查下去，應該是能揪出來的。」

那人沒想到雲裳如此聰明，嚇得臉色大變。「我的主子，和朝廷沒有任何關係。」

雲裳也懶得與他多言，臉上的笑容漸漸收住，取而代之的是寒霜一般的神色。這些人不過是奉命行事的刺客，官職不高，留著沒什麼用處。

她毫不猶豫地下了殺令。「留一個活口，讓他回到城中給他的主子通風報信。」

護衛聽了，俐落抽刀，不過眨眼，那些黑衣人全都被滅了口。

留下的活口見狀，抽出匕首想要自刎，被護衛及時攔下。

雲裳道：「別急著赴死，留著一口氣回去告訴你主子，若是不想在影石城丟掉性命，就不要在我眼皮子底下動手。」

說完，回到馬車裡，吩咐車夫離開，護衛們收刀跟著離開。

徐嬤嬤回頭看了幾眼，眉頭緊蹙。「小姐，這些刺客，是王管司派來的？」

雲裳頷首。

玉奴拿了一件外衣，披在她身上。

徐嬤嬤不解道：「顧家出事的時候，顧老太爺已經解甲歸田，這些年更是隱居山林，不問世事，至於顧夫子，雖然當年在朝中頗有名望，但自從被貶以後，也沒有什麼威脅了。顧公子更不足為慮，這個節骨眼上，節外生枝反而會引人懷疑，他們為何還是要動手呢？」

雲裳笑笑。「就如嬤嬤所說，顧家這些年大勢已去，不足以讓人忌憚，可當初他們犯的是謀反的大罪，按理當誅或者充軍，顧家卻來了影石城。雖然為戴罪之身，卻與普通百姓無異，可見其當年在朝中是何等風光。」

話到此處，雲裳默了半晌。「兔死狐悲，多年過去，朝中局勢想必已經翻天覆地，他們當年支持的人，若是重新得勢，肯定會想辦法讓他們回去的。不過現在時機未到，殺了顧老太爺，顧家找不到證據，又無權無勢，也無可奈何。就算顧閆懷恨在心又如何，只要他回不去北冥，就如同螻蟻，被人玩弄於股掌之間。」

顧閆氣運再好，沒有背景或貴人相助，恐怕也要屈居於他人之下許多年，還找不到升遷的機會。那些人未必沒有想到這點，所以才起了殺心。寧可錯殺一千，也不會放過一個。

不過想來，怕是朝局真的發生了變動，那些人才會沈不住氣。

徐嬤嬤沈默不語，似在思考雲裳說的話。

倒是玉奴先開了口。「小姐和顧公子有婚約在身，和顧家的關係，就像連體衣襟，顧家出事，雲府也討不著好。只是……」

雲裳示意她說下去。

「婚事未定，雲家還可以和顧家扯清關係，今日小姐救下顧老太爺，和顧家從此就牽扯不清了，難以獨善其身。」

徐嬤嬤嘆息道：「只怕今日過後，雲家就徹底被那些人惦記上了。」

雲裳笑著安撫。「我選擇的路，就算荊棘遍地，也絕不會後悔。」

這些年，北冥城的達官貴族已隱隱有求親的意思，沒少派人過來打探，聯姻的意思出自誰意不言而喻，所以就算不嫁顧閆，她將來也未必能自個兒選擇自己的婚事。

她是主動選擇顧闓的，也知道顧闓這一生要走的路子，因此籌碼一早就壓下了。

徐嬤嬤和玉奴沒再說什麼。

馬車跟著家丁說的方向駛了半炷香左右，雨勢越來越大，越往密林深處，越發黑暗，帶的那些火摺子很快就被雨打濕了。

雲裳問那家丁。「老爺子真的是往這方向離開的？」

那家丁肯定點頭。「當時情況危急，阿衛引開了那些刺客，小的親眼看見，阿津帶著老太爺往這方向跑了。」

「你親眼看見的？」

那家丁突然默聲，想了一會兒，搖頭。「當時太匆忙了，只看見了背影。」

雲裳望了望昏暗的密林，這個天氣，實在不好尋人，於是吩咐道：「再找找。」

等了一會兒，派去其他地方的護衛回來了。「小姐，四處看過了，沒有腳印。不過，路上我們又遇到了幾個刺客，嘴裡問不出一個字，就處理掉了。」

雲裳擰眉沈思，這麼大的雨，按理若是有人走過，一定會留下腳印的。可他們尋了這麼久，卻毫無所獲。

難不成，顧老太爺根本就沒有離開竹屋？

念頭一起，雲裳問道：「你們幾人伺候老太爺？」

「三人，小的是前兩年才被派到老太爺身邊伺候的，其餘兩個，跟隨老太爺從北冥過來的，我們都對老太爺忠心耿耿。」家丁老老實實答道，說到此處，他憂心忡忡。「雲小姐，我們老太爺不會是出事了吧？」

「若是老太爺出事，那些人早就收手了，想必也是沒尋到人。」雲裳若有所思。「刺客出現的時候，老太爺在哪兒，你們又在哪兒？」

「老太爺當時在書房，小的先看到刺客，阿衛和阿津在書房伺候老太爺。」

雲裳心裡隱隱有了主意，他吩咐其他人繼續在周圍尋找，帶著車夫趕去了顧老太爺的住處。

趕到竹屋的時候，那兒被翻了底朝天，雲裳問家丁有沒有密道，那家丁搖搖頭。「未曾見過。」

徐嬤嬤精明，一聽就聽出了蹊蹺。「小姐懷疑，老太爺還藏在竹屋裡？」

雲裳點頭。

老太爺在官場混跡多年，肯定十分精明，應該為自己留有後手，當時家丁只看到背影，有可能是另外兩個小廝假扮的。這家丁才伺候兩年，還不被重用，就算有密道，也不可能告訴他。

雲裳喚了幾聲，也沒聽到回應，吩咐護衛裡外翻找。

跟過來的護衛都是親衛，都是機靈的，搜了一會兒，果然在書房找到了一個機關。

雲裳跟過去看，密道很小，走了一會兒，通道越來越窄，盡頭只有一個小洞口。

護衛趴在地上看了一會兒。「小姐，裡面太深了，很黑，什麼都沒看到。」

雲裳湊上前。「能下去嗎？」

護衛回頭看了看其他人，搖頭。「洞口比較小，我們幾個的身子都鑽不下去。」

雲裳蹲下身，讓玉奴給自己拿了兩個火摺子，認真看了一會兒，發現洞口旁邊有新泥掉落的痕跡，試著往裡面喊了幾聲，卻沒有什麼回應。思慮片刻，就拿定了主意。「我先下去看看情況，等會兒你們把洞口挖開，再跟下去。」

徐嬤嬤臉色乍變。「小姐，底下也不知是何情況，太危險了，您不能下去。」

「這洞口小，只有我能下去。不用怕，我練過武，不會出什麼事的。」

徐嬤嬤怎麼都不同意。「不行，小姐若是出了事，族裡就都亂套了。」

「你們把握時間挖開洞口。」雲裳說完，不假思索的跳了下去，身子在洞口卡了須臾，就順利滑下去了。

緊接著，響起了徐嬤嬤的尖叫聲。「小姐！」

第十三章

洞的高度比雲裳想的要高許多，身子撞擊在地面的一剎那，雲裳感覺自己全身的骨頭要斷了。

雙腿疼得她淚光閃閃，眼冒金星，眼裡一片昏暗，緩了許久，等背後的痛意減輕了，她雙手撐在地面，緩慢起身。

頭上，是徐嬤嬤擔憂的問話。「小姐，怎麼樣？」

雲裳嚥了嚥口水，剛要回答，脖頸處一片冰涼。

她頓住身子。

身後，傳來一道蒼老冷冽的聲音。「妳是誰？」

雲裳側頭，背後有燭火閃動，她脖子上的匕首鋒芒逼人。她一動，匕首離她的脖子又近了一分。「別動！」

雲裳柔聲道：「顧老太爺，我姓雲，名裳，是影石族少族長，前些日子剛與顧公子訂了婚約，住進顧家。」

背後的人明顯一愣，匕首離她的脖子遠了一寸。

「妳怎麼找到這兒的？」

「今日是我祖母的祭日，我帶著府中下人去山上掃墓，回去的路上，遇到了您身邊的家丁，知道您遇刺，便派人四處搜尋，但是一直沒找到人，就想著，您可能沒有離開竹屋，便帶人過來了。然後就發現了這條密道，因為洞口小，我就一個人下來了。」

就在這時，得不到回應的徐嬤嬤焦灼萬分。「小姐，您沒事吧？」

雲裳抬頭，剛要回應，脖子上又冰冰涼涼的。

她淺笑道：「老太爺不用擔心，是我的奶娘和雲家的護衛在上面，若是我不回話，只怕他們就要鑿開這地方了。」

說著，雲裳清了清嗓子，大聲應道：「嬤嬤，我沒事。」

徐嬤嬤總算吁了一口氣。「小姐，您別害怕，老奴很快就下去陪您。」

雲裳應了一聲好，隨後，背後一陣窸窸窣窣的腳步聲，不一會兒，周圍突然變得明亮起來。

雲裳回頭，是顧興在點蠟燭。

從背影來看，他的身材雖然有點清瘦，但是從洞口是下不來的。

點好蠟燭，顧興轉過頭來，看了看她，一臉慈眉善目。「妳便是雲裳？」

雲裳點頭，剛要站起來，扯到了腿上的傷口，踉蹌著摔回地上。顧興走過去，把她扶起來。

雲裳坐下後，打量了一下周圍的環境，是個小屋子，裡面簡單的擺放了桌椅，有一個木門，應該是通向別處的。

她只是看了兩眼，便收回目光，這才發現顧興雙腳有點瘸，擔憂道：「您受傷了？」

顧興嘆了口氣。「無礙，倒是阿衛和阿津，唉……」這兩個孩子，怕是性命難保。

「妳剛剛是因為擔心我出事，才從那兒下來的？」

雲裳知道顧興口中的那兒便是那個狹窄的洞口，她點頭。「是。」

顧興淺笑。「妳怎麼篤定我在這兒？」

「我不知道您在這兒。」雲裳實話實說。「只是實在找不到人了，又找到了這個密道，就想下來碰碰運氣。」

顧興笑笑不語，轉頭去一張桌子那兒，拿了一瓶藥回來。

「先搽藥吧。」

雲裳也不客氣，掀開褲腿，發現腿上擦破了好幾塊皮。處理傷口的時候，她感覺顧興的目光一直注視著她，剛想開口打破僵局，顧興先說話了。

「我一大把年紀了，這條命不值錢，倒是雲小姐，為了救我受傷，我這心裡實在是過意不去。」顧興的語氣很平淡，雲裳從他眼中看到了猜疑。

她本就生性敏感，一看便會意。

其實顧興的猜疑沒有錯，雲顧兩家雖有婚約，可沒有舉行婚禮之前，和顧家是沒有半點血緣關係的，甚至連人都沒見過，兩人之間沒有一點情感。

她今日為了救顧興，可以說是豁出了性命，免不了讓人猜測。

顧興這個年紀了，肯定也看得出來蹊蹺。

雲裳低頭把衣服理好，道：「老太爺不必客氣，這些都是雲裳該做的。原本是想讓護衛下來一探究竟的，奈何洞口太小，心裡又著實擔憂您的安危，顧不上別的，便下來了。」

顧興是個聰明人，他猜不透雲裳的用意，也沒有再去問，拿起旁邊的一根蠟燭。「跟我來吧。」

雲裳跟在他身後，從木門出去，這才發現有一條小路。

顧興走在前面，雖未回頭，但彷彿知道她此刻在想什麼。「這條路是通向上面的。」

雲裳一點就通。「您之前是從這條路下來的？」

「嗯。」顧興輕笑了一聲。「那個洞口，只有身材清瘦的孩子能下來，一般人是不會懷疑的。」

說著這話的功夫，兩人已開始上了石階。

雲裳恍然。「那個洞口是用來迷惑人的？」

顧興沒有應，他停了下來，伸手轉動一個花瓶，門就開了。

徐嬤嬤一看見他們，欣喜若狂。「小姐，您上來了。」

玉奴小跑到她面前，把人扶住。看見她平安無恙，那些護衛停下了手中的活兒。

兩人剛從密道裡出來，門就自動關上了。

雲裳往後看了看，不由得在心裡暗暗驚嘆，顧興果然不是一般人，隱居山林多年，也沒有忘記自己的境況。想來今日遭遇他早就想到了，才事先挖了一個密道，以備不時之需。機關不僅做得精巧，還會掩人耳目，故意留下一個小洞口，打消別人的疑慮，真的是老謀深算。

徐嬤嬤心有餘悸的拍了拍胸口。「小姐，您可擔心死老奴了，以後可不許再這樣了。」

雲裳握住她的手，安撫的笑笑。「我這不是沒事嗎？回府了再說。」

說完，她看向顧興。「顧老太爺，此地不宜久留，老太爺，您先跟著我回城裡躲避幾天吧。」

顧興想了想，沒有推辭，點頭道：「那就煩勞雲小姐了。」

誰知話剛說完，腳剛踏出去，身子便倒在了地上。

雲裳面色一變。

徐嬤嬤蹲下身。「顧老太爺？」

「來人——」雲裳剛想喚護衛把人帶回府，就看見門外風風火火的跑進來一人，面色焦灼的喚道：「祖父，祖父……」

顧興一動不動的，顧閆也不知道情況如何，下意識探鼻息，發現人還有氣，趕緊把人揹到背上。

臨走前，他回頭意味不明的看了雲裳一眼，什麼也沒說。

緊跟上來的阿福在門口和他撞了個正著，還沒弄清楚狀況，就發現人要走了，趕緊跟上去。「這……公子，等等我。」

顧閆是跑來的，來得急，沒有什麼準備，如今顧興還在昏迷之中，外頭又下著雨，顧閆火燒火燎的到門外的時候，他放緩了步子，扭頭徵詢雲裳的意見。「雲姑娘，可否借妳的馬車一用？」

雲裳點頭同意。

顧閆對顧興的感情十分深厚，顧興一直不醒，他也亂了陣腳，抓著顧興的手，急得不知道該做什麼。他這一路趕得很急，衣裳都濕透了。

雲裳安撫道：「顧公子不用著急……」

顧閆高聲打斷她。「妳懂什麼？」

雲裳被他吼得一愣，徐嬤嬤聽到聲音，掀開車簾。「小姐，沒事吧？」

顧閆這才反應過來，他因為過於心急失態了。「雲姑娘，對不起。」

雲裳沒放在心上，對他淡淡一笑。「顧公子客氣了。」

若是今日出事的是她的家人，她比顧閆還急。

然而雲裳不知道，顧閆心裡怕極了，他一直在探顧興的氣息，反覆多次，也沒能安下心來。上一世，他最後一次見到顧興，是顧興摔得七零八落的屍首，因為掉下懸崖的時候，撞在了石頭上，腦袋和身子分離，血肉模糊，慘不忍睹。

如今情境不同往日，他害怕，顧興這一世還是沒能留住性命。

雲裳每次見到顧閆，他不是鎮定自若，便是態度冷漠，從未見他像今天這般手足無措。見他掉眼淚，心有不忍。「我見到顧老太爺的時候，他還是好好的，沒有受傷，應該是驚嚇過度暈過去了，等回到城裡，我就找最好的大夫來幫老太爺看看。」

顧閆抹了抹眼角，哽咽道：「多謝雲姑娘。」

雲裳也不知道怎麼安慰他了，只好不作聲。觀察他的功夫，發現他的手臂擦破了一大塊皮，血還沒有止住，衣裳上都是泥濘。應該是聽到消息以後，來得太匆忙，在路上摔著了。

雲裳猶豫一會兒，掏出手帕，幫他擦拭傷口。

顧閆身子一僵。

雲裳一點也不扭捏。「你這傷口，要是不及時處理，會惡化的。剛剛顧老太爺給了我一瓶藥，還剩一些，我幫你搽。」

顧閆看到她手裡的藥，鎮定不少。那是他以前給祖父的藥，雲裳沒有撒謊。他怔怔的看著雲裳，心裡百味陳雜。

是這女子救了祖父。

「好了。」雲裳往他傷口上呼了一口氣，用自己的手帕幫他包住傷口。「回到城裡讓大夫再包紮一下，就沒什麼事了。」

呼吸掠過傷口，有點疼，又有點癢，顧閆心裡莫名有點堵，別過臉。「煩勞了。」

雲裳笑著打趣。「顧公子，你今日欠我這人情，怕是這輩子都還不了了。」

顧閆轉過頭，一時不知如何回話。

回到顧府的時候，就有大夫在候著了。

顧閆揹著顧興一路跑，顧翰和顧夫人跟在後面，都沒來得及搭上話，人就到屋裡了。

回到城裡，自然就沒人敢再動手了，雲裳沒跟過去，回了自己的屋子。

徐嬤嬤幫她也請了一個大夫。

送走大夫後，雲裳讓玉奴去準備一桶熱水，沐浴更衣。

一番折騰下來，便到深夜了。聽到顧興醒了，雲裳派徐嬤嬤過去問候，就準備歇下。

門外有婢女過來通稟。「小姐，顧夫人來了。」

雲裳披了件外衣，讓玉奴把人帶進來。

顧夫人原來是送湯來了，徐嬤嬤幫她拿了張椅子，顧夫人笑著推辭了。

「雲小姐，聽說是妳救了父親的命，我代表顧家過來跟妳道聲謝。外邊下雨，這湯是送過來給妳暖身子的。」

玉奴把湯接過來，雲裳看了眼，是雞湯。剛剛沐浴前徐嬤嬤幫她弄過一碗暖身子了，但顧夫人一番好意，她也不好拒絕，喝了一口。

「謝謝夫人，這雞湯很好喝。」

顧夫人原本是過來聊表心意的，沒想到雲裳真的會領情，不過看見雲裳喝湯她心裡十分高興。

「承蒙雲小姐相救，父親已經醒過來了。父親受了點傷，不便走動，老爺和閆兒擔心父親的身子，現在還在身旁守著，等明日有空了，才能親自過來道謝。」

雲裳驚訝道：「老太爺受傷了嗎？」

顧夫人嘆了口氣。「躲避刺客的時候摔了一跤，腰部受了點外傷。父親年紀大了，身子骨不好，恢復得慢，怕是要養好些時日。」

雲裳頷首。「是該養著。」

難怪在密道的時候她並未看出什麼不妥，後來顧老太爺無故摔倒她還詫異得緊，原來是受傷了，只是並未告知她。

一面之緣，怕是老太爺還不放心她，防著呢。

不過老太爺的命，總算保下來了，這是不幸中的萬幸。

「雲小姐……」顧夫人面露難色，欲言又止。「有個不情之請……」

雲裳大抵能猜到她想說什麼。「夫人有話但說無妨，只要雲裳能幫得上忙，必當義不容辭。」

「父親之前並未結下什麼仇家，如今卻有人想取他性命。依顧家現在的處境，很難追查出對方的身分，老爺的意思也是不查了。但我有點擔心，那些刺客還會再出現，顧家現在也沒什麼護衛……」

顧夫人沒把話說全，意思卻不言而喻。

雲裳順著她的話道：「夫人想讓我派幾個護衛保護老太爺。」

一語中的，顧夫人難為情道：「雲小姐，於情於理妳是沒有本分幫顧家的，我顧家也沒有臉面來求這個情面，可我和老爺，實在是沒別的辦法了。」

看得出來，顧夫人是下了很大的決心，才過來求人情的。

顧家矜貴，雖然在朝局爭鬥中落勢，但顧興和顧翰性子清高。若不是情非得已，顧夫人是不會拉下這個臉面求雲裳這個孩子的。她也是個高傲之人，但來了影石城以後處處碰壁，想通了不少事情，就懂得求人了。

雲裳卻覺得，能屈能伸才是君子所為，顧夫人這麼做，反而生分了。不過這也在情理之中，她和顧闆畢竟還沒有正式辦婚事。

她笑著回應。「夫人放心，這城中如今還是我作主。」

顧夫人得到答覆，道了謝，便回去了。

顧老太爺這次受傷不輕，在床上躺了兩天也沒能起來。

雲裳請了城中幾個有名的大夫，診斷後的結果大同小異。顧老太爺受的外傷沒什麼大礙，但是這些年一直有病在身，心裡鬱結，經歷這麼一遭，病情加重了。

自古最難醫的是心病。

顧家的家事雲裳不好插手，每日派許大夫過去為顧老太爺看病，送些東西。由於收穀節之前，她不便住在外邊，就回雲家忙活自己的事情了。

她派人查探過後，對刺客的身分心裡有數，不過對方毀滅了證據，她就沒有讓人出手，打草驚蛇。

礙著雲裳的顏面，幾個長老派人來看了顧老太爺。

王鶩往顧家跑了幾次，一是看望顧老太爺的傷勢，二是和雲裳商量收穀節的事情。收穀節的前夜，王鶩傍晚的時候突然上門造訪。雲裳沒有多想，就讓人進屋說話了。簡單客套了幾句，王鶩說明來意。「少族長以前可認識顧家的親戚？」

他這話問得突然，雲裳怔了須臾，問他。「王管司怎麼會突然問這事？」

「家父早年在太醫院任職的時候，結交了幾個故友，其中一個便是顧家的表親，穆員外郎穆大人。穆大人有一獨子，字司逸，年十八，一表人才，年輕有為，贏得了前年殿試的探花，被皇上委以重任，派到影石城擔任監軍。來得晚，下午才到的，初來乍到不識路，一到城裡，便找到我，讓我帶過來雲府，跟少族長打個照面。」

聞言，雲裳心頭一震，聽到穆司逸三個字，臉色瞬間就變了。

他怎麼會提前來了？

雲裳還沒有心理準備，內心百味陳雜，沈默久了，王鶩都看出了點異樣。

「少族長？」

雲裳深吸一口氣，努力定住心神。

穆司逸出現比她預想中的要早些，但是這一世確實許多事情都發生了變化，也許真是因為這個原因，穆司逸來影石城的日子也提早了。

雲裳揉了揉額頭，淡笑道：「這兩日忙於收穀節的事情，心神疲憊，失態了。穆司逸這名字聽起來耳熟，好像聽顧公子說過。」

王鴛淺笑道：「不知少族長方不方便見穆公子，他現在在雲府門外候著。」

「既然來了，那便讓他進來吧。」

在穆司逸進門之前，雲裳已經調整好了思緒，從穆司逸踏進屋裡的那一刻，她就在打量著他。

穆司逸一直低著頭，走到王鴛旁邊，拱手道：「影石城新任監軍穆司逸見過少族長。」說完，緩緩抬起頭。

目光交錯的一剎那，雲裳還是沒忍住，心口揪緊，連呼吸都變得沈重了。

穆司逸還是以前的模樣，俊秀儒雅。誰能想到，這樣一個看來文質彬彬的人，未來為了登上高位不擇手段。

看著雲裳火辣辣的目光，穆司逸有些奇怪，瞥了眼一旁神色肅穆的徐嬤嬤，猜想她才是雲家的主事人，乾笑道：「趕路趕得急，提前派了人捎信給少族長，誰料那些人手腳不靈活，在路上耽擱了，還請少族長恕罪。」

這不過是官腔話罷了。不過來得這麼急促，肯定是朝廷那邊出了什麼事情，他也是臨時受命過來的。

雲裳道：「穆公子這一路可還好？」

「還好。」

「影石族民風與蒼梧多有不同，穆公子第一次過來，怕是還不習慣，也不熟悉，明日便是影石族的盛事收穀節，現在街上應該很熱鬧，穆公子可以去看看。」

穆司逸點了點頭。

徐嬤嬤看出雲裳有些疲憊，藉口說了有事需要雲裳去處理，王鶩和穆司逸就走了。

人走後，雲裳的雙手緩緩鬆開，掀開衣袖，手背被她摳出了幾個紅印子。

她咬了咬牙。

穆司逸，今生你休想在仕途上有所作為。

翌日天剛矇矇亮，徐嬤嬤就把雲裳叫起來，為她梳妝打扮。

雲裳穿了件繡著獅子圖案的紅色上衣，獅子是影石族的福獸，傳聞很多年前救了影石族的祖先，後來便一直被影石族供奉著。褲裙是深藍色的，花紋是稻穗的模樣，寓意著豐收。

雲裳的脖子上、手臂上，還有腳踝上，都掛了不少珠子和鐲子，髮飾是一頂獅子頭形狀的銀飾，有七、八斤重，沈甸甸的。

雲裳雖然還沒正式接任族長，但代表族長出席，按慣例，這是族長的穿戴。

她走了幾步路，頭飾跟著叮叮作響，不習慣這樣沈重的頭飾，她的身子也跟著歪歪扭扭的。

徐嬤嬤扶住她的頭飾，幫她重新戴好。「小姐，穩當些，今日是收穀節，可不能出差錯了。」

髮飾太沈了，壓得雲裳頭疼，她撇撇嘴。「嬤嬤，這頭飾我能不戴嗎？」

「小姐休要胡言！」徐嬤嬤打斷她，一臉肅色。「收穀節是什麼日子，豈能胡鬧，壞了規矩。」

雲裳扶了扶頭飾，從小她就不愛戴這些東西，覺得累贅，平時穿衣都以素雅為主，阿娘疼她，每次影石族舉行祭典的時候，都不讓她戴這麼重的頭飾。這是她第一次正式穿戴這些東西，很不適應。

徐嬤嬤怕頭飾掉了，找了東西幫她固定住。「現在時辰還早，小姐在屋裡先走一會兒，練習一下儀態。」

雲裳頷首，在屋裡練習了一會兒，覺得基本不會出什麼差錯了，玉奴才把早膳端上來。

天明時分，祭祀的儀仗在雲府門口候著，雲裳上轎前，顧夫人身邊的婢女雀兒送來了一個護身符。

玉奴檢查著這個護身符，疑惑道：「小姐，顧夫人怎麼給您送了個護身符？」

收穀節是盛事，人多，自然就容易出事情。王鴛和穆司逸都會前去觀禮，屆時也不知道會發生什麼樣的事。

仔細一想，顧夫人是怕收穀節生出事端，便送了一個護身符給她。估摸著，是為了報答她答應保護顧老太爺一事。

雲裳把護身符收到荷包裡，淺笑道：「顧夫人一片心意，我就收著吧。」

第十四章

雲裳到達祭祀場地的時候，那兒已經人山人海，所有族人全都盛裝出席，人聲鼎沸。按族例，收穀節無論老少，所有人都要出席。

祭祀地中央，是一座用石子鋪砌的祭祀臺。從平地到祭祀臺，總共有八十八層石梯，每一層石梯上都刻著栩栩如生的穀物和鳥獸圖案，巧奪天工。

隨著一聲「少族長來了」，瞬間寂靜無聲，所有人回頭，右手放在胸口上，齊聲行禮。「少族長。」

雲裳點點頭，徐嬤嬤和玉奴一人托著她的一隻手，帶著她往祭祀臺走。

地上鋪了一塊百丈長的紅布，到達祭祀臺的石階之前，雲裳要先接受三次浴禮。

第一個浴禮，是淨身，有兩個祭司分別站在紅布兩側，一人手裡抓著一個托盤，盤子裡盛了三樣東西，一根柳條，一把剪刀和一面鏡子。

另一人手裡盛了一盆水，這不是普通的水，是族中的祭司之前就準備好的炭水。祭司準備這盆水的時候，需要先對著水誦經念咒，然後挾起火堆裡燒得最紅的那塊炭，放入盆裡。

雲裳走過去的時候，拿水的祭司念了幾句咒語，舀了一小勺讓雲裳喝下，然後，拿過另一個祭司手中的柳條，在盆裡快速攪了攪，往雲裳身上揮灑。灑完後，用剪刀剪下雲裳的一縷秀髮，用繩子將秀髮與鏡子還有剪刀綁在一起。
石炭水有祛病的作用，每當族人感覺頭暈目眩或者眼睛莫名浮腫的時候，喝幾口石炭水或者用石炭水塗抹就會好了。而柳條、鏡子和剪刀都有驅邪的作用，族人進新屋或者感覺家中不乾淨，就會在門口掛上一根柳條，還有鏡子剪刀，這樣邪物就不能進屋了。
雲裳目視前方，盈盈一笑，坦然接受著浴禮。
這場浴禮，是為了祛除邪物，保佑族人平安順遂。
所有族人全都安安靜靜的在一旁看著，無人發出一點聲音。
完成第一場浴禮，雲裳往前走了五十步，就到第二場浴禮了，吃下祭司手中的百家飯，寓意著五穀豐登，百澤同享。
第三場浴禮，是舉著十斤重的大刀跪天祈福，保佑影石族人驍勇善戰，不打敗仗。
雲裳接過那把大刀，緩緩往上托舉，剛舉過頭頂，那把刀突然斷裂成三半，中間的部分掉落在地，差點砸中雲裳。
徐嬤嬤反應快，把雲裳拉開，幾乎是失聲道：「小姐小心！」
所有人都被這突如其來的變故嚇到了，聶察司臉色鐵青，扭頭質問旁邊的小祭司。「這是怎麼回事？」
這是收穀節第一次出現差錯！
那小祭司驚恐萬分地跪倒在地。「小的也不知道怎麼回事，刀是檢查好了的。」

忽然有人高聲道：「少族長德不配位，引得上天震怒，這才令威刀斷裂！」

雲裳尋聲望過去，聲音是從人群堆裡傳出來的，黑壓壓的一堆人，也不知道是誰說的。

那人好像也沒打算躲躲藏藏，直接撥開人群走出來，面色坦然的接受雲裳的注視。「我難道說錯了嗎？收穀節歷來就沒有出現過差錯，卻在少族長手中出了問題，這乃是上天的指示。」

此話一出，人們交頭接耳，議論紛紛。

雲裳面不改色，聲音堅定平和。「你見過上天？」

那人被問得一頭霧水，蹙眉道：「少族長這是什麼意思？」

雲裳冷笑。「你說威刀斷裂是上天的旨意，難道你和上天對話了不成？」

那男子被她噎住，但並沒有被威嚇到，回道：「族中向來只有男子才耍刀，歷代族長都是男的……」

雲裳思緒轉得飛快，高聲打斷。「我還尚未繼任族長之位，說來前幾日開族會的時候，我剛向各位族長表明自己不會繼任族長。今日也只是暫替族長來舉行儀式，這麼說來，是上天不滿我放棄族長之位！」

她就猜到，今日不會這麼簡單，沒想到這些人把主意打到浴禮上。

那人顯然沒預料到雲裳如此巧舌如簧，黑的都能說成白的，而且他無形中似乎給自己下了套，一時之間啞口無言。

聶察司看了看雲裳，又看了看斷裂的威刀，欲言又止。「少族長……」

雲裳把斷刀拿給他，一字一句道：「一切如舊。」

聶察司反應快，早就知道發生什麼了。收穀節祭祀的刀可是讓工匠前幾個月做的，堅不可摧，不可能說斷就斷，一定是有人動了手腳。

但這個節骨眼上，不宜生事，只能等慶典結束了，再把壞事的真凶抓出來。

於是他恢復神色，恭恭敬敬的向祭祀臺的方向伸手。「少族長請。」

雲裳一步一步往祭祀臺上走。

經她剛剛這麼一說，底下無人發出反對之聲。

徐嬤嬤剛緩過神來，低聲道：「小姐，小心些，祭祀臺上，恐怕也被動了手腳。」

雲裳淡淡一笑。「無事，兵來將擋水來土掩。」

等慶典一過，她再慢慢找他們算帳。

說完，她驟然轉身回頭，目光從眾人臉上掃過，最後定在王鴛身上。

她一字一句朗聲道：「影石族的子民們，今日是我族的祭祀大典，無論威刀斷裂是有人有意為之還是天意，都不會破壞我們的福分。為了讓慶典順利進行，上祭祀臺前，必須要檢查一番。若是祭祀臺有問題，真相不言而喻。」

話說完她給聶察司使了一個眼色。

剛剛那人又道：「少族長不按慣例舉行祭祀大典，乃是壞了祖宗的規矩。」

雲裳輕笑。「你三番五次出言擾亂祭祀大典，莫非是奸細？」

那人臉色驟然一變。「少族長莫要血口噴人！」

雲裳大聲呵斥。「今日慶典，非族長、非高位者不可出聲，你卻一而再再而三擾亂祭祀大典，意欲何為？來人，將此人拖下去。」

護衛們眼疾手快，在那人還沒開口前，就把人帶下去了。

聶察司上臺階檢查的時候，發現臺上有人鬼鬼祟祟的，暗叫一聲不妙，飛快跑了過去。

那人的手剛要觸碰到祭祀臺，就被一把速度極快的大刀砍斷了。霎時，斷手落地，血淋淋的一片，他痛得大叫一聲。

大刀插在地上，明晃晃的，映出那人扭曲的臉。

聶察司飛身至他面前，快速拔出刀，抵在他的脖子上。

「你是何人？」

那人顯然已知事情敗露，跪在地上裝傻充愣。「聶察司，小的看見香要滅了，是過來點香的。」

這小伎倆豈能欺瞞得了聶察司，他冷哼一聲。「祭祀臺閒雜人等不可靠近，你非祭司，不應該出現在這兒，說，誰派你來的！」

臺階很高，底下眾人看不到上面發生了什麼，又開始附耳竊竊私語起來。

幾個祭司感覺事情不對，小跑上去看情況。

剛趕到，就看到一個斷了手臂的人在痛苦哀號著，對著聶察司不斷磕頭求饒。「小的剛進入祭天院，不知道規矩，請聶察司恕罪。」

看著地上那隻斷手，還有一灘血水，幾個祭司臉色頓時就變了。其中一個，哀叫幾聲「天亡我影石族也」後暈了。

聶察司只是瞥了他們一眼，沒有任何解釋，對不明身分的那人冷哼道：「你說你是新來的，卻知道我的名字。」

那人身子一僵，剛剛他太心急，露餡了，垂眸正想著說辭。

一個祭司指著聶察司，氣得渾身發抖。「聶察司，收穀節不宜見血，你、你這是與老天作對啊！」

聶察司只是淡淡應道：「事出有因，還請幾位先移步臺下，待我把這兒收拾好了，再把少族長請上來。」

那人咬牙道：「刀斷了，血也濺了，還怎麼舉行祭祀大典。」

聶察司鐵青著臉色。「祭祀時辰未到，請幾位祭司移步臺下。」

祭祀大典的日期不能更改，必須如期進行，即便有人壞事，那也不能耽擱。

這一會兒，聶察司身邊的幾個護衛上來，他吩咐他們把人帶下去，並把地面處理乾淨。

那些祭司還想說話，被護衛推搡下去了，氣得咬牙切齒。

聶察司絲毫不理會，他裡裡外外把祭祀的爐鼎翻了一遍，果然找到了東西。

那些祭司下去的時候，有的人是被抬走的。
百姓們不知道發生了什麼，但猜測祭祀臺上肯定是出了事，議論聲越來越大，有幾個孩子過於害怕，哭了。
雲裳沒有出聲安撫，平靜的看著他們。
她猜想事情還沒有完，等那些人把一樁樁事情都辦了，她再伺機而動，將人一網打盡。
果不其然，聶察司剛向眾人宣布自己在祭祀爐鼎裡找到一個裝有毒粉的香囊，向百姓們解釋有人故意破壞大典，就聽見有人驚恐的喊道：「不好了，城北新出現了一樁命案，死狀和李木匠一模一樣。」
眾人一陣譁然，這個消息讓原本就亂的局面變得更亂了。
雲裳偏頭，壓低聲音道：「剛剛臺上是否有人？」
聶察司點頭。「屬下已讓人把他帶回衙門了。」
「讓他們把人帶回這兒，然後你去查城北的命案，這兒交給我。」
聶察司蹙眉道：「這兒危險，屬下若是走了，恐怕少族長有危險。」
雲裳從容道：「無礙，他們傷不了我，你去便是。」
聶察司權衡了一下輕重，便去了。
幾位長老都沒有出聲，雲裳也沒有，她看著混亂的人群，無動於衷。
許久，等議論聲小下來了，那個斷手之人也被帶回來，她才緩緩道：「不知各位可還記得，影石族第一次舉行收穀節的時候，是用什麼祭奠上天的？」

聲音十分洪亮，加上有回聲，臺下的百姓聽得一清二楚。

眾人安靜下來，卻無人作答，他們不知道雲裳為何要重提舊事，但是有些人在低頭認真回想著。

雲裳一字一句道：「或許你們都忘記了，但我知道，那便是以血祭之，慰予亡靈。」

聽到這話，所有百姓默不作聲，大都露出不解之色。影石族從建族以來，已超過百年，祖宗的事跡到這一輩，已鮮少有人說了。

倒是那幾個長老和祭司，聽到這八個字，再看到雲裳身邊那個斷了一隻手掌而痛不欲生的人，面色皆變得複雜起來。

傳聞當年影石族的老祖宗，是逃難的苦命百姓，為了躲避戰亂，跑到十分閉塞的地方，那兒盜匪猖獗，時常暗襲老祖宗，並且把老祖宗種的穀物搶得乾乾淨淨。有一年乾旱無收，老祖宗合力抓住幾個盜匪，用他們的血祭奠上天，過沒多久，下了一場暴雨，隔年大豐收。老祖宗便定下收穀節的祭祀傳統。

只是這祭祀方法太過殘忍，百年前便取消了，取而代之的是動物的血。

「若是大家都忘了的話，就讓我告訴你們，當年我們的老祖宗遭遇饑荒，奄奄一息，直到用人血祭祀，才活了下來。」

雲裳一邊觀察著他們的神色變化，一邊加重語氣。「這人意圖毀壞祭祀臺，其心可誅。

今日我便仿效老祖宗，以他的血祭奠上天，尋求上天恩澤。」

所有人的臉色都難看極了。

雖然沒人親眼目睹過用人血祭奠的場面，但血腥程度可想而知，有些人嚇得捂住自家孩子的眼睛。

偌大的祭祀臺下，沒有一丁點聲音發出來。沒人想到，他們年幼的少族長如此暴戾。

雲裳想看的，就是他們害怕的模樣。

王鶩此刻正低著頭，看不見他的表情。

雲裳喚玉奴尋一個乾淨的盆來。

玉奴錯愕之餘，有些害怕。「小姐，真的要……」

她猶豫片刻也沒能把後面的話說出來。

她倒不是同情昏迷的男人，而是擔憂雲裳失去威信。雖然這男人壞了收穀節，但是小姐完全可以事後算帳。眾目睽睽之下要了這男人的命，所有人都會覺得小姐暴虐無道，德不配位。

雲裳的命令不容置喙。「去吧。」

玉奴遲疑一會兒，還是去了，等取來乾淨的盆子，雲裳掏出手帕擦了擦手，然後抽出腰間的匕首，認真擦拭著。

徐嬤嬤在一旁看著，一言不發。

因為依她對雲裳的瞭解，雲裳不會真的要了這個人的命，只會取走他的一點血，威懾眾人，讓他們不敢再搗亂。

玉奴年紀還小，自然是想不明白，雙手顫抖，雲裳還沒取血呢，就先把眼睛瞇上了。

徐嬤嬤接過她手裡的人，蹲下身子，把盆放在那男人的手下。

那男人似乎察覺到了危險，醒了過來，他的傷口還沒有處理，疼得他齜牙咧嘴。

一睜眼，他便看到雲裳的盈盈笑臉，本能令他膽顫心驚，艱難的吞了吞口水。「少……少族長。」

雲裳彎下腰，抓著匕首，輕輕拍著他的臉，冷聲道：「我最不喜歡別人壞我的事情。」

看到那把匕首，自己渾身又被捆綁著，那人隱隱能猜到接下來會發生什麼，又不好往下想。

他哭喪著臉。「少族長，小的不是故意的，您別殺了小的。」

雲裳懶得多費口舌，她給徐嬤嬤使了眼色，徐嬤嬤按住他那隻完好的手臂。

雲裳手中的匕首從那人的臉頰移到他的眼睛上，又移到肚子上，反覆來回多次。這種未知的恐懼最讓人煎熬，那人嚇得掙扎和尖叫。

玉奴不敢看，快速背過身。

雲盛走上來，看了看那些百姓，壓低聲音道：「阿裳，收穀節上不得胡鬧。」

雲裳轉過頭，面無表情道：「大長老，祭祀儀式未完，非祭司和族長不可踏上高臺，你未經允許擅自上來，才是壞了規矩。請大長老回到原位等待。」

雲盛垮下臉來，彷彿被人當頭一棒。

不過他出了面，有些膽子大的人開始交談起來。雲裳深恐有變，毫不猶豫的對著那人的手劃下一刀。

血滴在盆上，滴滴答答的，格外的響。

那人哀號著。

徐嬤嬤下意識捂住他的嘴巴。

雲裳輕輕把她的手拿開，任由那人鬼哭狼嚎，許是這人的聲音或許撕心裂肺，那些微弱的交談聲瞬間就消失了。

雲盛大概也是沒想到雲裳如此果斷，心狠手辣，不知道是被嚇到還是在想別的事情，陰沈著臉，沒有說話。

雲裳拿出手帕擦拭匕首上的血跡，等血沒過盆底了，那人也暈了過去，便吩咐護衛把人帶走。

她小聲道：「幫他找個大夫，我要留活口。」

護衛們應聲把人帶下去，一切歸於平靜。

雲裳起身，面對著所有百姓，朗聲道：「祭祀儀式繼續。」

也許是她的手腕和魄力把百姓們威懾住了，沒有人出聲反對，只有幾個人慌張的安撫著自己受驚的孩子。

儀式按部就班進行，直到祭司奏樂，祭典散場，中途都沒有再發生過任何變故。一曲吉樂過後，雲裳吩咐眾人離去，等到黃昏時分，場上只剩下幾個人。

雲裳看了看留下來的人，幾個長老和王鶩、穆司逸，除了這幾個意料之中的人，還有讓她始料未及的顧闓。

顧家人早上並沒有過來，中途雲裳也觀察了幾次人群，都沒有發現顧闓，也不知道他是什麼時候來的。

她按捺下驚訝，不動聲色的淨好手，走下高臺。「王管司，穆公子，怎麼還沒走？」走近一看，她才發現穆司逸面色蒼白，沒有絲毫血色。

看來被嚇得不輕。

雲裳今天的所作所為衝擊力太大，就連王鶩到現在也沒緩過神來，笑得比哭還難看。「王某是客，第一次觀禮，不敢先行離去。」

穆司逸木訥的跟著點頭。「是，是的。」

雲裳把他們的反應都看在眼裡。「辛苦兩位了，稍後請移步到雲府，共用晚膳。」

說完，轉頭看向三長老，淺笑道：「今日遵循祖令，以人血祭奠，上天一定會保佑影石族歲豐年稔，平安順遂，小人不敢再從中作梗，挑撥離間。」

說者有意，聽者也有心。

三長老坦然笑著，點頭附和。「少族長所言不假。」

這會兒有個家丁過來回話，說都收拾妥當了，雲裳便招呼所有人離開。

經過顧闓身旁的時候，她特意提了一句。「顧公子等會兒與我共乘一輛馬車回去吧。」

顧闓本意不想來，但是他想揪出傷害顧興的凶手，猜測到能從收穀節上找到蛛絲馬跡，這才過來，沒想到親眼目睹了一場鬧劇。

他一生見過不少殺戮，卻從未見過一個九歲的女孩，殺人的時候眼睛眨都不眨一下。

他越發確信，自己從未瞭解過這個女子。

回去的路上，顧闓一言不發，或者說，他根本不知道從何說起。

雲裳開口打破平靜。「顧老太爺身子可有好轉？」

顧闓語氣平平。「好多了。」

雲裳笑著點了點頭。

兩人沒有話可聊，雲裳也不勉強與他交談。

她掀開車簾，囑咐著徐嬤嬤。

給幾位長老和王鶩送什麼禮，晚膳讓下人準備什麼菜，找哪些人去城北幫助聶察司，讓誰去看管白天被她取了血的男人，將人關押在什麼地方。

一樁樁，事無巨細。

顧闓就算不想去聽，坐在旁邊，也全聽了個一清二楚。面上雖然不動聲色，心裡已經彷佛有驚濤駭浪在翻滾。

一般人，經歷了白天這麼多事情，就算不害怕，也會手忙腳亂，雲裳不僅有條不紊，還能記得所有事情，也知道怎麼處理後續之事。

這不是一個小女孩可以辦到的。

徐嬤嬤把雲裳的話熟記於心，先行騎馬回府去準備這些事情。

雲裳在心裡暗暗盤算著，確認沒有事情遺漏了，這才躺在軟榻上，閉眼歇息。

餘光瞥到她閉眼了，顧閆才側頭看過去。親耳聽到雲裳的鼾聲響起，這景象對顧閆的衝擊，比一整天的各種事件還要強烈得多。

竟然睡著了。

馬車緩緩往城裡的方向駛，進城前，雲裳醒了過來。

她這一覺睡得很安穩，睡夠了，腦子也跟著變得清醒。肚子有點空，她讓玉奴拿祭祀剩下的一些東西墊肚子。

察覺顧閆的目光一直沒有從自己身上移開，她伸出手。「顧公子吃嗎？」

顧閆猶豫一瞬，隨手挑起一個果子。他吃東西很文雅，一小口一小口的咬著。

雲裳不知為何，就想起了秋試的事情，道：「顧公子今日可有讀書？」

顧閆眉頭微微一皺，思忖著措辭。

「秋試就要到了，顧公子可得抓緊時間，錯過這次機會，以後可就很難了。」

顧閆這次沒有反駁，而是問道：「雲姑娘就這麼有把握，我能順利通過秋試？」

「有志者事竟成，無論成與不成，都應該試一試。」

顧閆默聲。

雲裳就當作他是同意了。「等過幾天影石族的事情都打點好了，我便和顧公子一起，動身前往慶城，顧公子記得做好準備。」

這時，玉奴敲了敲窗扉，輕喚道：「小姐，到了。」

馬車停下，玉奴掀開車簾，府中家丁搬出幾個凳子，放在馬車旁。

玉奴攙扶著雲裳下馬車，雲裳抬頭看著雲府的牌匾，意味深長的笑了笑。

今夜，不知有多少人不得安寧。

第十五章

晚膳過後，王鶩便藉口離開了，幾個長老也離開得早。

雲裳刻意讓穆司逸留下，穆司逸看著她，有點不知所措，不過也很快鎮靜下來。

「少族長把下官留下，可是關於監軍的事情要交代？」

雲裳不語，上上下下、仔仔細細的打量著他。

這個時候的穆司逸，長得還是清秀斯文的，忽略他的所作所為，他的容貌和氣質在這城中都算得上是佼佼者，亦是外人看來最適合她的郎君人選。

她當年也是這麼認為的。

兩人最初相識的幾年裡，穆司逸對她溫厚，或許是因為當時的她無論身世還是地位都比他略高一籌，因此他始終事事以她優先。

直到兩個人去了天蘭之後，穆司逸徹底變了。

人心使然，還是他本性如此，雲裳不知道。過去的那些事情，她也不想再回憶。但是穆司逸當初是靠著她，一步步算計登上高位的，為了榮華富貴又狠心將她除掉。

這個仇，她不會忘。

今生，她會利用自己手中的權勢，將穆司逸的仕途之路一步步毀掉。

雲裳的眼神過於大膽炙熱，穆司逸被她盯得不自在，疑惑的看了看自己的穿著，問道：「少族長，我身上有什麼東西嗎？」

雲裳收回目光，笑得寡淡。「沒什麼，只是看到穆公子長得十分儒雅，不同於我見過的男人，便忍不住多看了幾眼。」

被她這麼一誇，穆司逸的臉頰微微發燙。「少族長謬讚了。」

雖然已經有城府，但畢竟初涉官場，穆司逸算起來還是略顯稚嫩。

看著他這張臉，雲裳如鯁在喉，興趣索然。「穆公子剛剛來影石城，對這兒的情況並不瞭解，上任的事情還不急，等過兩日聶察司閒下來了，我再命他把監軍要做的事宜告知穆公子。時辰不早了，穆公子早些回去吧。」

逐客令已下，穆司逸求之不得，頓時就鬆了一口氣，拜禮之後便離開雲府。

等離雲府遠些了，他扭頭問旁邊跟隨自己多年的書僮穆添。「穆添，你有沒有覺得，雲小姐對我有敵意？」

穆司逸與雲裳見面的時候，穆添也在屋裡，只不過他地位低微，不敢抬頭四處觀看，並未看到雲裳的神色，被穆司逸這麼一問，他也懵了。

他這人機靈，很快就分析出了緣由。「公子是不是覺得，雲小姐並不想讓您擔任影石城的新任監軍？若是如此，公子不必在意，因為小的一直聽聞影石族人心高氣傲，內心不服朝廷的管轄，不想讓您來當監軍，也在情理之中。」

穆司逸搖搖頭。「我總覺得，並不是這個原因。」
雲小姐每次雖然笑咪咪的，但他總覺得是笑裡藏刀，被她盯得心裡發悸。
但他就是說不出來那種感覺，如果真要追根究柢，那便是雲小姐對他有惡意，可是他們才見了兩面，從未交惡。
穆添默了默。「這雲小姐年紀雖小，卻心狠手辣。相由心生，小的覺得，她這人不好相處，要遠離才是。」
穆司逸只道是自己多想了，嘆了口氣，便沒再說下去了。
雲府裡風平浪靜，城中卻腥風血雨。
夜色無邊，冷風陣陣，百姓們早早便熄燈入睡，街道上冷冷清清的，空無一人。
有兩批黑衣人在夜裡潛伏，對峙許久，終是有人按捺不住，先行現身，兵刃相接。
一條古老僻靜的街道，血流了滿地。
是夜，雲裳輾轉反側，毫無睡意，便起來點亮燭火。
徐嬤嬤見到光，匆匆進入內室。「小姐又睡不著了嗎？」
雲裳起身穿衣。「聶察司可來過？」
「未曾，聽衙門的人說，聶察司一直沒有回去，也不在城北。」
雲裳蹙眉。「那樁命案呢，有眉目了嗎？」

徐嬤嬤搖搖頭。「老奴派出去的人，也還沒有回來。」

那便是情況不明了。

雲裳算了下時辰，這一會兒已經是子時了，幾個時辰過去，聶察司全然沒有消息，這可不是好事。

她忽然覺得，自己算錯了。

她固然成功威懾住了族人，可那些人既然敢動手，就說明他們從一開始就沒打算躲在暗處。

與其坐以待斃，不如賭一把，畢竟人在她手中，以退為進，未嘗會比直接出手的結局要好。

不過這般明目張膽……

雲裳抿了口茶，輕笑道：「那便與他們玩一玩，嬤嬤，妳過來……」

徐嬤嬤上前附耳，隨後，面色凝重的出門了。

沒多久，玉奴進屋來了。

雲裳此時心裡格外平靜，自從醒來，她還是第一次這麼輕鬆，於是喚了玉奴，找幾本閒書，坐到窗邊的軟榻上，認真看著。

她以前喜歡看書，卻不是什麼四書五經，也不是女德，而是一些閒文雜記，那些內容寫得頗為有趣，拿來打發時間最好不過了。

她記得懷有身子的時候，只差沒把整個蒼梧國的閒書全都搜羅進府了。
當時不僅是為了打發時間，更重要的是想要瞭解朝中局勢，幫影石族摘掉造反的罪名。那些閒文裡的故事，並不全是胡編亂造的，有些是真人真事。
因為她記得，當時她看的一本閒文，書中那女子無論是性格還是遭遇都與她的經歷八九不離十，當時還覺得十分巧合，讀來有趣。
直到看見女子的丈夫正布局，準備殺掉與自己結縭多年的娘子時，覺得荒誕，便讓下人把書扔了。
沒想到穆司逸還真是如此。
不知道當時那些秘聞是怎麼被人知道的，又是何人書寫，但是如果當時她能留點心眼，也不至於含恨而終。
府裡沒有閒書，但是玉奴見過家丁在看，把所有人都喚出來，終是找到了一本。
那家丁十分捨不得，又不敢回絕，眼珠子都要瞪進書裡了。「玉奴姊姊，這本書難買得緊，小的花了好多錢才買到的，平時都捨不得看，妳可別弄壞了。」
玉奴道：「小姐看你買的書，是你的榮幸。你大字只識幾個，也看不明白什麼。」
那家丁愣住。「是小姐要看？」
說完，瞬間就換了一副面孔。「小的知道哪兒能買到這麼好看的書，若是小姐喜歡看，小的再去尋幾本來。」

玉奴懶得搭理他，把人打發走，便把書拿去給雲裳了。

雲裳翻開，第一頁潦草的寫著「才子佳人，天妒紅顏」幾個字，字跡雖然不好看，但好在還算工整，能勉強入眼，便細細閱讀起來。

待雲裳看完，眉頭皺得很緊。說了一聲荒唐。

「小姐，這書怎麼了，不好看嗎？」

雲碩一心想教化族人，改變族人目不識丁的風氣以及粗魯無禮的毛病，繼任族長以後便下令所有人都習字，還命人挨家挨戶發了一本書。因此雲府的下人，大多是識字的。

玉奴也是個愛習字的，剛才拿來的時候，事先翻看了眼，大致知道書中說了什麼。

這本閒文倒也沒寫什麼不入流的事情，描繪的是一個貴女走親之時，途中救了一個重傷的文弱書生，那書生長得極其俊美，才高八斗，談吐風雅，貴女被他的才貌所傾倒。

書生原本出自貴官之家，只是遭人陷害，一家被貶。後來全家被人迫害，只剩他一人，他參加秋試後，被當地縣令用計迫害，一路逃亡，遇到了貴女。

貴女愛慕和憐惜他的遭遇，為他留了銀子，並暗中幫他改了身分，後來書生獲得殿試狀元，短短幾年內，從一個小文官當到了宰相。貴女與他互相愛慕，成親以後琴瑟和鳴，奈何當朝公主也被書生的才情吸引，暗中給貴女下毒。

見雲裳發呆，玉奴道：「小姐，這些閒文都是說書先生瞎寫的，不然也不會不入流。貴女和宰相相愛，卻被公主一味毒藥斬斷姻緣，也虧得它是不入流的書，不然，寫這本閒文的先生，怕是已經死在牢裡了。」

天子家事，豈容他人妄自揣測，更別說是這般含沙射影，毀公主清譽的書了。

玉奴越想越覺得可笑，又有點好奇。「也不知道是哪個先生寫的這本閒文，也不怕被誅九族。」

雲裳只是笑笑。「世上無奇不有，雖寫得荒誕了些，但是也許真的存在著真事。」

雲裳細細回想了一下前世的事情，覺得這閒文怎麼看都像是顧閆和謝鶯的事情。但是她覺得不可思議的是，距離顧閆與謝鶯相識，還有幾年的時間，這書倒像是未卜先知。

莫非，寫書之人像她一樣，重活了一次。

這可能嗎？

或許只是一個巧合，只能當作奇聞異事來看了。

玉奴嘖嘖道：「也不知道是誰寫的，聽小廝的口氣，這本閒書廣為流傳呢。不過啊，好像是殘本，沒寫全。」

「是嗎？」雲裳奇道：「哪裡可以弄到其他殘卷？」

不知為何，她心裡突然冒出了一個可怕的念頭。

或許真的有人跟她一樣，重活一世，又故意把這個故事寫出來了呢？

玉奴搖搖頭。「奴婢也不知道，聽小廝的口氣，這本閒書並不好買。」

雲裳把書合上。「這是謄本，妳讓那小廝去打聽打聽，就說蒐集到殘卷，會有重賞。」

也許等看完了殘卷，這個故事到底是巧合，還是真如她心中大膽的猜測一樣，全都真相大白了。

玉奴才離開，過沒多久徐嬤嬤就回來了，帶回來的卻是聶察司受傷的消息。

事關重大，儘管已經深更半夜，但雲裳還是讓徐嬤嬤備了馬車，趕往刑衙司。

好在聶察司受的只是皮肉傷，也及時找了大夫，雲裳趕到的時候，傷口已經包紮好了，就是一時失血多，身子虛弱。

雲裳讓聶察司在床上躺著，不用起來行禮。

聶察司知道她為何而來，也不拐彎抹角，三言兩語就把事情交代得清清楚楚。

「少族長，動手的人是從慶城來的，不過他們嘴巴很緊，還沒來得及從他們的嘴巴裡套出話，就全部服毒身亡了。現在牢裡只剩下慶典上斷了手的那個活口，他骨頭硬，沒說一個字。」

「慶城？」雲裳語氣平緩，似乎是早就預料到了。「王管司今晚可在驛站？」

聶察司默了默？「下官派人去過驛站，人一直都在，只不過他身邊的護衛少了幾個。」

雲裳淡淡一笑。「出了此事，王管司怕是也嚇到了，玉奴，妳帶著幾個人去驛站，代我問候王管司。」

玉奴應聲而去。

雲裳問：「我們的人，死了多少個？」

旁邊一侍衛道：「回少族長，死了十四人，還有十五人受傷了。」

雲裳默聲片刻，這個人數遠比她想的多，對方這次架勢不小，稍處理不妥當，就會引起百姓們的恐慌。「安置好他們的家人。」

侍衛點了點頭。

「對方派出了幾個人？」

侍衛想了想。「清點了屍體，十九具，加上牢裡那個，二十個。」

雲裳低眉沈思。

膽敢在收穀節上動手腳，又在她的眼皮子底下行凶殺人。這背後的指使者，真的以為影石族沒落了，可以任人拿捏嗎？

「那些屍首現在何處？」

聶察司道：「還沒來得及處置，暫時放在刑徜司的後院裡。」

雲裳冷笑。「那便傳我命令，起族火。」

聶察司面色一變，震驚之色從眸光中一閃而過。「少族長要起族火？」

「半個時辰內，準備好族火。」雲裳語氣淡然，語氣中帶著不可質疑和反抗的堅定。

聶察司看了看她，嘴唇翕動，卻終究沒說什麼，給護衛使了一個眼色，護衛得到示意，拱手退下。

聶察司看了看雲裳，憂心道：「如此大張旗鼓，會不會被人詬病？」

「詬病？」雲裳輕笑一聲，話中盡是冷意。「他們毀我族慶典在先，殺人在後，若是輕易平息了此事，怕是從今以後，所有人都認為我影石族人都是些懦弱無能之輩，誰都可以欺凌。」

聶察司靜靜看著雲裳，沒有說話。

這個女子，遠比他想的要狠辣果斷得多，他身為察司，論手段，是自愧不如。

一個時辰後，城門外火光沖天，鐘聲一道比一道高，在整個城中迴盪。

所有人都被火光和鐘聲嚇醒了，等鐘聲敲到第十六聲的時候，終於意識到是城中出了大事，匆匆趕往城門外。

族火是用來傳遞險情的，非大事不點族火，一旦族火點燃，每家每戶都要派出一人前往族火燃燒之地。

出乎意料的是，密密麻麻的人群中，竟一點聲響都沒有發出來。

因為所有人的目光全都往一處方向看去，眸中皆帶著驚恐、不安的神色。

他們惶惶不安的看著城牆上掛著的幾十具屍體，那些人衣著乾淨，穿戴得整整齊齊的，但死狀都不太好看，場面看起來十分詭異和噁心。

不少人沒忍住，低頭嘔吐。

城牆上，雲裳面無表情的站著，她掃視著底下的人群，在等待著某些人的到來。

最先趕到的是三長老。

族火一事事發突然，他來得急，府中下人還沒來得及回去告知他城門發生的事情，看見城牆上密密麻麻的屍體時，他也不例外的愣住了。

在下人的提醒下找到雲裳，他匆匆趕到城牆，語氣急切。「少族長，這是怎麼回事？」

雲裳語氣淡然。「三長老來了，先在一旁坐著吧，等人齊了，再一併說這事。」

說完，別開臉，漠然俯視著底下的人群。

她在等。

過沒多久，雲盛和二長老也來了，被護衛擋在了城牆的石梯上。

雲盛面色陰沈，但大庭廣眾之下不好問話，以免丟人現眼，只好壓住怒氣，面色陰沈的站在石階上。

就這樣等了許久，玉奴走到雲裳身邊，耳語了幾句，雲裳頷首，順著人群望過去，王鶩遠遠站在人群後。

雲裳勾唇一笑，對著旁邊的護衛點了點頭。

護衛得到命令，敲了幾下手中的鼓。

人群肅靜。

雲裳緩緩開口，一字一句，堅定有力。「今夜，盜匪闖入城中殺我族人，好在聶察司監察有力，將賊人全部繩之以法，這些掛著的屍首，便是那些賊人的。從明日起，全城戒備，凡是見到可疑之人，將其行蹤報到刑衙司，必有重賞。」

百姓們全都吸了一口涼氣。

被掛在城牆上當眾鞭屍，犯下的可不是一般的罪名。但人已死，如此凌辱，未免還是太殘忍了些。

雲裳並不理會他們複雜的神色，繼續道：「不過我族向來仁慈，今夜將他們的屍首掛在此處，是為了殺雞儆猴，明日一早，便會派人好生安葬他們。從今以後，若誰有不軌之心，私通外族，毀我族中大事，便是這些人的下場。」

說完，雲裳抬起手，護衛們依令將那些屍首放下來，很快，便有一批護衛將棺材抬了過來，將那些屍首安置好，然後帶走。

徐嬤嬤高聲道：「時辰不早了，大家早點回去歇息吧。」

雲裳轉過頭，對著三長老盈盈一笑。「這麼晚了，還打攪幾位長老，我心裡實在過意不去。」

三長老垂著眼眸，不知在想什麼。好一會兒，才回道：「少族長不徵求我們的意見，就點燃族火，是不是壞了族令？」

「事發突然，我沒來得及想。」

「雲裳，妳可知道，自己今夜做了什麼？」雲盛沈沈出聲，顯然竭力壓著怒氣。

雲裳抬頭。「雲裳只知道，為了族人的安危，必須這麼做。」

上一世，也是這樣釀成大禍的。

有人在收穀節上搗亂，接著城中大亂，她年幼不知如何處理事務，惶恐不安，不僅丟了族長之位，也埋下了禍端。

二皇子以當日之事為由，污衊影石族叛亂，再暗中收買人在北冥鬧事，皇帝信以為真，除了老弱婦孺，所有人都被關入大牢。也就是那時候，徐嬷嬷丟了性命。

儘管後來穆司逸找到證據，幫影石族洗清嫌疑，但皇帝仍然沒有放下戒心。

這一次，無論對與錯，她都要這麼做。

二長老摸著鬍鬚，若有所思。「城中突然出現幾十名盜匪，又半夜襲人，取人性命，確實該誅。」

雲盛吩咐旁邊的小廝。「傳令下去，召開族會。」

「慢著。」雲裳出聲制止，小廝停下腳步，看了看雲盛，不知如何是好。

「時辰不早了，幾位長老早些回去歇息吧，其餘之事自有聶察司處理。」

言外之意，是不開族會了。

當眾被駁了臉面，雲盛臉上宛若烏雲密布。「雲裳！」

「大伯父！」雲裳高聲道：「您累了，回去吧。」

雲盛愣了愣，雲裳面容清冷，身上散發著與這個年紀不相符的氣勢。

雲裳不想解釋，見他們沒有離開的意思，也不多言，先行走了下去。直到上了馬車，都沒有回頭。

玉奴憂心忡忡。「小姐，大長老臉色很難看。」

雲裳回得雲淡風輕。「我擅作主張點族火，大伯父自然是不高興的。」

自從父親去世以後，族中大小事務，幾乎都是由大伯父來掌管，如今事情脫離了他的掌控，他心裡不舒坦也在情理之中。

「二長老和三長老呢？」

玉奴一邊回憶，一邊應道：「說不上來，兩位長老似乎面色平靜。」

想起剛剛的事情，玉奴還是心有餘悸，一張臉揪成了一團。

「妳有話說？」

玉奴斟酌良久，終是沒忍住出聲。「小姐害怕嗎？」

雲裳怔忡，她知道自己下令起族火，這城中所有人不是心驚膽顫，就是在背後議論她的狠辣無情，儘管徐嬤嬤和玉奴未曾開口，但她們定也是怕極了。

她試想過玉奴會問的所有話，但是從沒想過，玉奴會問她怕不怕。

雲裳伸出手，摸了摸玉奴的頭。「有妳和嬤嬤在，我不怕。」

身為女子，她何嘗不想安穩度過一世，可出身注定了她不是普通人。欲戴其冠，必承其重。既然不能像尋常女子那般相夫教子，那她便要當天底下最尊貴的女子。

「玉奴，我累了。」

玉奴把簾子放下來。「小姐歇一會兒吧，等回到府裡了，我再叫您。」

雲裳嘆了口氣，緩緩閉上眼。

回到雲府以後，雲裳像往常一樣，洗漱歇息，很快便睡著了，第二天醒來已是巳時。難得睡了一回懶覺，渾身舒爽。

徐嬤嬤一邊幫她梳頭，一邊道：「小姐，大長老一大早便過來府外候著，老奴說您這兩日不見客，讓他回去了。」

「其他兩位長老呢？」

「只派了家丁過來。」

雲裳理了理耳邊的髮絲。「若是他們再來，便告訴他們，只要事關起族火一事，便不見客。」

「小姐這麼做，是為何？」

雲裳看著鏡中唇紅齒白的自己，道：「嬤嬤，我好看嗎？」

徐嬤嬤一愣，想了想。「小姐生得極好。」

雲裳淡淡一笑。「這城中，能有誰比我生得好呢？既然從一開始就分了尊卑，就該知道自己的位置。」

徐嬤嬤雙手一頓。

雲裳回頭，拿過她手裡的木梳。「嬤嬤，我胃口不好，午膳想吃得清淡一點。」

徐嬤嬤回過神，點了點頭。

第十六章

接連兩日，雲裳都待在府中，除了聶察司，誰也不見。

這日，聶察司又來了雲府。

「少族長，那些刺客的屍首，已經全部安葬妥當了。」

雲裳正在練字，聞言頷首。「做得很好。」

「只是下官不明白，為何少族長要為那些刺客設墓，立無字碑？」一些無名小卒，按族例，拋下懸崖已經是給他們保留了顏面。

雲裳停下手，把筆遞給他。

聶察司上前兩步，接到手中，瞥到了桌上的紙，「北冥」兩字工工整整的寫在紙張上。他沈默許久，仔細琢磨著這兩個字的意思，似乎是悟了其意，看著手中輕飄飄的紙，心裡卻是格外沈重。

雲裳不去看他的神色，只是問道：「王管司什麼時候回慶城？」

聶察司抬頭。「明日。」

雲裳轉身，從書架上拿起一本早就備好的書，遞給聶察司。「把這本書贈予王管司，就說是我平日裡最愛看的書。」

聶察司恭恭敬敬的接到手中，默了半晌，遲疑著問：「今晚可還要設宴款待王管司？」

「不必了。」雲裳回絕得乾脆。「若是幾位長老有意款待，這事便讓他們來操持。至於我，你就同外頭說，這兩日我身體不好，不便見客。」

聶察司點了點頭，雲裳又叮囑了他幾句，他便回去了。

雲裳坐了許久，直到一股涼風吹進屋裡，掀起了桌子上的紙。她連忙把紙壓好，望著北冥兩字，苦澀的笑了笑。

族火一事，不日就能傳到北冥，只要皇帝不傻，就會派人來查探。

其實那些刺客完全可以無聲無息處理的，但她總歸擔心，以後跟隨顧閆去北冥的時候，顧閆參與皇位之爭，陳年舊帳就會被翻出來。

讓那些人下葬，算是給他們一個體面，將來皇帝若是想怪罪下來，也揪不出錯處。

雲裳嘆息一聲，喃喃道：「顧閆啊顧閆，為了助你平步青雲，我可是煞費苦心，你可別讓我失望。」

王鶩拿到書的時候，發了一通火，護衛跪在地上瑟瑟發抖。

貼身侍從把書撿起來。「不管怎麼說都是雲小姐送的書，還是別弄壞的好，免得落人口實。大人又何必在這個時候置氣呢？」

聽他一言，王鶩心口的火氣平息了不少，揚了揚手，那些護衛吁了一口氣，連滾帶爬出去了。

王鶩怒意難平，大罵道：「一群飯桶。」

好端端的一盤棋，全都散了。

侍從倒了一杯茶。「這些人的手腳確實不索利，不過從此事可以看出，影石族背後的掌權人，確實非同一般，並非什麼收穫都沒有。」

王鶩一口飲盡。「查出來是誰了嗎？」

侍從搖搖頭。「雲盛雖是大長老，但和雲小姐似乎不算親近，反倒是三長老，聽說近日頗得雲小姐信任。不過這些人看起來都不像，倒是雲小姐身邊的奶娘，最是可疑。」

王鶩皺眉。「一個老婆子？」

侍從點點頭。「小的派人去查過，這嬤嬤的底子都被銷毀乾淨了，跟在雲夫人身邊伺候多年，不是等閒之輩。」

王鶩低眉沈思。「想來在背後出謀劃策的，也只有親近之人了。」

他不相信一個九歲的幼女能掀起這麼大的風浪，背後定是有高人指點。若是那婆子，倒也能講得通。

「只是小的不明白，既然他們要將此事公之於眾，又將屍首掛在城牆上示眾，為何還要讓他們體面下葬。」於情於理，這都說不通。

王鶩冷笑一聲。「這才是高明之處，自衛殺人是不得已，安葬立碑表示他們寬厚。」

侍從憂慮道：「這次留下了把柄，主事那邊……」

王鷥抬手打斷。「主事那兒我自會解釋，你讓人全部撤了，等過段時間風聲不緊了，再派幾個手腳俐落的來。」

侍從點頭應是。

一大早，王鷥便離開了。

出了城門，遠遠看見雲裳在馬上，看架勢，是特地在城門口候著他的，於是愣了愣。

「雲小姐什麼時候來的？」

侍從搖頭。「不知道。」他一點兒風聲都沒聽到。

雲裳總是神出鬼沒，王鷥雖然震驚，但是他反應快，很快就平靜下來，下馬走過去。

「聽說少族長這兩日身體抱恙，現在可好些了？」

雲裳眉眼帶笑。「多謝王管司關心，已經痊癒了。原是想著設宴給王管司送行的，誰料我這身子不爭氣，怠慢了您，心裡著實過意不去，還望王管司海涵。」

王鷥淺笑著回道：「少族長客氣了。早上風涼，您身子剛好，還是待在府中歇息為好，您特地出來一趟，下官真是受寵若驚。」

雲裳抬手，護衛把禮物呈上來。

「王管司這一路著實辛苦，影石族這兩年收成不好，我也沒什麼好禮相送，讓人備了一些點心，一份給您，另一份就煩勞您帶給許主事了。等過幾日我去慶城，再親自上門拜見許主事。」

王鶩詫異道：「少族長要去慶城？」

「說來有些難為情。我與顧家公子前些日子訂了親，而父親一直希望我能嫁個文官，為了安慰父親亡靈，我想讓顧公子參加今年的秋試。還有一個月，便到秋試了，提前去慶城落腳，好讓顧公子安心看書。」

王鶩大吃一驚，面上努力維持鎮定，蹙著眉頭道：「顧公子還是戴罪之身，按例是不能參加秋試的。」

「是這樣嗎？」雲裳故作吃驚。「我還以為，顧家早就被赦免了呢？原先還想著，若是顧公子能參加此次秋試，我便不做少族長，跟隨顧公子去慶城的，看來是白歡喜一場。」

說完，雲裳嘆了嘆氣，頗為惋惜。「我年幼無知，讓王管司見笑了，不過多謝王管司提醒，不然我就白忙活一場了。」

一下子聽到了許多重要消息，王鶩心中思緒萬千，有些心不在焉的回話。「少族長客氣了。」

雲裳抱拳。「路途遙遠，我就不耽擱王管司了。王管司一路走好，希望有朝一日能在慶城見到您。」

王鶩拱了拱手，雲裳便不再逗留，駕馬而去。

看著她遠去的背影，王鶩雙目幽深。「啟程！」

進了城，雲裳下馬，吩咐護衛先回府，帶著玉奴去買了一些糕點。

玉奴機靈，瞬間就猜到雲裳接下來要去的地方了。「小姐要去見顧公子？」

雲裳沒有否認。「好些天沒見顧公子了，過去瞧瞧他。」

兩人拐了幾條街道，終於到達顧閆的肉鋪攤。收穀節之後，顧閆又重操舊業，早出晚歸販賣豬肉。

阿福已經司空見慣了，見到她們來了，打了一聲招呼又繼續忙活。

自從聽說顧閆魚躍龍門，是雲家未來的姑爺之後，來照顧他生意的人越來越多了，攤子邊圍了不少人。顧閆這一會兒忙得不可開交，並沒有搭理她。

這些顧客有好奇過來看顧閆樣貌的，也有想打探消息的。

看見雲裳，好幾個人面面相覷，面色驚恐的跑開。留下的人，雖然還在買肉，但面色已經不太對勁，總是偷偷看上雲裳幾眼。

雲裳置若罔聞，挪了個小椅子坐著，安安靜靜的，不說一句話。

雲裳沒有動作，買肉的人膽子就大了起來，神色慢慢恢復自然。

周圍都是豬肉的腥味，還有些屠夫光著膀子處理豬腸和豬肚，綠色的豬屎用水一沖，大灘的綠色汁液流淌在地，又臭又噁心。

雲裳支著下巴，面無表情的看著。

這才是普通人家的生活常態，沒想到顧閆也曾經在這樣的地方待過一段日子。不知道將來登上高位的他，回想起今日的日子，心中是何滋味。
看了一會，雲裳挑了一塊桃糕給玉奴。
玉奴直搖頭。「小姐，奴婢不餓。」
她現在正倒胃口呢，但雲裳不願意走，她也不好說什麼。只是看到雲裳嬌貴之身坐在這種骯髒的地方受罪，她就於心不忍，看向顧闓的眼神隱隱有些怨恨。
顧闓並沒有一門心思撲在賣肉上，他暗中看了雲裳幾眼，見她今日格外乖巧和安靜，十分詫異。不過他面上不動聲色，照常賣豬肉，等肉賣得差不多了，太陽也升起來了，有些炎熱。
顧闓吩咐阿福收拾鋪子，把留下的肉用紙收好，淨了淨手，過去打招呼。「讓雲姑娘久等了。」
雲裳淡淡一笑，把糕點遞給他。「顧公子應該餓了吧，吃點。」
「手髒，就不吃了。」
雲裳站起來，從紙包裡拿出一塊糕點，抬手遞到顧闓唇邊。「嚐嚐。」
顧闓猶豫了片刻，緩緩張嘴。
他嘴巴開得小，留了一點殘渣在唇瓣上，雲裳伸出食指抹了抹他的嘴唇。
「你看看你，吃東西像個小孩一樣。」
顧闓怔住，軟糯香甜的糕點瞬間在口中化開，他卻嚐不出任何味道。

夜深人靜，涼風從窗扉灌進來，案桌上的書翻了好幾頁，顧閆紋絲不動，眼睛落在手中的木雕香佩上，不知道在想什麼。

阿福新端了一壺熱茶進屋，看見顧閆還在看木刻的香佩，百思不解。「公子總是看著這塊香佩出神，可是香佩有何特殊之處？」

顧閆食指輕輕的在香佩上劃了一下，這塊木刻的香佩在他手裡兩年，時常被他拿出來摩挲，現在已經光滑晶瑩了。

他把香佩收起來，側頭看了看。「是雲小姐新送過來的茶？」

阿福沒想到他會這麼問，以為他又不高興了，連忙道：「公子若是不想喝，小的收走便是。」

「不必。」顧閆拿起茶杯，抿了一口，瞬間就嚐得出來是最新的茶葉。

雲家小姐，對他、對顧家是用了心的。

顧閆抬頭看了眼窗外，天色昏沈。他垂下眸，輕聲道：「阿福，我有什麼好，值得雲姑娘如此費心費力。」

阿福頓時就被問住了，不過他知道此時顧閆心中疑慮重重，便認認真真的思索起來。

「小的愚笨，想了想，或許是因為雲族長生前的遺願吧。」

顧閆輕笑。「一封遺書，若是不拿出來，誰會知道有這樁婚約。幾句話就能讓雲姑娘甘願葬送終生？」

阿福琢磨不透他的意思，撓了撓頭傻笑。「公子知道的，小的遲鈍，只會伺候您的生活起居，旁的看不出來。」

「那便動你的腦子想想，雲姑娘有何異常之處。」

阿福認真沈思。「若說異常，那便是小小年紀便心狠手辣，非常人能比，但是平日裡看著又安安靜靜的，心思深沈。」

顧閆不語。

阿福觀察顧閆的神色，很顯然，這並不是他想要的答案。

他抓耳撓腮，愣是沒想出什麼話來。

眼看顧閆眉頭越蹙越緊，他支支吾吾了半天，才道：「說起來，雲小姐真不像孩童。」

顧閆眉頭終於舒展，偏過頭，示意他繼續說下去。

「雲小姐派人在城牆上掛屍，那麼多屍首，就連殺過人的都會害怕，可是雲小姐面色淡然，就像是見過了大風大浪……唉，公子，小的也說不上來，您就別為難小的了。」

顧閆道：「只有手中常年沾血的人，才不會畏懼屍首。」

阿福直點頭。「是這個理兒。」

不過他還是沒想明白，公子到底是什麼意思。

顧閆笑道：「雲家姑娘，不是一般女子。」

阿福不知道如何接話，只好再次點頭。
或許，有些事情，是時候要放下了。
顧閆把香佩遞給他。「找個箱子，把這香佩放到裡面，鎖了吧。」
阿福訝然。「鎖了？」
公子只要一有心事，就會看著這塊木刻香佩發呆，整整兩年，從未變過，公子雖然一直不說這香佩有何深意，但他能看得出來，這香佩於公子而言十分重要，怎麼突然間就要鎖了。
顧閆沒有解釋，阿福反應過來自己多言了，趕緊伸手接住香佩。「等會兒小的就把這事給辦了。」
兩日後，收穀節上的命案終於有了一些眉目。
「死者是香椿村村民李貴，一年前搬到了城西的木溪村，死狀和李木匠、劉老七相似。仵作查過，劉老七和李貴的傷口十分相似，有幾處傷口不平整，都沒有章法。」
自從起族火一事後，聶察司對雲裳是由衷的佩服，所有要事都會向她稟報。
雲裳道：「既是城西人，原先又是住在城東，為何屍首是在城北發現的？可有查到李貴去城北做什麼事？」
聶察司道：「問過村民，李貴是個挑糞的，經常把糞運到城北。不過死的那日，有人看見他去了城東，屍首是在糞車上發現的，運糞的另一個村民說，當時他看見有木車在路邊，就順路搬去城北了，若是沒有猜錯，應該是在城東出的事。」

「他生前最後去了什麼地方？」

「劉圩村，不過聽人說，在劉圩村收糞的時候，李貴中途離開了，說是要回家一趟。」

雲裳默聲，捋了下思緒。「劉貴搬去城西後，可有再回香椿村？」

聶察司靜了片刻。「這個下官還沒問。」

「審問孟氏的時候，可有問過她劉老七的案子？」

「問過，孟氏一口咬定是她殺的。」

雲裳挑了挑眉。「哦？」

「說是劉老七曾經輕薄過她，她懷恨在心，便起了殺心。」

雲裳嗤笑。「可是孟氏人還在牢裡，外頭卻發生了相同的命案。」

「劉老七和李貴的傷口類似，看起來出自同一人之手，不可能是孟氏做的。不過她一心赴死，口風又緊，一時半會兒怕是很難問出什麼。」

雲裳直言。「查劉大娘。」

「少族長懷疑人是劉大娘殺的？」

「木溪村離香椿村不遠，李貴原先就住在香椿村，死前去的應該是香椿村。若是死在城西，路途遙遠，殺人以後，凶手沒有時間、也沒有心思把人大老遠的運到木溪村。」

聶察司點了點頭，經雲裳這麼一提醒，倒是又想起了一件事來。「對了，李貴是長子，有一個弟弟，喚作李老二，兄弟二人不和，李貴才舉家搬到城西的。李老二家離劉老七家不遠，他娘子少族長之前也是見過的。」

「李老二的娘子？」雲裳思索著，當日去詢問劉大娘的時候，李大娘一直守在劉大娘身邊，幾乎是寸步不離，她還有些印象。

兩人非親非故的，只是鄰里關係，卻親密得像親生姊妹一樣。

「劉大娘和李老二的娘子關係如何？」

「聽說關係不錯，近兩年走得很近。」

「近兩年嗎？」

聶察司點頭。「之前兩家因為爭地的事情有過過節，不過後來冰釋前嫌了，現在同進同出，聽村民說，就跟親姊妹一樣。」

雲裳讚許道：「你查得很仔細。」

聶察司心思縝密，才這麼一點時間，就查出了這麼多事情，等她離開以後，刑衙司交給他，她是放心的。不過如此說來，劉大娘和李老二的娘子確實有問題。

「孟氏在大牢裡？」

聶察司抬起頭。「少族長可是要見孟氏？」

雲裳頷首。「她們三人，總得有一人先開口。一一擊破，真相就出來了。」

半刻鐘後，雲裳到了刑衙司的大牢，聶察司將看管的獄卒全都支走，只留下牢頭。

雲裳站在牢房外，看了孟氏一眼，她這會兒正在睡覺，背對著他們，也不知道真睡還是假睡。

聶察司對牢頭點頭示意。

牢頭把門打開，走進去，把人叫醒。「起來，少族長有話要問妳。」

聽到有人來了，孟氏懶洋洋的坐起來，揉了揉惺忪的雙眼，看了看雲裳，笑道：「我一個將死之人，還有人來看望，還是少族長，倒也不枉此生了。」

「老實點。」牢頭呵斥一聲，然後轉身，對著雲裳恭恭敬敬道：「少族長，小的就在這兒看著這毒婦，您有什麼話儘管問便是。」

雲裳緩緩走進去。「你先出去吧。」

牢頭怔了怔，沒想到自己也會被支走，不過他也不敢多加揣測，連忙出去了。

孟氏靠在牆上，伸了伸懶腰。「這一覺睡得可真舒服，聶察司這次過來，是要宣布行刑的日子嗎？」

孟氏神色平靜，身上看不出一絲身陷囹圄的窘迫。大概人之將死，什麼都會看淡。

雲裳看著她的眼睛，開門見山。「城北前幾日又出了一樁命案，妳可知曉？」

孟氏身子突然一頓，不過很快又笑了起來。「世上的苦命人多了去了，一、兩樁命案，並不是什麼奇事。」

「說來也巧，死的兩人，一個劉老七，一個李貴，都出自同一個人的手筆。多虧李貴，不然劉老七這個案子就不了了之了，如今一下子抓到了劉大娘和李大娘，兩人都雙雙認罪，城中總算是安定下來了。」

孟氏面色驟然一變。

此刻雲裳終於敢確定，自己沒有猜錯，看孟氏這神情，怕是八九不離十了。

於是她接著道：「原先是念著妳身世淒慘，想從輕發落，讓妳再多活一段時間的，可劉大娘她們供出了妳，如今城中百姓議論紛紛，都嚷嚷著要將妳碎屍萬段，為了平復百姓們的怨氣，只好將妳處斬。不過妳也不用擔心，黃泉路上，還有人陪著妳，劉大娘和李大娘，現在就在旁邊的牢房裡呢，五日後，妳們就會見著面的。」

孟氏低頭沈默。

看孟氏的神情，聶察司也覺得她和劉老七的命案脫不了干係，便順著雲裳的話道：「孟氏，劉大娘她們指認了妳，妳可有還話要說？」

孟氏依舊不語。

聶察司看向雲裳，雲裳搖搖頭，示意他不用再問下去，轉身出了牢房。

「等等。」孟氏忽然出聲，雲裳腳步一頓，卻沒轉頭，孟氏靜了靜，道：「她們都說了什麼？」

雲裳雲淡風輕道：「也沒什麼，一些苦命的經歷罷了。」

孟氏猝然大笑。

雲裳回頭，看見她在牢房裡笑得前仰後合。

聶察司面露惑色，卻是什麼都沒問。

雲裳只靜靜的望著她。

等孟氏笑夠了，她抬起頭直視雲裳，憤懣道：「少族長從小養尊處優，未曾吃過苦，當然不知道我們幾個人心中的恨。這尋常人家的女人，有哪一個能夠決定得了自己的命運呢？若是老天垂憐，讓我們安穩度過一世，我們也不會選擇這條路。」

許是又勾起了過往的回憶，孟氏的笑聲變得越來越淒涼。世道不公，蒼天無眼，她一介女流之輩，被逼迫到如此境地，又有誰垂憐過她呢？

雲裳望了她良久，低聲道：「妳沒有做錯。」

孟氏猛然抬頭，雙目茫然不解。

雲裳嘆了口氣，低聲道：「妳做錯的，是屍首處理得不乾淨，讓人發現了，令全城百姓恐慌。若非如此，妳不需要以命抵命。」

孟氏呆住。

她不明白雲裳的意思，自從東窗事發以來，所有人對她的行徑嗤之以鼻，破口大罵，指責她毒蠍心腸。這是第一次有人說她沒有做錯，卻是出自一個九歲女孩之口。

聶察司也百思不解，側頭看了看雲裳。

「孟氏，妳可有遺願？死前，我可以再滿足妳一個心願。」

孟氏愣了良久，搖搖頭。「大仇已報，死而無憾。」

「妳丈夫和孩子可有墓碑？」

孟氏被李木匠強娶為妻以後，兩人膝下無子，雲裳指的是誰顯而易見，她本能警惕道：「妳問這個做什麼？」

「你說他們死於戰亂，想必已經屍首無存。但我可以讓他們認祖歸宗，告慰他們的泉下亡靈。」

孟氏心裡咯噔一跳，踉踉蹌蹌的跑到牢門邊，抓著牢房的鐵木，目光如鷹。「妳什麼意思？」

雲裳一看她的神態，就知道這事要成了。這世間不懼生死之人不計其數，但總有人有遺憾，捏人七寸，控人軟肋，任你嘴巴多硬，都能乖乖開口。

「很簡單，城中奇案我需要了結。只要妳願意按手印認罪，把妳和劉大娘之間的勾當一一說清，我可以允諾，為妳丈夫設墓碑。當然，妳也可以不相信我的話，但是從今以後，便沒人再知道妳丈夫的名字，他的亡魂也永遠找不到歸家的路。做或不做，都在妳一念之間，我給妳兩天的時間考慮。」

孟氏聽了，垂眸緘默。

雲裳也不強人所難，出了牢房後，吩咐聶察司寫一份狀紙。

「這麼做，孟氏真的會招嗎？」

雲裳道：「為了幫夫君報仇，她都能將李木匠分屍，還有什麼是不能做出來的，這兩日你讓獄卒機靈些，把劉大娘被捕的消息透露出去，孟氏遲早會招。」

該交代的都交代完了，牢房裡的氣味雲裳聞著不舒服，便招來玉奴，回府去了。

翌日，李貴的命案有了進展。

孟氏全盤托出，指認劉大娘，聶察司派人到香椿村捕人，軟硬兼施，終是讓劉大娘和李大娘伏罪。

這一切都在雲裳的意料之中，不過具體細節與她原先想的有出入。

原來孟氏不是背後指使之人，也不是她唆使劉大娘殺了劉老七的，背後主使其實是李老二的娘子。

這婦人原姓李，和孟氏一樣，是緬族遺孤，而且是貴女。緬族戰敗後，為了尋得活路，她扮做普通孤女，隱姓埋名，嫁給了李老二。

至於為何挑中了李老二這個農戶，聽聶察司說，是因為當初李氏在逃亡的時候受了傷，被人欺辱，是李老二救了她，並將她帶回香椿村療傷。李老二雖大字不識一個，但為人憨厚老實，待李氏極好，於是李氏便嫁給了他。

婚後二人日子過得也算美滿，但和老大李貴不和，時常發生口角，因為李氏潑辣，李貴一家討不著好，搬去了李貴妻子娘家所在的地方——城西。

李貴是李氏指使劉大娘殺的，但他的死是個意外。那日李貴一時興起要回老家看看，剛巧偷聽到李氏和劉大娘在屋裡討論劉老七的事情，又被她們發現，於是劉大娘殺人滅口。

至於孟氏和李氏，兩人確實是相識的，而且李氏還是孟氏的師父，殺人解體的刀法是李氏傳給孟氏的。

孟氏在狀紙中只供認了劉大娘，隻字不提李氏，但劉大娘這人不禁敲打，追問幾句就把李氏供出來了。

三人行徑惡劣，讓人聞風喪膽。雲裳下令，一個月後將三人處斬示眾。

案子水落石出，雲裳吁了口氣。不日，慶城果然傳來了好消息，顧闓破案有功被赦免，可參加今年的秋試。

雲裳心口大石落地，顧家亦歡欣雀躍，設宴邀請雲裳。

雲裳備了薄禮前往，順道過去拜訪顧興，顧興的身子好轉不少，向雲裳表達了謝意。席間顧興提到了讓顧闓提前去慶城備考的事情，顧翰和顧夫人都贊成，雲裳便順口提了自己要當陪讀的事情。

顧翰訝然。「雲小姐，闓兒此去舟車勞頓，十分辛苦，雲小姐若是跟著去，身子怕是吃不消。」

雲裳態度堅決。「夫子不必擔憂，我意已決。說來我從未去過別的地方，正好趁此機會出去見見世面。」

顧翰有些為難，他不知道雲裳為何執意要去，但雲裳做的決定，他是阻礙不了的，只能在心裡可憐自家兒子。看雲裳一臉堅定，不好回絕，再看了看一言不發的顧闓，知道他並不牴觸，只好點頭應允。

「闓兒從小不擅言辭，若是雲小姐在他身邊受了委屈，還請雲小姐多擔待。」

雲裳擺擺手。「夫子客氣了，這一路上，還得煩勞顧公子照顧我呢。夫子放心，我會保護好顧公子的。」

顧翰不好再說什麼，他點了頭。顧夫人也無話可說，一頓飯就這麼散了。

去慶城的日子定下，雲裳用完膳便藉口說要回府收拾東西。

顧翰看向顧興，一頓飯下來他一句話都沒說，也不知道是怎麼想的，讓顧翰心裡很沒有底。「父親，讓雲小姐跟著闓兒，會不會不妥當？」

顧興想了想。「她是貴女，跟在闓兒身邊，別人要是想打闓兒的主意，就得掂量。若說委屈，她一廂情願要跟過去，出了事怪不了別人。」

顧翰細細思索，覺得在理，便不說話了。

顧興起身。「闓兒等會兒來我房中一趟。」

顧翰和顧夫人一同起身，行了禮，目送他離去。

顧闓一路跟著顧興到書房，一路上祖孫二人一個字都沒說。

進了屋，顧閆把房門拉上，恭恭敬敬道：「祖父可是有事叮囑？」

顧興看了看他，沈默許久，才緩緩道：「雲家小姐不是善茬，未來會是變故，不是你所能掌控得了的，若是應了這門親事，雲顧兩家從今以後就是一條船上的了。你若是不願，我可以想辦法解了這門親事。」

顧閆搖搖頭。「祖父，孫兒想過了，無論是誰，只要能進顧家門楣的，都不會是普通人家的女子。放眼當下，雲家小姐是最合適的人選。既然如此，也不必將人拒之門外。」

顧興知道他的意思。

顧家幾代權貴，不會甘居鄉野之間，這兩年太子重獲寵信，有意為他們平反，回北冥是遲早的事情。想要穩住顧家權勢，下一任主母，必須是貴女。

只是他向來疼愛顧閆，知道他走這一步是迫不得已，看見他身不由己，作為長輩，於心不忍。

顧興重重的嘆了口氣。「我這輩子見過最絕頂聰明的女子，便是五公主，當年她權傾朝野，其手段和心智當世第一。雲家小姐……」

顧興默了默，接著道：「和五公主相比，不遑多讓。年僅九歲，就不是你我所能掌控之輩，再過幾年，唉……」

女子鋒芒太露不是一件好事，若是閆兒將來不能左右雲家小姐，顧家興衰，很可能就成也這女子，敗也這女子。

顧闓知道，祖父這些日子雖然病著，但城中之事他肯定已有耳聞，平靜應道：「祖父放心，孫兒心裡有數。」

顧興大概也知道大局已定，搖搖頭。「罷了，你已長大，許多事情都有自己的決斷，別的我就不多說了，只叮囑你兩件事情，一，無論如何都不要讓自己陷入險境；二，多加留意雲家小姐，萬不可被她牽著鼻子走。」

顧闓點頭應是。

顧興轉頭從床頭拿出一個箱子，掏出一塊權杖，遞給顧闓。「我和你父親被困在這鄉野之中，幫不了你的忙。這塊權杖是當年皇上賞賜的，關鍵時候可換得一命，你好生保管。」

顧闓接過來。「多謝祖父。」

顧興拍了拍他的肩膀，語氣沈重。「我的故友不多，能信任的就只有昨日跟你說過的那幾個，緊要關頭，可以向他們求助。」

顧闓頷首。

「顧家男兒，一定要有骨氣，就算是死，也不要被他們踩在腳底下欺辱。」顧興語重心長。「千萬不要辱沒了我和你父親的名節。」

顧闓終於開口，忽然道：「您的身子，還撐得住嗎？」

顧興痊癒是所有人都親眼所見的事情，顧闓在這個時候突然問出這話，有些不合時宜。

顧興望著他泛淚光的雙眼，有一瞬間的晃神，心中既有欣慰，又有些無奈。

他一直向外宣稱自己身子轉好，就連顧翰都被蒙在鼓裡，只有他自己知道，經此一遭，他的身子是真的垮了，也不知道還能支撐多久。

沒想到，終究還是瞞不過這小子。

「放心，能撐到你為顧家平反。那些人吃過一次虧，短時間內不敢再下手了。你回屋裡好好收拾東西吧，去了慶城，就是另一條路了。」

「祖父一定要保重！」顧闓深深鞠了一躬，才退下去。

第十七章

雲裳召集幾位長老和各個主事，召開了一次族會。

她當眾宣布要跟隨顧閆去參加秋試，並將族長之位讓給雲盛。沒想到，有半數以上的人反對她離開影石城，而擁護她繼承族長之位的，幾乎是全部人。

這個結果讓雲裳頗為震驚。

但她執意要離開，族人知道勸阻無效，做出了讓步。只要她答應及笄以後繼任族長，便同意讓她出門歷練。族人不答應，她便出不了城，雲裳只好無奈應下。

離開之前，雲裳和雲韻見了一面。

雲韻帶了幾個首飾來給她，雲裳看了眼，都是她之前丟失的，不過雲韻卻沒說還，而是送給她。

「我記得妳前些日子說有些首飾找不到了，我便親自到首飾鋪裡讓人做了一模一樣的，也不知道妳會不會喜歡。」雲韻比過去更小心翼翼了，言行舉止中都表現出對雲裳的敬畏。

雲裳心裡有數，原本就不打算計較這些小事，如今東西如數歸還，更不會為難她了，於是裝作不知道的樣子，笑道：「有勞堂姊費心了。」

見她欣喜，雲韻如釋重負，臉上也露出了淡淡的笑容。

自從聽說了起族火的事情後，她夜夜寢食難安，生怕雲裳知道自己偷走了首飾會報復，但是又尋不到什麼好的藉口還首飾，聽說雲裳要去慶城，終是鼓起勇氣，歸還了所有首飾。

雲裳見她謹慎小心，對她的怨恨忽然就沒有那麼深了，回憶起往事，頗有些感慨，便推心置腹了一次。

「我這個人睚眥必報，但只要別人不打我的主意，我便不會無故與別人作對。如今我在世上的親人就只剩大伯父和堂姊兩人了，有些話，堂姊一定要記住。這世上，能靠得住只有自己，無論如何，都不要輕信男人的甜言蜜語，拿出雲家女子的骨氣來。除了自己，能依靠的便只有母家人了，捨棄了母家，可就真真什麼也沒有了。」

雲裳說這些話，是因為她想起了顧興。

顧興的命數都能被改變，那雲韻未嘗不可以。雲韻如今還小，雖然有些壞心眼，但心機還不是很深。只要能把她的話聽進去，將來她們兩個不一定真會鬧到水火不容的地步。

如若她和雲韻這一世能交好，算起來是一件好事，畢竟血濃於水，她也不想鬧到老死不相往來的地步。

她還是十分珍惜身邊的人的。

雲韻聽得雲裡霧裡，似懂非懂，但能明白這都是好話，便點了點頭。「妹妹教誨得是，我都記下了。」

雲裳拉著她的手往花園走。「我原是想著把族長之位讓給大伯父的，大伯父做事穩重，在族中又有威信，是最合適的人選。只是沒想到其他兩位長老和各主事不同意，我想，是他們念著父母親過世不久，此時族長之位易主，族人們會懷疑，也不利大伯父的名聲，但我打心底是希望大伯父能掌管族中之事的。」

雲韻認真聽著，想起出門前雲盛對她的叮囑，回道：「阿爹說，他覺得不能承擔這個重任，阿裳妳能把族中的要事交給他，他已經感激不盡了，不敢奢望族長之位。」

這些話肯定不是雲韻信口開河的，只是雲盛窺伺族長之位已久，族會的時候他臉色十分難看，突然之間釋懷有些奇怪，於是雲裳故作驚訝。「這些話是大伯父說的？」

她聲音輕柔，雲韻慢慢放鬆戒備，點頭。「確實是阿爹說的，妳去慶城之後，他只是暫時幫妳處理族中之事，等妳回來，那些事情還是要妳自己來處理的。」

雲裳也不知道這些話中有幾分真假，不過無論雲盛怎麼想的都不重要了。他雖然渴望權力，但不會做出什麼傷害影石族之事，加之身上流著雲家的血，讓他代為掌管影石族，她是放心的。

「若是顧公子仕途順利，我可能要三年五載才能回來，到時候就得辛苦大伯父了，堂姊記得多在大伯父身邊學著點，不要丟了我們雲家女的臉面。」

提及此事，雲韻神情落寞。「我愚笨，怕是學不到什麼東西，何況府裡還有阿娥，比起我，父親更親近她。」

雲裳停下腳步，淺笑道：「堂姊多慮了，妳和阿娥都是大伯父的女兒，大伯父對妳們是一視同仁的，只是阿娥年紀小，因此大伯父對她比較寬容。妳和阿娥是親生姊妹，莫要生了嫌隙。若能和阿娥交好，或許大伯父就更看重妳了。」

雲韻其實是沒什麼主見的，聽雲裳一席話，反問道：「是這樣嗎？」

「堂姊試試不就知道了。」

雲韻答了一聲好。

從雲裳的一番話中，她聽到了幾分真心，心扉敞開，有話即將脫口而出，但到了嘴邊又猶豫了。兩人又往前走了一會兒，雲韻看著笑容燦爛的雲裳，心事終究是沒藏住。「阿裳……」

雲裳側頭。「怎麼了？」

「妳跟隨顧公子去慶城，真的是因為婚約？」

雲裳不答反問。「堂姊想知道？」

雲韻搖搖頭，緊接著又點了點頭。

「顧公子一身正氣，又長得俊俏，出身書香門第，以後肯定能登科及第，和他訂親我並不吃虧。至於去慶城，是因為我想出去看看，這城中待得實在是太無聊了。」雲裳說完，抬腳踢了一下地上的石頭，石子落入湖中，濺起水花，很快湖面又恢復了寧靜。

「外面有許多我沒見過、沒吃過，也沒玩過的東西，我才九歲，總要出去闖蕩闖蕩，就當作是任性一回吧。」

這是雲裳的真心話。

從前她為了家族而活，現在，她要徹徹底底隨心所欲為自己活一次，這是她起族火的原因。即便她留下年幼殘暴的話柄又如何，引人猜疑又如何？她能放肆的日子，也就這三、四年光景了，等顧閆去了北冥，獲得權勢，那兒風起雲湧，勾心鬥角，數不勝數，到時她就得布局為自己謀路。

既然如此，任性幾年也無妨。

「我也沒有出過城。」雲韻露出了羨慕的神色，從記事起，她便生活在影石城裡，總有一日，她也要出去外面看看。

雲裳一眼看穿她的心思，這兒沒有人是不嚮往外面世界的，雲韻又怎麼會例外。她笑了笑。「總會有機會出去的。」外面的日子未必比城裡安穩，或許等雲韻出去了，她便會後悔莫及。

兩人又閒聊了一會兒，雲韻才回去。

傍晚，徐嬤嬤帶來了穆司逸的消息。

據探子回報，穆司逸自從那日見過她之後，便老老實實待在監軍府中，沒有什麼動作。

雲裳想，這許多事情果然不同從前了。她尤記得，以前穆司逸剛來沒幾天，就想方設法接近她，好幾次主動過來拜訪，而如今兩人見面的次數屈指可數。

看來，重來一次，許多人的命數都跟著改變。

不過按顧問的情況來看，大抵也變不了多少。

「奴婢還打聽到，族人對穆公子多有不滿，尤其是監軍府的，沒少刁難他。不過這穆公子也不是好欺負之輩，好多人都在他手裡吃了大虧。」

雲裳輕笑。「那些人哪裡是他的對手，也就只能趁他剛上任欺負一下罷了。」

其實穆司逸這人並非毫無用處，相反的，他有些聰明，除了心狠手辣，還是有些才華的。

不過如今她倒是有些好奇了，之前穆司逸藉著她的權勢，都要花上五年的時間才能回北冥，如今沒有了她的幫襯，依靠他自己的努力，要花幾年才能被召回去。

不過這些，似乎都與她無關了。

「那小姐可要吩咐監軍府的人教訓一下穆公子？」從派探子的那一刻起，玉奴就知道小姐的心思了，肯定是不甘心把監軍的位置讓給外族人，所以才暗中監視他的一舉一動。既然如此，那小姐肯定不會讓穆公子過得那麼舒坦。

雲裳抬頭認真想了想，她記得監軍府裡可是有好幾個莽撞的蠢材，上一世若非她出手相助，穆司逸早就被那幾個蠢材欺負得慘了。以前她覺得人家蠢，如今想想，倒覺得可愛了。

如此想著，雲裳笑道：「偶爾給點苦頭吃就好了，也別太過分，以免落人口實。」

玉奴會意，點了點頭。

雲裳知道，有那幾個人在，穆司逸這幾年不會好過，她現下也無暇管他，若是他命數好些，能回去北冥，那也是之後的事情了。

接下來這幾年裡，她要做的，便是牢牢抓住顧闁的心，並助顧闁一臂之力。

出發那日，雲裳只帶了玉奴，徐嬤嬤雖然不允，但因為雲裳語氣強硬，不得不應下。其實雲裳是想帶著徐嬤嬤的，因為徐嬤嬤忠心耿耿，做事又穩妥，許多事情她不用說，嬤嬤都會做好。

只是去了慶城後，危險重重，她怕徐嬤嬤出事。玉奴年紀小，手腳靈活，若好好調教一番，是可用的。至於影石城這兒，她也需要留下一個心腹，時刻關注這兒的動靜，而徐嬤嬤是最合適的人選。

馬車漸行漸遠，雲裳放下車簾，轉頭看到了顧闁，對他笑笑。

顧闁回以一笑，便別開目光，繼續看書了。

他本就話少，也不知道如何跟雲裳交談。雖然他現在是少年模樣，可思維已經是成年人的了，面對雲裳，總覺得這人是九歲孩童，無話可說。

「顧闁。」雲裳緩慢開開口，拉長了尾音，顧闁聞言疑惑的抬起頭來。「我就是想叫一叫你，沒事，你繼續看書吧。」

顧闁看了看她，見她笑得天真，察覺她並沒有什麼話說，便又低下頭去。相處的時日也不算短了，但他還是琢磨不透這個小女孩兒。

雲裳撐著下巴，認認真真的打量著顧闓。

不得不說，顧闓長得極好，臉蛋白白淨淨的，但身上總帶著一股拒人於千里之外的清冷之氣，強烈的反差讓他的俊美添了幾分魅惑。

難怪後來能讓謝鶯和公主兩個貴女同時傾心於他，這副皮囊，別說是其他人了，她看久了都會晃神。

雲裳看久了，心裡突然添堵。

其實她是不瞭解顧闓的，上一世對這個男人一無所知，見到他的時候，他已經權傾朝野了，面色漠然，看不出喜怒。這一世她見到的是十幾歲的顧闓，可她依然不瞭解他。

這個男人後來鍾情的女子，是謝鶯那樣出身高貴，溫柔體貼的。市井有傳，謝鶯容貌才華都是當世第一，無數世家子弟擠破了謝家門檻，都沒入得了謝鶯的眼。

從這點可窺見，顧闓這人的眼光是極挑的，現在他還沒遇到謝鶯，為了平步青雲，不情不願的接下這門親事，那之後呢，等去了北冥遇到謝鶯，會不會就將她一腳踢開？

雲裳很想親口問問顧闓，他到底喜歡什麼樣的女子，將來會不會為了權勢拋棄她，可她又覺得這樣不穩妥。顧闓這會兒在男女之事上尚未啟蒙，唐突問了只會讓他懷疑，再說了，他還沒遇到謝鶯呢，未來如何沒人能說得準。

但是有心事，她就莫名覺得心煩意亂的。

雲裳目光挪到顧闓手中的書上，突然想起前幾日玉奴搜羅來的那個閒文殘本，當時事情繁忙，她無暇顧及，後來想著路上沈悶無趣，便讓玉奴帶了過來。

念此，她挑起車簾，吩咐玉奴把那本閒文的殘卷拿過來。

雲裳把所有殘本看完以後，發覺這便是全部了。看完了故事，她心情沈重，久久不能回過神來。

真的與謝鶯和顧閆之間的故事太像了，殘卷裡說的是前塵與後事。

前塵寥寥數筆，筆墨不多，大概是講述貴女從小就有才，追求者絡繹不絕，奈何那些官家公子不是放浪形骸就是才氣不足，她一個都不喜歡。因為家族權勢越來越大，皇帝忌憚，便下旨給貴女訂親，貴女並不滿意那些皇帝挑選出來的男子，跟父親鬧了鬧。

因為不捨得貴女受苦，父女倆合夥演了一場戲，正巧貴女的祖母感染風寒，派人送信到皇城要見貴女一面。貴女的父親藉此向皇帝恩求，讓貴女去江南伺候祖母一段時日，盡盡孝道。皇帝恩准，於是貴女啟程前往江南，路上遇到了書生，便有了後來的事情。

後事筆墨濃重，殘卷裡寫著，貴女回到皇城，向父親說起自己心悅書生，正好書生考取了功名，也出身尊貴，只不過是家族曾經蒙冤，寵信不復當年。皇帝年邁，身子越來越差，皇位之爭一觸即發，書生官階不高，兩家聯姻，可以消除皇帝疑慮，於是貴女父親向皇帝啟奏此事，沒想到皇帝欣然應允，於是婚事就這麼成了。

成親以後，書生對貴女很好，兩人琴瑟和鳴，日子美滿。書生從未生過納妾的想法，就算有人塞人進府，他看都不看一眼。新帝繼位，書生當上了宰相，是新皇身邊的紅臣。可是這樣的日子並沒有持續太久，天妒紅顏，貴女卻突然患了重病，書生為她尋來天下名醫，才發現是被人下了毒，可惜拖了太久，毒素滲入五臟六腑，神醫也無力回天。

貴女派人暗中查探，下毒之人正是愛慕書生的公主，只是證據被銷毀，貴女也不敢與天家爭鬥，便沒有當面跟公主對質。貴女知道自己時日不多，面容憔悴，心力受損，但是書生不離不棄。貴女十分感激，最終還是決定不把公主下毒的事情告訴書生，因為書生一旦知道真相，依他的性子，一定會對公主下手，到時候就會失去新皇寵信，影響仕途。

可是一想到書生不明真相，自己死後，新皇就會給書生和公主賜婚，貴女心中就像卡著一把匕首，心痛難忍，於是終日鬱鬱寡歡，離開了人世。

看完了整個故事，雲裳疑慮重重。

對於顧闓和謝鶯的故事，她雖然只是略有耳聞，但這本閒文裡所寫的與她當年聽到的，實在是太相似了。

是巧合，還是什麼？這本閒文到底出自何人之手，又是怎麼流傳到影石城的呢？

雲裳把這個問題牢牢記在了心裡。

顧闓見她又是失神又是嘆氣，道：「雲姑娘怎麼了？」

「咳……」雲裳猛然反應過來顧闓在身邊，可不能讓顧闓發現她在看什麼，於是慌忙把書合上，塞進衣裳裡。「閒文裡寫得太荒唐了，有些感慨罷了。」

顧闓忽然就有些好奇了，他剛剛雖然沒有看清楚，不過能瞧得出來，不是什麼正經書。

「雲姑娘也愛看書嗎？」

這話聽著不怎麼順耳，雲裳瞪了他一眼，氣呼呼道：「怎麼了，天底下就只有顧公子可以看書嗎？」

瞧不起誰呢，想當年她也是博覽群書的，雖然才氣未流傳於世，但是偶爾作幾首小詩，不在話下。

顧闓本來只是隨口一問，被她這麼一嗆，沈默了。

雲裳性子直，直話直說，而她又是女兒身，年紀小，跟她口舌之爭，顯得沒有氣度。這般大的女孩顧闓也是見過了的，比雲裳還要胡攪蠻纏，跟她們講不了道理。

「不過顧闓，你可當真好看。」雲裳彎下腰，支撐著下巴，目光炯炯的盯著顧闓，伸手捏了捏他的臉蛋。

末了，還要補上一句。「真俊。」

突然被調戲，顧闓面色陰沈。雲裳知道他在忍著，不免覺得有些好笑。

若閒文裡寫的真是顧闓與謝鶯的故事，那他倒是一個專情的男人。

許久，顧闓才低聲道：「雲姑娘自重。」

雲裳故意逗他。「你是我的未婚夫婿，捏捏怎麼了？」

「可是……」顧闓抬起頭來，認真道：「我不喜。」

雲裳一愣，顧闓神色清冷，想必是真的怒了。她笑了笑，說了一句你真小氣，然後又伸手掐了顧閆的大腿一把。

顧閆為之氣結，又拿雲裳沒辦法。

雲裳竟還朝他吐了吐舌頭。「我就要掐，怎麼啦？」

真的是無理取鬧，顧閆頓時就被她氣笑了。「妳……」

「我怎麼了？」雲裳高聲反問，隨後道：「你笑起來真好看，以後別總板著臉，年紀輕輕的就像老頭一樣。」

天底下果然唯小人與女人難養也。顧閆爭不過，便往旁邊挪了挪身子，避開她。

雲裳還想再戲弄幾句，只聽玉奴在外頭道：「小姐。」

「何事？」

玉奴小聲道：「小姐可否探出頭來？」

如此小心翼翼的，倒讓雲裳有些好奇了，她掀開車簾，看見玉奴衝她招招手，於是俯下身子。

玉奴先是往馬車裡看了一眼，然後才往雲裳手裡塞了一張紙條，壓低聲音道：「何徇司在慶城，地址在紙條裡。」

雲裳點點頭，坐回馬車裡，發現顧閆正專心致志地看書，充耳不聞別的事情。

雲裳也不知道他是裝的，還是真的對她的事沒有興趣，但覺得何徇司的事情也沒必要隱瞞，把紙條打開，上頭寫了一個地名，應該就是何徇司的住地了。

沒想到她派人尋了這麼久，竟遠在天邊近在眼前，藏在慶城裡。

雲裳把紙條收進錢袋裡，開始思索起何衙司的事情來。

刑捕衙從影石族建族之日起便存在了，逐漸發展壯大，能人異士居多，幾乎是無所不知無所不能，眼線遍布蒼梧國。

父親在位時，一直想要收回刑捕衙，為其所用，奈何何衙司這人心氣高，不願意聽命行事，這事便不了了之。

刑捕衙來無影去無蹤，只負責保護族人的安危，其餘的一律不管。她記得當年和穆司逸九死一生的時候，就是何衙司救了她，但從那以後，便沒有再派人保護她的安危了。

若是能夠收權，那許多事情便會方便得多。

雲裳掛念著這事，便沒有了與顧閆交談的興致，低頭冥想著。

四日後，雲裳一行抵達慶城。

先前派過來的人已經提前找好住處，房子在城郊，不大，只有三個屋子，但是有院子，收拾得很乾淨，四周也很安靜，適合看書。

雲裳很是滿意，她先讓顧閆挑了寢屋，等他們把東西都放下了，就吩咐玉奴把她的東西放到顧閆旁邊的屋子裡。

顧閆並沒有說什麼。

玉奴把屋子裡裡外外都檢查了一遍，聽到阿福的聲音，湊到牆壁上聽，緊接著找了塊布掛起來。

她蹙起眉頭。「小姐，這寢屋能聽得到顧公子說話，到時候顧公子深夜苦讀，會不會打擾您歇息，還是換到另一間屋子去吧。」

「無妨，就在這兒住吧。」雲裳說完，岔開話題。「明日妳讓人去打聽清楚，何衙司是否還在慶城內。」

玉奴點點頭，這次出門雲裳只帶了兩個護衛和她一個貼身伺候的。這院子雖乾淨，但比不上雲府，她怕雲裳不習慣，把屋子裡裡外外都重新打掃了一遍。

雲裳也沒閒著，一路顛簸，她有些乏了，自己動手把床單鋪上，躺上去歇息。

玉奴把她叫起來的時候，已經是傍晚了。

晚膳是從外面買來的，初來乍到，兩人都不識路，用完膳，雲裳提議出去走一走。

慶城比影石城大多了，人流聚集，商鋪眾多，晚上十分熱鬧。

逛了一圈，雲裳看到有人在賣糖人，眼睛一亮。「顧公子，要吃糖人嗎？」

顧閆搖搖頭。「雲姑娘，我想自己逛一會兒，雲姑娘若是逛累了，便先回去歇息吧。」

雲裳應了一聲好，拉著玉奴走過去，讓商販照著她們兩人的模樣做兩個糖人，扭頭看顧閆站在字謎鋪前沒有走，就伸手指了指他和阿福。「給他們倆也做兩個。」

商販回了一句好嘞。

商販見顧闓盯著字謎發呆，笑著問道：「公子要猜字謎嗎？」

「不必了。」顧闓回絕，然後扭頭往另一個方向走。

阿福跟在後頭。「公子，您怎麼不把剛才那個字謎猜了？」

「沒必要。」

阿福心裡想著那個字謎，良久後拍了拍手心。「公子，剛剛那個字謎的謎底，是鶯字。我猜得對不對？」

顧闓腳步一滯，回首目光深邃，猶如千年寒潭深不見底。

阿福愣了愣，乖乖閉上嘴。

兩人繼續往前走，阿福嘴碎，過了一會兒又念叨道：「公子，我們要去哪兒？」

「不知道。」

「啊？」阿福這會兒是完全摸不著頭腦了。「不知道？」

顧闓確實不知道該去哪兒，他熟悉慶城的每一個角落，再來一次，卻又覺得這兒異常陌生。當年父母親就是死在這兒的，屍骨就埋在城外的林子裡。

此地關係到他以後的仕途之路，但是稍有不慎就是萬劫不復。

顧闓念及往事，就這樣漫無目的地走著，阿福小跑著跟在後面。

雲裳返回去時，到處張望都不見顧闓的身影，餘光瞥到顧闓剛剛看得入神的字謎，忍不住多看了兩眼。

攤主笑道：「姑娘可是要猜字謎？」

「良禽棲榮木，木枯鳥不去。」雲裳看到謎面後先是一愣，緊接著後知後覺的想到了什麼，身子驟然一震。「鶯？」

雲裳腦海裡冒出的一個念頭是：謝鶯。

顧閆剛剛在看的字謎是這個？

「姑娘果然聰慧，就是鶯字。這簪子是您的了。」攤主讚許後，挑了一支羽毛狀的簪子遞給雲裳。

雲裳回過神來，想著字謎都說出口了，不好推脫，於是掏了幾個銅板遞給攤主，順便問道：「剛才有個青衣公子站在這兒，您可有看到他往哪個方向走了？」

攤主記憶好，指了方向，雲裳道聲謝後，便帶著玉奴追過去了。

玉奴拉住她的手。「小姐，顧公子既然不想讓我們跟著，我們就自己隨處看看吧。您是姑娘家，這樣跟過去太冒失了。」

聽到這兒，雲裳的腳步慢了下來。

她思量一會兒，望了望身後跟著的護衛，轉頭換了個方向。「叫個人跟著顧公子，可別讓他出事了。」

——未完，待續，請看文創風1011《孤女當自強》下

2021年11月出版

傻白甜妻硬起來

文創風 1008～1009

所謂贈君荷包，以表心意，
既然他都收下她親手做的荷包了，豈有退回的道理？
何況全天下都知她如今是他未過門的妻子，她今生是非他不嫁的，
所以，他只有一個選擇——好好跟著神醫解毒，早些回來！
如若不幸毒發身亡了，那黃泉路上有她相伴，他也不虧……

山無陵，天地合，始敢與君絕／蘇沐梵

蕭灼反覆作著一個夢，夢中的她已婚，夫君和側室聯手利用完她並害死她，
就連伺候她多年的一個貼身丫鬟也冷冷看著她遇害，顯然是一丘之貉，
雖然夢境逼真到令她害怕，但她一再說服自己，那只是個夢罷了，
何況夢中的側室還是從小到大都很疼愛她的庶姊，怎可能這麼對她？
然而，現實中發生的一些事卻漸漸與夢境吻合了，原來庶姊確實包藏禍心！
明眼人都看得出來府中二夫人及其所出的這位庶姊假仁假義，對她沒有真心，
偏偏就她自己傻，對庶姊言聽計從，去年母親意外過世後更是依賴對方，
結果堂堂安陽侯嫡女的她，因性子軟綿，被庶姊母女迫害仍不自知，
幸好，許是母親在天之靈保佑她，讓她作了那個預知夢，如今徹底清醒過來，
從今往後，她再不會糊塗過日，她要硬起來，救自己免於淒涼又短命的一生！

為流浪貓狗加油 和貓寶貝 狗寶貝

廝守終生(一定要終生喔！)的幸福機會

對人來說，貓寶貝狗寶貝只是生活的一部分，但妳（你）對牠們來說，卻是生活的全部，領養前請一定要考慮清楚——

▲ 找上門的乖寶寶 學妹

性　　別：女生
品　　種：米克斯
年　　紀：無法確定
個　　性：乖巧親人、愛撒嬌
健康狀況：貓愛滋，有打過兩次預防針，正在治療呼吸道感染症狀
目前住所：高雄市

本期資料來源：高醫動物保護社

『學妹』的故事：

某天晚上，原本只是去市場內的一間湯包店幫學妹拿晚餐，轉身要離開時，一隻親人的貓咪直接擋在路中央，驚得我們趕緊下車查看情形，然而這隻貓咪卻馬上走過來，發出呼嚕嚕的聲音，完全不怕人的樣子，似乎不知道牠上一刻是經歷了多麼危險的狀況。

之後，貓咪便黏了上來，一副不讓我們離開的小媳婦模樣，我們遂決定先帶回去幫牠除蚤、作治療，並取名為「學妹」，希望能為牠找個家，遠離流浪生涯，不過很可惜檢查後發現有貓愛滋，甚至因缺少牙齒而無法判斷年紀。

儘管身體上有缺陷，飲食上也只能把飼料泡軟給牠吃，但是安靜、不吵鬧的學妹很喜歡撒嬌，只要有人靠近就立即上前討摸摸，完全不因前半生的艱困而失去純真良善的天性。

真心尋找能接納牠的好主人，不論您是新手還是老手，只要願意伸出援手，學妹就有被關注的機會。有意者請上FB私訊高醫動物保護社，二十四小時不打烊等著您！

認養資格：

1. 認養人須能接受沒有牙齒、有貓愛滋的學妹，
   願意照顧牠一輩子。
2. 須同意簽認養寵物切結書。
3. 須同意送養人日後之追蹤探訪，每個月持續追蹤狀況滿半年後，
   改每年追蹤一次，對待學妹不離不棄。

來信請說明：

a. 個人基本資料：姓名、性別、年齡、家庭狀況、職業與經濟來源等。
b. 想認養學妹的理由。
c. 過去養寵物的經驗，及簡介一下您的飼養環境。
d. 若未來有結婚、懷孕、出國或搬家等計劃，將如何安置學妹？

靠著重生優勢，要扭轉命運對她來說根本小菜一碟！
可是、可是她從沒想過，
命運既然能再給她機會，也能給別人機會啊！
唉，上一世活得辛苦，這一世怎麼也得披荊斬棘呢……

文創風 1010-1011　全二冊

11 / 16 上市！

《孤女當自強》

雲裳本是天之驕女，父母亡故後，獨力撐起影石族的興榮。
誰知族內長老欺她年幼，想奪取族長之位，
孤立無援的她，誤信奸人，最後慘遭背叛，更連累族人。
含恨自盡前，雲裳多希望這些年的苦難都只是一場惡夢——
沒想到，上天真給了她一次重來的機會！
這一世雲裳先下手為強，把圖謀不軌的人收拾得服服貼貼。
她唯一沒把握的，就是她爹娘早早為她定好的夫婿人選，顧閆。
眼下她是影石城呼風喚雨的少族長，而他只是身分低微的屠夫，
怎麼看兩個人都不相配，
然而只有她知道，將來顧閆可是權傾朝野，一人之下。
不管怎樣，她都要牢牢抓住顧閆的心，並助他一臂之力！
可人算不如天算，拔了這根刺，卻又冒出另一根，
更離奇的是，原來，重活一世的人不只是她一個人！
事情發展逐漸脫離雲裳所知道的軌跡，一發不可收拾——

文創風破千限定

新書75折，全館結帳滿千現折 100 元，滿兩千再折 200 元，以此類推

Family Day 2021

歡慶破千抽獎趣

日子美好，與妳分享喜悅的時刻更好

抽獎辦法： 活動期間內，只要在官網購書並成功付款，系統會發e-mail給您，並附上抽獎專用之流水編號，買一本就送一組，買十本就能抽十次，不須拆單，買越多中獎機率越大。

得獎公佈： 12/15(三)於狗屋官網公佈得獎名單

獎　　項：

紅包來	紅利金 200元	15名
新書來	《孤女當自強》全二冊	3名
	《小富婆養成記》全二冊	3名
驚喜來	狗屋隨選驚喜包	2名

Family Day 購書注意事項：

(1)請於訂購後**三日內**完成付款，最後訂購於**2021/11/26**前完成付款才算有效訂單喔！

(2)購書滿千元(含)以上免郵資。未滿千元部分：
郵資65元(2本以下郵資50元)／超商取貨70元(限7本以內)／宅配100元。

(3)特賣書籍因出書時間較久，雖經擦拭、整理，仍有褪色或整飾痕跡，故難免不如新書亮麗。
除缺頁、倒裝外無法換書，因實在無書可換，但一定會優先提供書況較良好的書給大家。
若有個人原因需要換書，需自付來回郵資。

(4)各書籍庫存不一，若遇缺書情形可選擇換書或退款。

(5)歡迎海外讀者參與(郵資另計)，請上網訂購或是mail至love小姐信箱
(love@doghouse.com.tw)詢問相關訊息。

狗屋有權修改優惠活動的實施權益及辦法。

文創風 1010

孤女當自強 上

國家圖書館出版品預行編目資料

孤女當自強 / 盧小酒著. --
初版. -- 臺北市 : 狗屋出版社有限公司, 2021.11
冊 ; 公分. --（文創風 ; 1010-1011）
ISBN 978-986-509-268-9（上冊 : 平裝）. --

857.7　　110016640

著作者	盧小酒
編輯	黃暄尹
校對	黃薇霓
發行所	狗屋出版社有限公司
地址	台北市104中山區龍江路71巷15號1樓
電話	02-2776-5889～0
發行字號	局版台業字845號
法律顧問	蕭雄淋律師
總經銷	知遠文化事業有限公司
電話	02-2664-8800
初版	2021年11月
國際書碼	ISBN-13　978-986-509-268-9

本著作物由北京晉江原創網絡科技有限公司授權出版

定價260元

狗屋劃撥帳號：19001626

網址：love.doghouse.com.tw　E-mail：love@doghouse.com.tw